Révélations

à

Shamballa

Titre original : *The Immortal, book 2*

Les Éditions Hélios - La Turinière - 50530 Montviron

ISBN 2-88063-314-1

J.J Dewey

Révélations

à

Shamballa

Traduit de l'anglais par
Nelly Lewin

Hélios

I

La Nouvelle Jérusalem

Ce fut, pour Elizabeth, une semaine de hauts et de bas. Il ne se passa rien de déterminant, pourtant, étrangement, je percevais qu'un nuage menaçait la planète. Nous avions, ma femme et moi, dans le passé, été victimes de certaines attaques, mais là il me semblait que la terre entière était concernée.

Tous les deux, nous chantions le *Cantique des 144 000*[1] plusieurs fois par jour. Nous en retirions beaucoup de réconfort, cependant, il manquait quelque chose d'indéfinissable pour nous apporter une plénitude totale. Comme nous ignorions comment remédier à la situation, nous poursuivions notre vie comme d'habitude.

J'étais impatient à l'idée de revoir Jean, espérant qu'il pourrait vérifier l'authenticité de mes sensations. Quand le jeudi arriva, jour habituel de nos rencontres, je me sentis inquiet pour sa sécurité. Je fis de mon mieux pour chasser cette idée car je savais qu'il bénéficiait d'une grande protection divine tant qu'il ne s'impliquait pas directement avec nous, les mortels ordinaires. D'ailleurs, c'était bien pour cette raison qu'il me prodiguait ses enseignements afin qu'à mon tour je puisse les retransmettre aux autres. Par cette méthode qu'il avait choisie, il était en retrait de la scène, à l'abri des attaques et pouvait parachever son travail de guide spirituel avec davantage de quiétude.

Chaque fois que je j'entre dans ma voiture et m'apprête à mettre le contact, j'ai un sentiment d'angoisse. Cela, souvenez-vous[2], depuis le jour où j'ai été téléporté dans l'instant, comme par miracle, depuis mon véhicule jusqu'à un lieu précis à Tel-Aviv en Israël.

Aujourd'hui, en me glissant derrière le volant pour me rendre *chez Dennys* où j'avais rendez-vous avec Jean, cette appréhension était de nouveau présente… il ne se passa pourtant rien d'exceptionnel : j'arrivai sans encombre au restaurant,

---

1 *Cf. L'Immortel, livre 1*, chapitre 20, et *livre 2* page 254, éditions Hélios.

2 *Cf. L'Immortel, livre 1*, chapitre 15, éditions Hélios.

me dirigeai vers notre table préférée et je l'attendis. Une heure plus tard, je regardai ma montre : il était minuit moins le quart. Mon inquiétude grandissait : allait-il venir ? Mon impuissance dans cette situation me rendait nerveux. Je sortis donc prendre l'air et marchai de long en large en me remémorant le soir où Jean avait disparu sous mes yeux. En jetant un regard vers l'endroit où l'événement s'était produit, je ressentis une impatiente et désespérée envie de le revoir.

Minuit moins cinq... Je savais à quel point Jean était inflexible sur l'importance de la parole donnée. Minuit... Je compris alors qu'il était arrivé quelque chose. Puis je me surpris à réciter inconsciemment une prière, les yeux fermés : *« Seigneur, fais que Jean aille bien et permets-moi de le voir... »*

Quand je les rouvris, il était là, face à moi :

– Rentrez à la maison, m'ordonna-t-il, et allez dormir.

Je fis un geste pour le toucher mais ma main le traversa sans rencontrer de résistance, puis il disparut.

Obéissant, je rentrai chez moi. Lorsque je me glissai dans le lit, silencieusement, Elizabeth murmura :

– Tu es revenu bien tôt. Tu as vu Jean ?

– Pas vraiment, répondis-je, tu devrais te reposer.

– Oui ou non ? demanda-t-elle sur un ton impatient.

– Il est venu brièvement, comme une apparition, et il m'a donné l'ordre de rentrer à la maison et d'aller me coucher.

Conscient de l'ambiguïté de ma déclaration, c'était pourtant bien de cette façon que je percevais la situation. Elizabeth fit entendre un petit rire crispé :

– Je n'arrête pas, moi non plus, de te dire que tu devrais dormir plus. Tu as l'air fatigué ces temps-ci.

– Je crois que le repos n'a rien à voir dans l'affaire. Il avait une raison précise pour m'envoyer au lit.

– Peut-être vas-tu avoir un songe ?

– C'est possible, et cette seule pensée suffit à me rendre nerveux. Je ne sais pas si je vais parvenir à dormir.

– Essaie, tout de même.

Je me retournai de mon côté du lit en acquiesçant. Elle me tapota le dos affectueusement :

– Quoi qu'il en soit, tu as besoin de te reposer, déclara-t-elle.

Je tentai de trouver le sommeil, en vain. Tout à coup, alors que j'étais enfin parvenu à me détendre, j'entendis les clochettes. Elles étaient très apaisantes et m'attiraient par leur sonorité cristalline. A ce moment, en un clin d'œil, sans que ma volonté intervienne, je me retrouvai debout, à côté du lit, y observant mon corps inconscient allongé près d'Elizabeth endormie. La voix de Jean retentit alors distinctement en moi :

– Venez ! commanda-t-il.

La simple pensée de pouvoir le rejoindre me propulsa à travers le toit et, en un instant, j'étais aux portes d'une ville extraordinaire dont la magnificence insolite dépasse tant l'imagination humaine que les mots me manquent pour lui rendre justice. Ce que je voyais était une immense pyramide flottante, d'une substance semblable à de l'or translucide, malgré tout, j'avais la certitude que c'était bien une ville.

Je me tenais face aux trois entrées principales, chacune en forme d'arche finement sculptée et surmontée d'une immense perle de lumière circulaire dont je soupçonnai qu'elle avait pour rôle de protéger l'accès. J'avais déjà entendu parler de « Portes de Perles », ou « Portes du Paradis », mais je n'aurais jamais imaginé qu'elles fussent si merveilleuses. Je m'approchai de celle du milieu, levai les yeux et distinguai une inscription, au plus haut de la voûte, s'apparentant à des caractères hébraïques. Comme je m'interrogeais sur sa signification, instantanément, les lettres se transformèrent en langage compréhensible pour moi. Je pus alors lire : JOSEPH. *« Quelle extraordinaire manière de me souhaiter la bienvenue ! »* pensai-je.

J'étais convaincu que Jean était là, tout près, qu'il m'attendait, mais je me laissai aller tout d'abord à une petite visite d'exploration. J'étais curieux de voir les autres entrées. Au sommet de la deuxième arche, une inscription distincte apparut, tout d'abord en hébreu, puis elle aussi se convertit afin que je puisse en saisir le sens. BENJAMIN s'inscrivit en toutes lettres. Je compris alors que le nom JOSEPH au fronton de la porte centrale n'avait rien à voir avec moi personnellement : Benjamin et Joseph sont les noms de deux des tribus d'Israël. Depuis ma rencontre avec Jean, j'avais pris la peine d'étudier l'Évangile de Jean, ainsi que l'Apocalypse (ou Livre des Révélations), et il me revint à la mémoire des similitudes avec la ville sainte appelée Nouvelle Jérusalem, ou Jérusalem Céleste, censée se trouver au Paradis. Je me souvins que sa description parlait de douze entrées arborant chacune le patronyme d'une des douze tribus d'Israël. Intrigué, je poussai plus avant mon exploration et découvris neuf autres portes semblables aux trois premières, soit un total de douze. Je passai alors de l'une à l'autre, scrutant le sommet de leurs voûtes, curieux du nom qui s'y afficherait. Je pus lire tour à tour : ZABULON, ISSACHAR, ASHER, LEVI, SIMEON, DAN, NEPHTALI, GAD, RUBEN et JUDA.

Les douze arches reposaient chacune sur une immense pierre d'assise. Ces douze pierres étaient des gemmes précieuses taillées et resplendissantes de différentes couleurs. Bien que je me trouvais à quelques centimètres d'elles, j'avais la singulière et irrationnelle perception qu'elles se situaient à des kilomètres. Elles émettaient une force aimante qui m'invitait à les toucher. Aussitôt que je pris conscience de cet appel, la distance illusoire qui me séparait d'elles fut abolie et je caressai une des pierres. Je me sentis tellement minuscule auprès de celle-ci qu'elle me faisait l'effet d'être aussi gigantesque qu'une planète. Le nom PIERRE s'imposa à moi et je vis intérieurement des scènes qui me révélaient sa vie entière, depuis ses premiers jours jusqu'à son sacrifice final à la gloire de la vérité. Ensuite, je me retrouvai devant la deuxième pierre d'assise et le nom de JACQUES m'illumina. A nouveau j'eus un rapide aperçu de la vie de ce dernier se terminant, elle-aussi, en sacrifice. Puis, j'effleurai la troisième pierre et ce fut le nom de JEAN qui apparut, suivi du défilé de ses nombreuses preuves d'abnégation. A ce point, les mots du Livre des Révélations émergèrent en moi : « *Et le rempart de la ville repose sur douze assises portant chacune le nom de l'un des douze apôtres de l'Agneau.* » (Apocalypse 21:14). Je compris alors que chacune des pierres correspondait à un apôtre. Dans le même temps, je discernai intérieurement et intégralement l'existence de chacun d'eux. Il m'était révélé qu'ils avaient été, certes, loin de la perfection, mais ils avaient édifié ces bases au prix d'un énorme travail et au sacrifice de leur vie. Le nom des douze tribus d'Israël ainsi que celui des douze apôtres représentaient vingt quatre principes et je me demandai s'il y avait une corrélation avec les vingt-quatre premières clés.

J'eus aussi l'intuition que la cité toute entière représentait le couronnement du travail des Apôtres. Seule l'essence de ses fondements est visible sur la Terre mais en fin de compte une Nouvelle Jérusalem y existera comme elle existe déjà au Ciel.

Par la pensée, je parcourus une distance considérable et j'eus une vision complète de l'ensemble de la ville, remparts et fondations. Il en émanait un immense halo de lumière céleste plus flamboyant qu'un arc-en-ciel. Les couleurs donnaient la sensation de se diffuser jusqu'au sommet de la pyramide pour se rejoindre dans un ovale de lumière blanche, symbole d'un œil dont la capacité de vision serait totale.

Il était temps de partir, me semblait-il, et j'empruntai une entrée au hasard. Alors que je m'apprêtais à passer la porte, deux êtres d'une grande beauté, un homme et une femme, aux factions orientales se dressèrent devant moi :

– Cette entrée n'est pas la vôtre, me dirent-ils.

Je me dirigeai alors vers la suivante. Deux êtres sublimes, à la peau noire, à leur tour me signalèrent mon erreur. Comme je m'interrogeai sur la probabilité de leur ascendance africaine, leur couleur passa du noir à un délicat blanc de porcelaine. Étaient-ils humains, étaient-ils des anges, ou bien encore autre chose ?

Mon intuition m'avisait que la porte par laquelle je devais passer était celle dont le fronton affichait JOSEPH, par dessein ou par coïncidence, je n'en avais aucune idée. Tandis que j'approchais, deux Caucasiens vinrent à ma rencontre :

– Seuls ceux qui ont le cœur pur peuvent résider ici. Avez-vous examiné vos pensées et vos intentions au plus profond de vous ?

Pris au dépourvu, je réfléchis un instant.

– Je le crois, répondis-je. Mon seul désir est de servir les autres.

Ils étendirent leurs bras vers moi, exécutant un mouvement ascendant partant graduellement de sous mon nombril jusqu'au sommet de ma tête. L'un d'eux me fit signe :

– Vous pouvez passer.

Les deux êtres fusionnèrent en un seul qui disparut. Je franchis le seuil, étonné de ma propre aisance... Je restai persuadé que cet endroit était une ville, bien que ce que j'avais pu en voir pour l'instant n'était que des remparts et des fondations surmontés de la pyramide d'or translucide. Maintenant que j'avais pénétré dans son enceinte, je m'attendais à découvrir une grande cité aux rues pavées d'or telles que la Bible les décrit. Au lieu de cela, j'étais dans un parc. Jean m'y attendait, assis sur un banc en nourrissant des pigeons. Il leva les yeux vers moi :

– Venez par ici ! me lança-t-il.

– Est-ce la Jérusalem Céleste que vous avez dépeinte ? questionnai-je en m'asseyant à ses côtés.

– C'est bien elle, me répondit-il dans un grand sourire.

– Pourtant, tout ce que j'aperçois maintenant est un espace vert comme il en existe dans de nombreuses métropoles sur Terre.

– Et il ne vous plaît pas ?

– Si bien sûr, mais ce n'est pas ce à quoi je m'attendais.

– A quoi vous attendiez-vous ?

– Ne parliez-vous pas dans votre vision de rues pavées d'or...?

– Des rues pavées d'or... Ah, oui ! opina-t-il... Et que pensez-vous de ceci ?

En un clin d'œil, nous étions au milieu d'une vaste allée dont le sol était recouvert d'or translucide et face à nous se dressait le plus admirable château de cristal que l'on puisse concevoir.

– Est-ce davantage dans l'esprit de ce que vous aviez rêvé ? demanda Jean amusé devant ma mine ahurie.

– En effet, répondis-je en essayant de ne pas me montrer trop impressionné.

– Très bien, mais dites-moi, mon ami, où préférez-vous que nous ayons notre conversation : dans le parc ou dans le château ?

Je contemplai l'édifice fantastique. Pour l'heure, mon seul et unique désir était d'y pénétrer, mais après un instant de réflexion, ma première pulsion me mit un peu mal à l'aise et, tout compte fait, je décidai que je me sentirais mieux sur le banc du parc.

– C'est bien ce que je pensais, confia Jean, légèrement ironique.

Sitôt dit, sitôt fait : nous étions de retour sur le banc. Personne dans les environs, rien que nous, des oiseaux et quelques écureuils.

– J'ai la sensation que vous aviez une raison de me faire choisir entre le parc et le château, dis-je en le regardant, émerveillé.

– J'ai amené de nombreuses personnes devant cette citadelle de cristal. En réalité, il s'agit d'un dernier test. Tout nouveau venu est mis en présence de la résidence la plus luxueuse possible. Il peut aussi avoir à sa disposition tous les serviteurs qu'il désire. S'il se complait dans cette situation, nous en concluons qu'il a encore besoin de travailler son ego et il est envoyé ailleurs.

– En choisissant le château, déclarai-je, s'accrochent-ils à leurs rêves de fortune, à une gratification qu'ils imaginent à tort être le secret du véritable bonheur ?

– Exactement, confirma Jean. Souvenez-vous de ce qui est écrit dans mon livre des Révélations au chapitre 22, verset 12.

Dans ce lieu, je n'avais pas besoin de Bible. Il me suffisait de l'évoquer et elle se manifestait devant mon regard intérieur. Au sujet de la venue du Christ, je lus : *« Voici que mon retour est proche et j'apporte avec moi le salaire que je vais payer à chacun en proportion de son travail… »*

– Que croyez-vous que signifient ces paroles ? demanda Jean. Que c'est le Christ qui vous apporte votre rétribution ? Pensez-vous qu'Il arrivera les poches pleines de palais somptueux à distribuer ?

– Je ne le pense pas…

– Qu'apporte-t-Il donc en guise de rémunération, à votre avis ?

– Pour pouvoir distribuer un salaire à des millions de gens, celui-ci doit représenter quelque chose d'intangible, répliquai-je… Serait-ce l'amour ?

– On pourrait lui donner ce nom, sauf que sur Terre il en existe de nombreuses interprétations. Si vous deviez y enseigner que l'amour est LA grande récompense, chacun y verrait un sens légèrement différent.

– Qu'est-ce, alors ? demandai-je, ma curiosité piquée au vif.

– Il est prodigieux de constater que la vérité est le plus souvent sous notre nez, ou plutôt au plus profond de nous devrais-je dire. Restez tranquille pendant quelques instants et dites-moi ce que vous ressentez.

Jean ferma les yeux et je l'imitai. Ce faisant, je réalisai à quel point j'étais différent depuis que j'avais passé le portail. Une profonde paix intérieure m'habitait. Plus je me concentrais, plus elle semblait s'intensifier. De surcroît, je discernai maintenant une présence que je pourrais seulement décrire comme l'Esprit de Dieu. C'était analogue à ce que j'avais ressenti le soir où Jean nous avait enseigné le Cantique des 144 000, en beaucoup plus fort. Le fait de me focaliser sur la Présence en renforça la perception. Elle continua de s'accroître jusqu'à ce que je ne fusse plus capable d'en « prendre » davantage tant la joie dont j'étais « rempli » était totale. J'étais en effet pleinement imprégné de la vibration spirituelle la plus élevée que l'on puisse appréhender. J'avais toute la paix, toute la joie que je pouvais supporter. C'est un sentiment impossible à faire partager à qui ne l'a pas vécu.

J'ouvris les yeux et Jean fit de même. J'avais envie de pleurer mais je me retins.

– Existe-t-il quelque chose de plus désirable, de plus délicieux que ce que vous venez de ressentir ? me demanda-t-il avec beaucoup de douceur.

– Je ne peux rien évoquer de plus beau... Que pourrait-on vouloir de plus ?

Je retenais toujours mes larmes, mais elles furent les plus fortes. Il m'arrive rarement de pleurer, cependant la joie intérieure était si puissante que c'en était trop pour moi.

– Préféreriez-vous demeurer dans le grand château avec mille serviteurs pendant une existence toute entière ou ressentir cinq minutes de ce dont vous venez de faire l'expérience ? m'interrogea-t-il.

Je remarquai ses yeux, eux-aussi, débordants de larmes. J'étais stupéfait car j'aurais imaginé qu'il était accoutumé à cette sensation grandiose mais, à la réflexion, je déduisis que la notion même « d'habitude » était ici complètement inappropriée

– Rien n'est comparable à cette saveur qui a pénétré toutes les fibres de mon être ! m'exclamai-je dans un cri du cœur. Je ne sais pas très bien comment la qualifier autrement que par un « trop plein de joie et de bonheur ». J'affirme que la Présence dont nous venons de jouir ne peut être autre que Dieu ou l'Esprit Divin. Bien que je n'ai rien vécu de tel auparavant, elle m'est très familière et je la reconnais... C'est comme rentrer à la maison !

– Elle vous est familière parce que vous l'avez déjà éprouvée et c'est comme rentrer à la maison puisque vous êtes chez vous, exposa Jean sur le ton tranquille de l'évidence.

– Puis-je vous demander une ou deux petites choses au sujet de cette ville ?

– Nous disposons d'un peu de temps, je vous écoute.

– Quelle est la signification des douze entrées et pourquoi n'ai-je pu pénétrer que par le portail affichant le nom de JOSEPH ?

– Il y a douze sortes de personnes dans le monde appartenant à douze familles, longueurs d'ondes ou vibrations différentes. Pour pénétrer ce lieu, votre fréquence doit être harmonisée à celle de la Présence qui l'habite, sinon vous pourriez souffrir de douleurs atroces. Vous avez dû utiliser une porte spécifique qui fait en quelque sorte office de diapason pour vous accorder à la note qui vous correspond. Les différentes races que vous avez rencontrées symbolisent tous les caractères. Avez-vous remarqué comment ils se modifiaient jusqu'à devenir brillants et fusionner, d'homme et femme, en une seule entité ? Ceci est l'emblème de l'unité de toutes les classes et variétés de personnes se soumettant à l'intelligence suprême de l'Esprit Universel. Les douze entrées symbolisent la nature unique de chacun de nous en tant qu'individu.

– Cette cité est-elle destinée aux Chrétiens ? Je suppose qu'un Hindou ou un Bouddhiste ne reconnaîtrait pas les noms des tribus d'Israël ?

– Les demeures de Dieu ne sont pas consacrées à un système de croyances. La qualité d'un être humain dépend de sa façon de suivre les préceptes les plus élevés dont il dispose. Un Bouddhiste méritant pourra distinguer au sommet de chaque entrée un nom qui aura une signification pour lui.

– Pourquoi distcerne-t-on deux noms gravés, l'un au fronton de la voûte et l'autre sur la pierre d'assise ?

– Celui qui est en haut représente la personnalité, et l'autre, l'âme, ou partie invisible de l'individu. Mais l'âme est aussi la base sur laquelle se construit la personnalité. Il serait bon que vous méditiez et écriviez sur ce que veulent dire les noms de la partie supérieure comme ceux de la partie inférieure.

– Nous sommes dans une ville, dites-vous, mais je n'ai vu personne en dehors de nous deux. Combien de gens vivent-ils ici, et où sont-ils ?

– Le nombre d'habitants actuels ne peut pas être révélé pour l'instant, mais vous pouvez me faire confiance, il est important car ils sont originaires de douze systèmes stellaires différents.

Il étendit la main et un portail circulaire apparut, dans lequel je pouvais regarder comme sur un écran en trois dimensions. Je vis des gens dans les situations les plus diverses, chaque personne vivant une expérience unique qui générait un bonheur individuel ou collectif. Je vis des lieux d'une beauté phénoménale, plus remarquables encore que la résidence de cristal. La beauté n'était jamais créée ou utilisée à titre de récompense mais pour encourager des buts élevés et servir à l'enrichissement du plus grand nombre plutôt qu'au profit individuel. Je ne pus m'attarder longtemps dans la contemplation de ce spectacle car Jean l'interrompit.

– Encore une question, insistai-je... Pourriez-vous m'en dire plus sur l'œil au-dessus de la pyramide ? Je l'ai trouvé fascinant. Il m'a rappelé *l'œil-qui-voit-tout* sur nos billets d'un dollar.

– Les mystères ne manquent pas au sujet de ce que vous appelez *l'œil-qui-voit-tout*. Ce que je peux vous révéler est que cette ville se compose de plusieurs sections. Les deux premières comportent chacune trois subdivisions. Les trois plus trois plus celle représentée par l'œil font un total de sept. Nous sommes en ce moment au niveau des fondations. Les anges qui vous ont accueilli appartiennent au cinquième niveau.

Au fur et à mesure qu'une personne s'élève dans la connaissance et dans l'unité, elle peut progresser d'un palier à un autre jusqu'à ce qu'elle atteigne l'œil du portail, lequel est à la fois un œil et un portail. En réalité, il y a deux yeux, chacun possédant deux types de vision. L'un perçoit toutes les choses connectées à l'univers et l'autre celles des mondes sans formes. Ils mêlent ensuite leur vision dans un seul grand œil qui retransmet la connaissance aux vies moins élevées prêtes à la recevoir. La cité elle-même est une entité vivante et les habitants sont, quant à eux, des cellules de son corps. Le grand œil est commun à des millions d'autres cités de Dieu : celui qui atteint le sixième niveau aboutit à un tel degré d'unicité qu'il partage la vision de l'œil, ce qui lui permet de découvrir des mondes nouveaux.

Arrivé au septième niveau, le disciple atteint le portail depuis lequel il peut accéder à d'autres univers et assumer des défis à propos desquels nous ne pouvons que nous perdre en conjectures.

Je demeurai silencieux, contemplant l'importance de cette révélation.

– Revenons-en à des choses plus fondamentales, ordonna finalement Jean. Je sens que vous êtes en possession du mot-clé. Vous devez maintenant me le communiquer et me dire ce qu'il signifie pour vous.

Je dus ajuster ma concentration car, à cet instant, la clé me semblait une préoccupation d'ordre « matériel » si toutefois je peux le formuler ainsi…

II

Le mot-clé

Tandis que je tentais de ramener mon attention vers les clés, ma curiosité faisait interférence :

– Il y a une autre question que j'aimerais vous poser tout d'abord, dis-je.

– Très bien, soupira Jean, mais nous devons avancer… Notre temps est limité.

– J'ai toujours considéré que le but ultime pour les êtres humains était une concordance, une sorte de fusion. J'aimerais que vous m'en disiez plus sur les douze entrées car, à l'évidence, une seule m'était destinée. Que veulent dire les différentes races aux portails ?

– Ce que j'apprécie chez l'étudiant que vous êtes, précisa Jean en souriant, c'est que vous avez toujours des questions pertinentes. Vous ne pouvez pas savoir à quel point c'est une chose rare.

Il resta silencieux quelques secondes, puis il reprit :

– Une bonne question mérite une bonne réponse. Le pourquoi des douze entrées est précisément l'unité que vous mentionnez. La qualité principale nécessaire pour résider dans la ville est la pureté d'intention ou pureté de cœur comme on l'appelle généralement, laquelle est loin d'être le terme du voyage spirituel. Prenez douze personnes au cœur sincère, rassemblez-les sur un projet, croyez-vous qu'elles seront forcément d'accord quant à la meilleure façon de procéder ?

– Je vois où vous voulez en venir. Le fait que deux êtres soient généreux et purs ne signifient pas pour autant qu'ils seront d'accord sur tout et verront les choses de la même manière.

– Exactement, confirma Jean. Les gens du premier niveau sont bons et altruistes, mais ils sont encore loin de la perspective fusionnelle symbolisée par *l'œil-qui-voit-tout* au septième niveau. Les douze entrées représentent, dans l'optique d'un monde meilleur, différents schémas de pensées autour desquels gravite l'humanité.

Chaque être au cœur loyal peut agir dans l'unité à l'intérieur de son propre modèle de comportement et avoir, néanmoins, de grandes difficultés pour s'accorder à un autre modèle. C'est en partie la raison pour laquelle une personne sincère d'une certaine religion peut s'accorder avec une autre personne relevant du même système de croyances que le sien et penser qu'un adepte d'une religion différente à la sienne est dans l'erreur. Son schéma idéologique ne lui permettra pas nécessairement de voir la beauté d'autres convictions ou philosophies.

– Est-ce le cas pour tous les groupes manifestés en différentes races ?

– Un pourcentage assez élevé de chaque race possède son propre schéma de comportement. Par exemple, 85 % des Amérindiens environ appartiennent au modèle de Manassé, 60 % à peu près des Américains blancs à celui de Joseph, comme c'est le cas pour vous. Une personne qui semble être désynchronisée de la pensée ou de l'attitude générale de son groupe ou de sa race n'appartient pas, bien souvent, à sa représentation majoritaire. C'est probablement le plus évident à l'époque actuelle parmi les noirs. Un Afro-américain, aujourd'hui, allant dans le sens contraire du comportement type est catalogué par ses pairs comme n'étant plus un noir. Une personne noire du comportement Joseph fera tout particulièrement l'expérience de ce problème. Il ressemblera plus à un blanc aux yeux de ses amis, et c'est le cas d'un point de vue métaphysique. En fait, après qu'une personne noire du modèle Joseph intègre la ville où la majorité est blanche, il assumera généralement une apparence caucasienne de façon à ne plus être considéré comme un marginal au sein de son groupe.

– Donc, si j'arrive dans la ville en tant qu'homme noir, je peux devenir blanc si je le désire ? demandai-je médusé.

– Oui. D'ailleurs, le contraire est souvent vrai. Dans ce monde tout comme dans des mondes plus élevés, la pensée est plus puissante que la forme. Le grand désir des douze groupes ici est de s'unir et une grande somme de travail et d'effort, sur ce niveau, est consacrée à œuvrer ensemble dans cette direction.

– Et y parviennent-ils ?

– Au bout du compte, tous les objectifs sont atteints. Quand on passe au deuxième niveau, les douze fusionnent pour devenir sept ; au troisième niveau, ils deviennent quatre ; au quatrième, ils deviennent trois. Puis, au cinquième ils deviennent deux et finalement, au sixième, ces deux fusionnent en un.

– Qu'arrive-t-il au septième niveau ? demandai-je.

– Le sixième niveau associe les schémas de pensées dans l'unité mais il subsiste toujours une scission des énergies masculine-féminine qui, au septième niveau, se rejoignent en une seule.

Je laissai échapper un petit rire :

– Cela explique tout, j'ai toujours pensé que comprendre une femme était un exploit qui relève de la ligne d'arrivée d'un parcours initiatique !

– Votre compréhension est encore bien élémentaire ! commenta Jean dans un sourire. La conception que vous avez en tête ne représente qu'une infime portion de cette grande unité, laquelle va bien au-delà de ce que peut appréhender un mortel, quel qu'il soit.

La remarque me dégrisa. Je changeai de sujet :

– Quel est votre niveau, ici ?

– Je ne peux vous donner que très peu de précisions, sachez juste que j'ai dépassé le premier échelon mais que je n'ai pas atteint le septième. Y a-t-il autre chose avant que nous ne passions à notre leçon ?

Jean commençait à montrer des signes d'impatience.

– Une seule… A quoi dois-je le plaisir de vous rencontrer dans ce lieu enchanteur plutôt qu'à notre restaurant de prédilection ?

Il s'intériorisa pendant quelques secondes et questionna :

– Avez-vous eu, pendant la semaine écoulée, des sensations inhabituelles ?

– Oui, tout à fait. C'était comme si un nuage sombre menaçait d'éclater au-dessus de nos têtes, pas seulement la mienne, mais sur toute la planète. Je ne sais pas s'il s'agit de mon imagination, en tous cas j'ai eu la sensation d'un épais brouillard s'insinuant partout.

– Vous l'avez capté parce que vous êtes très sensible, assura-t-il. Toute chose comporte un flux et un reflux et ce fait inclut l'énergie spirituelle qu'elle vienne du côté lumineux ou obscur. Les énergies positives, à ce moment de notre histoire, sont fragilisées et il existe actuellement une fenêtre vulnérable. Pour être plus précis, c'est un point faible qui s'étend sur une vingtaine d'années environ, et les Frères Obscurs se sont emparés de cet avantage. Leur première action a été d'envoyer une énergie neutralisante. Elle n'affecte pas outre mesure les Travailleurs de la Lumière mais détourne leur attention, donnant ainsi l'occasion aux forces des ténèbres d'utiliser certaines zones de la Terre pour y répandre leurs idées et leurs promesses de pouvoir auprès des egos qui ont le vent en poupe. Le problème, voyez-vous, c'est que pendant ce laps de temps, les Frères Obscurs ont tout loisir de garder le secret sur certaines de leurs opérations tout en distillant une force susceptible de dévier la vigilance de la Fraternité de la Lumière et l'empêcher de faire pleinement son travail. Mon aide a été sollicitée pour rétablir l'équilibre, d'où mon impossibilité à vous rendre visite dans mon corps physique. Cependant, je vous avais promis que nous nous verrions et, par ce « détour », je suis en mesure d'honorer ma parole.

C'est en profitant d'une fenêtre semblable que les Ténèbres ont semé dans l'esprit de Hitler, Mussolini et Staline les graines qui ont donné ce que chacun sait. Nous sommes, aujourd'hui, face à une période encore plus dangereuse. Pensez-vous que la chute du communisme et du Mur de Berlin a apporté un regain de sécurité ? S'il est vrai que des occasions d'évolution s'offrent plus que jamais, les nouvelles libertés ont également ouvert la porte à des excès indescriptibles. Nous pensons que les Frères Obscurs ont décidé de mettre à profit cette période de flou pour déclencher un plan de vente et de développement d'armes nucléaires et chimiques à grande échelle afin de les rendre massivement accessibles. Ils sont à l'affût de toutes les opportunités dans tous les pays où le manque de liberté peut leur rendre la tâche plus facile, comme certains d'Orient et du Moyen Orient, sans oublier les pays du Tiers Monde ni les groupes terroristes et la menace qu'ils représentent eux-aussi. Ils mettront tout en œuvre pour faire revivre le parti néo-nazi en Allemagne, mais nous ne croyons pas qu'ils y parviendront.

– Dans le cas d'une destruction totale, nous perdrions tous, suggérai-je.

– C'est là que vous faites erreur, mon ami, précisa Jean d'un ton grave. La destruction de l'humanité signifierait leur triomphe. C'est exactement ce que désirent leurs dirigeants : l'élimination pure et simple de notre espèce de la surface de cette planète. Les agents de base qui travaillent pour eux sur Terre dans des corps physiques, en leur servant de dupes, ne s'en rendent nullement compte.

J'étais ahuri tant sa déclaration était pour moi dénuée de sens commun.

– Je ne comprends pas : la destruction de la Terre les priverait de tout royaume !

– Vous avez tort encore une fois. Notre disparition leur permettrait d'édifier un autre domaine qui ne serait pas humain dans le sens où nous l'entendons et permettrait aux Frères Obscurs d'asseoir totalement leur contrôle. Je sais que vous êtes curieux mais je ne peux pas vous en révéler plus actuellement. Vous devrez m'interroger une autre fois. Pour une réponse complète, il est important de faire appel à une connaissance qui a été gardée secrète et cachée de la Terre.

Les clés aideront à assurer la survie des espèces, alors allons-y. Voici le moment de me livrer le premier mot-clé.

– Très bien, dis-je. Je crois que je l'ai mais il possède encore des aspects un peu ambigüs pour moi.

– Le mot ! commanda Jean avec fermeté.

– Le mot-clé ainsi que le titre de la parabole que vous nous avez relatée est *Décision*, dis-je résolument.

Jean affichait un sourire éclatant.

– C'est correct. Maintenant, dites-moi, en quoi répond-il à la question « *QUI OU QU'ÊTES-VOUS* ? »

– J'y ai réfléchi abondamment. Ce qui semble être la réponse ne me donne pas satisfaction.

– Et qu'est-ce qui semble être la réponse ?

– Ce *qui* ou ce *que* nous sommes est le résultat de la combinaison de toutes les décisions que nous avons prises.

– Pensez-vous être aujourd'hui une personne différente de celle que vous étiez il y a vingt ou trente ans ? demanda-t-il interrogateur.

– J'ai beaucoup changé en effet.

– Ainsi vous convenez que vous êtes une personne différente de celle que vous étiez alors?

– Bien sûr. Ne changeons-nous pas tous avec le temps ?

– Ce qui rend votre réponse imprécise. Le fait que nous soyons le résultat de nos décisions est en effet un aspect de la vérité, mais ceci est un lieu commun. Ce que nous cherchons est plus profond. « *Qui ou ce que vous êtes* » aujourd'hui est la même chose que ce que vous étiez il y a vingt ans et c'est la même que ce que je suis. La réponse est *Décision*, mais vous ne la comprenez pas encore. Réfléchissez-y jusqu'à la semaine prochaine et voyez si vous pouvez trouver la réponse.

– Me voici perplexe encore une fois et dans une nouvelle impasse, m'exclamai-je exaspéré. Pourriez-vous me donner un autre indice ?

– Un seulement. Que préférez-vous, les pommes ou les poires ?

– Ça ne fait pas beaucoup de différence, dis-je.

– Très Bien. Imaginez que vous avez très faim et vous avez devant vous une pomme et une poire. Il vous est permis d'en manger une des deux, mais vous devez décider laquelle. Vous les appréciez autant l'une que l'autre. Pensez à la pomme… puis à la poire… puis à la pomme, comme si vous hésitiez entre les deux. Tandis que votre pouvoir de décision fluctue, que vous passez de l'une à l'autre, essayez de ressentir comment il fonctionne à l'intérieur de vous. Quand vous y parvenez, demandez-vous : « *Comment suis-je DECISION ? Qu'est-ce que cela veut dire ?* » Dans le silence, ressentez l'alternance de cette énergie vitale, sentez-la aller et venir entre la pomme et la poire et tentez d'enregistrer dans votre esprit la magnitude de ce que vous ressentez. Posez-vous la question encore et encore : « *De quelle façon suis-je décision ?* »

– Au moins, j'ai quelque chose pour me permettre d'avancer.

Je ne voyais pas très bien où Jean voulait en venir mais j'avais confiance : réfléchir à l'exemple qu'il m'avait donné, comme il me l'avait indiqué, me mènerait certainement vers la réponse.

– Le moment est presque venu de retourner dans mon corps, précisa Jean. Je dois assister Josué pour neutraliser l'influence des Frères Obscurs. Nous devons découvrir où ils ont semé les graines de leur malveillance.

Il prit une profonde respiration :

– Ah ! Quel bonheur de revenir ici reposer mon âme !

– Il y a combien de temps que vous êtes arrivé ?

– Environ une heure suivant les critères mortels, mais le repos obtenu en une heure ici est équivalent à une nuit de sommeil. Cependant, rien ne vous oblige à partir, finissez donc la nuit ici.

– Bonne idée. J'adorerais visiter.

– Désolé, c'est interdit. Vous avez beau être animé des meilleures intentions, vous pourriez être tenté d'écrire des choses non autorisées.

– Que suis-je alors censé faire pendant les heures à venir ?

– Vous détendre, baigner dans l'énergie et reposer votre âme. Faites-moi confiance, vous vous féliciterez de m'avoir écouté.

– Comment dois-je m'y prendre ?

Subitement, le décor changea et je vis ma chambre à coucher, mais sans Elizabeth.

– Je suggère que vous restiez allongé dans cette réplique de votre lit en vous laissant flotter dans l'énergie, conseilla Jean. Vous en retirerez le plus grand bénéfice. Si j'avais le temps, je resterais volontiers avec vous.

– Qu'arriverait-il si je me levais pour faire une petite balade ? demandai-je, animé d'une curiosité espiègle.

– Vous ne découvrirez rien sans un guide pour vous accompagner, me répondit-il fermement. Encore une fois, je vous conseille de vous détendre tout simplement, d'oublier le monde extérieur des formes et de donner la priorité au monde intérieur.

– J'essaierai, dis-je en soupirant. Nous nous reverrons jeudi prochain ?

– *Chez Dennys*, à moins d'un contretemps.

– J'attendrai avec impatience.

Jean sourit et me tendit sa main droite. J'en fis autant et les extrémités de nos doigts se touchèrent, puis il disparut. Après son départ, je fus submergé par une nouvelle vague d'énergie spirituelle. Je ressentis un mélange de tristesse et de joie extraordinaire en même temps. Je savais que Jean avait derrière lui une longue histoire de sacrifice au service de l'humanité. J'étais réceptif au grand amour qu'il manifestait pour les gens et au fait qu'il était prêt à faire tout ce qui serait nécessaire pour aider ce que nous appelons la race humaine. Voilà un homme qui œuvrait sans discontinuer depuis deux mille ans sans aucune mention dans les livres d'histoire. « *Peut-être mes écrits permettraient-ils de lui offrir quelque reconnaissance ?* » pensai-je.

Après que je me fusse adapté à ma solitude, je m'allongeai sur le lit et j'essayai de me détendre. Le fait d'être dans la Nouvelle Jérusalem amplifiait notablement, ainsi que l'occasion m'avait été donné de l'apprécier, le pouvoir de ma pensée et de mon désir. J'étais convaincu que mon temps serait employé au mieux si je suivais le conseil de Jean de me laisser aller au repos, aussi orientai-je mes pensées dans cette direction. Ce faisant, je ressentis la même joie qui m'avait envahi plus tôt en compagnie de mon ami. Au lieu de m'ennuyer comme je l'avais supposé, je découvris le bonheur de passer deux heures de temps mortel dans un silence extatique en savourant la qualité et l'énergie de la présence de l'endroit.

Puis je quittai la Jérusalem céleste et me retrouvai dans mon corps physique, beaucoup trop tôt à mon avis, avec le sentiment que j'aurais pu demeurer là, dans cette félicité indicible, complètement immobile, des jours, des mois durant, peut-être pour toujours. Je me réveillai dans une forme exceptionnelle. Le seul effet négatif était le souvenir du complot de destruction fomenté par les Frères Obscurs. « *Quelle sorte de royaume projettent-ils pour nous remplacer ?* » m'interrogeai-je. Une gravure médiévale figurant un enfer peuplé de diables et de démons me vint à l'esprit, mais je la rejetai. Intuitivement je savais que la réponse impliquait beaucoup plus que cela… Incroyablement plus.

III

Une tentative de guérison

Hormis la sensation lancinante liée aux graves difficultés rencontrées par les Frères de Lumière, c'était une matinée magnifique. Jean, que je considérais comme un ami personnel, travaillait à sauver l'humanité au prix de sacrifices considérables. La subtile connexion spirituelle que je commençais à entretenir avec lui me donnait l'intime conviction que la cause qu'il défendait l'emporterait.

En l'absence de rendez-vous urgents ce matin-là, je pris la décision de rester à la maison auprès d'Elizabeth et de lui relater en détails ma surprenante expédition.

– Ton aventure est très intéressante, commenta-t-elle, mais c'est peut-être tout bonnement un rêve ? Tu étais dans ton lit.

– Ce que j'ai vécu était aussi réel que ce que j'éprouve en ce moment à parler avec toi.

– D'accord, c'était réel… pourtant, comment se fait-il que vous ne m'ayez pas emmenée avec vous ?

– Ce n'était pas mon choix. Souviens-toi d'une chose : Jean nous a dit que t'expliquer les enseignements m'aiderait à les consolider dans mon esprit. Avec toi, je m'entraîne à enseigner à d'autres, dans le futur. C'est sans doute la raison pour laquelle tu ne nous as pas accompagnés.

– Voilà une excuse bien boiteuse, répliqua Elizabeth en souriant, mais je ne dirai rien pour cette fois. Puisque tu dois être mon guide, que penserais-tu de me donner des outils pour vaincre ma maladie ? Tu ne me donnes pas l'impression d'avoir complètement assimilé la première clé et je ne tiens pas à attendre éternellement !

– Je suis heureux que tu en parles. Pendant ce moment de repos dans la Nouvelle Jérusalem, il m'est venu quantités d'idées intéressantes, comme si j'avais soudain un regard plus clair sur les choses. Concernant ta maladie, il m'est apparu que nous comptions trop sur un miracle lié à l'élucidation des clés tout en n'agissant pas assez par nous-mêmes dans le présent. J'ai vu que les plus grands phénomènes se produisent au plan humain après que nous ayons utilisé tous les moyens dont nous disposons. J'ai vu qu'il existe des êtres nommés *Gardiens*, que l'on appelle aussi Anges ou Anges Gardiens, dont la mission est de protéger certains groupes d'humains. J'ai remarqué qu'ils interviennent rarement pour nous tant que nous n'avons pas au préalable mis tout en œuvre pour nous aider nous-mêmes. J'ai eu un aperçu de la souffrance humaine sur la Terre et j'ai vu que le plus souvent les gens n'entreprennent rien, bien qu'en leur for intérieur ils savent comment ils sont censés agir.

Et puis, j'ai vu des gens, ça et là, qui poursuivent une quête intérieure en se conformant aux valeurs les plus élevées qu'ils sont aptes à percevoir. Je me suis rendu compte que ces individus traversent de nombreuses épreuves, des évènements qui *semblent* relever de la malchance... En réalité, s'ils persévéraient et faisaient tout ce qui est en leur pouvoir pour atteindre leur but, les Gardiens e seraient émus et viendraient les secourir. Un miracle quelquefois se manifeste par une guérison instantanée ou par l'arrivée des personnes idoines juste au moment approprié. Parfois, les obstacles disparaissent comme par enchantement et d'autres fois encore des sommes d'argent se présentent au moment le plus inattendu. J'ai ressenti l'intense joie intérieure qu'éprouvent ceux qui reçoivent l'assistance directe d'un Ange Gardien. D'après ce que j'ai discerné, la joie est la conséquence naturelle de la détermination de la personne à suivre les critères de valeur les plus élevés. Nous devons, en ce qui nous concerne, passer à la phase d'application de nos connaissances supérieures au sujet de ta maladie.

– Que veux-tu dire ? questionna-t-elle, une lueur menaçante dans le regard. Il s'agit de *ma* maladie. Dans ce domaine, je suis sûre d'une chose : Jean a la capacité de me guérir et j'aimerais juste qu'il arrête de jouer avec moi et qu'il me donne la vigueur dont j'ai besoin pour continuer à vivre.

– C'est précisément de cela dont je voudrais te parler.

Je fis des efforts pour trouver les mots justes afin de ne pas de l'offenser.

– Comme je te l'ai dit, le miracle n'arrive pas tant que nous n'avons pas utilisé tous les outils dont nous disposons. Si Jean devait te guérir dans des conditions qui ne seraient pas strictement celles-là, il violerait une des lois spirituelles fondamentales.

– J'ai fait tout ce que je pouvais. Je dois donc être prête pour un miracle, tu ne crois pas ?

Son attitude toute entière exprimait le défi.

– Sauf une chose, et nous le savons parfaitement tous les deux. Jean nous a donné des informations sur la sclérose en plaques, ainsi que sur d'autres pathologies, dont la véracité est indéniable et il ne tient qu'à nous de nous en servir. Je crois que tu l'as senti, toi aussi, et je perçois qu'intérieurement tu sais que tu dois exécuter un travail particulier sur toi-même. Il y a en toi des peurs et des émotions dont tu essaies de prétendre qu'elles n'existent pas. C'est une forme de mystification et toutes les tromperies, quelles qu'elles soient, doivent d'abord être dissipées, c'est une condition inéluctable pour accéder à une santé sans faille.

– Ça recommence... soupira-t-elle en secouant la tête. Et quelle est donc cette chose que je dissimule à moi-même ?

– Il y a quelque temps, répondis-je, nous avons parlé de ton éducation de petite fille et de ta peur de l'enfer. A cette occasion, tu t'es comportée d'une manière très évasive et tu t'es contentée d'éluder la question. Je persiste à penser que le blocage pourrait bien se trouver là. Même si, mentalement, tu n'adhères pas aux concepts traditionnels des feux de l'enfer, je crois néanmoins que tu as toujours des peurs résiduelles dans ce domaine.

– Je suis certaine du contraire, m'opposa-t-elle.

– Ne vois-tu pas que tu es en plein déni ? Si tu avais réellement dépassé tes peurs, tu ne serais pas gênée pour y faire face, n'est-ce pas ?

– Je n'ai aucun inconvénient à les affronter car il n'y a rien à affronter ! affirma-t-elle avec insistance.

– Selon moi, tu as deux peurs prédominantes, la première étant de déplaire à tes parents, qu'ils soient présents ou non. Quant à la seconde, c'est ta peur de l'enfer, laquelle se confond en quelque sorte avec la culpabilité. Je pense que tu dois commencer par là.

– Non ! je n'ai pas de culpabilités. Je ne me sens plus fautive depuis que j'ai cessé de croire en un Dieu qui accepterait que nous allions nous faire rôtir pour l'éternité.

– Bien que tu refuses de croire en un tel Dieu, je soupçonne que tu crains toujours qu'Il puisse exister.

– Qu'est-ce qui te permet d'être si affirmatif ? lâcha-t-elle, sarcastique, en haussant la voix.

Silencieusement, je réfléchis. Comme précédemment, nous étions arrivés au point critique de notre discussion. Il fallait, cette fois, que je réussisse à lui faire passer le message.

– Trois choses me l'autorisent. Premièrement, quand j'étais en méditation dans la Nouvelle Jérusalem, il m'est apparu que je devais poursuivre dans cette direction avec toi. Ensuite, le Frère Obscur s'en est pris à toi et ce ne peut être un hasard. Il y est parvenu à la faveur de l'importante dose de pouvoir qu'il a réussi à s'approprier par le canal des peurs ou des culpabilités qui te dominent. Enfin, Jean nous a fait entrevoir que ta maladie est causée par des peurs profondément enfouies. Je pense qu'il est vraiment essentiel que tu le reconnaisses.

Je m'agenouillai auprès d'elle :

– Crains-tu toujours d'être expédiée en enfer par un Dieu vengeur ?

Son malaise était tangible et des larmes noyèrent ses yeux :

– Qu'attends-tu de moi ? Que je mente et que je dise que j'ai peur alors que ce n'est pas vrai ?

– Ecoute, la rassurai-je en posant mes mains sur ses épaules, je n'ignore pas que c'est difficile pour toi. Dans le cas où tu aurais refoulé de telles émotions, il est normal que tu aies l'impression qu'elles n'existent pas. Tu pourrais tout aussi bien te précipiter droit sur une falaise en étant persuadée voir une route droite devant toi. Si tu veux éviter la catastrophe, il est indispensable de contempler le tableau tel qu'il est réellement. Pour aussi bouleversant que ce soit, j'ai le devoir de t'informer que c'est la seule manière de procéder pour ta guérison.

– Très bien ! Et comment suis-je supposée voir ou sentir une chose que je ne vois ni ne sens et en laquelle je ne crois même pas ?

– Tout d'abord, il est impératif que tu sois ouverte à l'éventualité que ces sentiments peuvent se dissimuler en toi.

– Non, je m'y refuse. Je me suis débarrassée de mes culpabilités il y a longtemps et il n'est pas question que j'accepte ne serait-ce qu'une seconde de les ramener à la surface ! s'exclama-t-elle avec l'expression d'un petit animal aux abois, pris au piège, cherchant une issue pour s'enfuir, quoi que dans l'incapacité de le faire.

– Ne vois-tu donc pas que tu viens exactement d'exposer ton problème ? Tu ne veux pas regarder ces choses en face. Seulement, je crains que tu n'aies pas d'autre alternative, il se peut que ta vie en dépende.

– Pourquoi ne t'occupes-tu pas de tes propres peurs, pour commencer ? rétorqua-t-elle.

– Mon cœur, continuai-je tout doucement, mon intention n'est pas de te blesser, mais ce n'est pas moi qui suis malade. Ne vois-tu pas que je suis en train d'essayer de t'aider parce que je t'aime et que ce qui m'importe le plus au monde est de te garder auprès de moi ?

– Evidemment que je le réalise, pourtant je crois que tu te leurres tout autant que moi. Tu vois de l'auto-flagellation là où il n'y en a pas.

– Admettons. Dans ce cas, tu ne devrais pas craindre d'en parler. L'autre jour, j'ai demandé à ta mère des précisions sur ce prêcheur que ton père vous emmenait voir. Je crois qu'il s'appelait le révérend Bill. Elle m'a confirmé avoir conservé des cassettes de ses meilleurs sermons et, devant mon intérêt, elle m'en a cédé quelques-unes. Elles sont dans la voiture. Je pourrais aller les chercher et nous en écouterons une, qu'en penses-tu ?

– Je ne peux supporter cet homme et je ne veux pas entendre sa voix ! s'écria-t-elle, hors d'elle. Non par peur, mais parce que je le méprise. Quand il est mort, il y a quelques années, j'ai pensé qu'il était sorti de ma vie une fois pour toutes, et voilà que tu me le ramènes sur un plateau !

– Elizabeth… Je sais que tu as peur de lui ! Il faut absolument que tu l'affrontes une dernière fois.

– Ne pas aimer quelque chose et en avoir peur sont deux sujets différents, répliqua-t-elle sur un ton égal.

– Il y a des types de musique que je n'apprécie pas du tout mais je ne souffre pas en les entendant. Puisque tu n'aimes pas le révérend Bill, sans plus, alors je prétends que l'écouter, juste pour me faire une faveur, n'est pas une affaire insurmontable ! En refusant, tu ne fais que confirmer la frayeur qu'il t'inspire.

Je savais que cette approche psychologique donnerait des résultats : elle était toujours sensible aux défis. L'expression de son visage m'assurait que j'avais vu juste :

– Apporte la maudite cassette et mets-la en route ! Ensuite, qu'il n'en soit plus jamais question.

Sans ajouter le moindre commentaire, je me précipitai à la voiture pour récupérer les bandes. Pour une fois, j'étais content qu'elle ne soit pas en mesure de partir en courant et je savais qu'elle était enfin en situation de faire un pas vers la guérison.

Tandis que j'insérais la cassette dans le magnétophone, je remarquai son regard fuyant qui tentait désespérément de m'éviter... Je me fis la réflexion que ce devait être ce qu'on appelle *l'amour vache* et j'enclenchai l'appareil... Elizabeth, incommodée, écoutait avec moi les préliminaires du discours. Le prédicateur ne tarda pas à entrer dans le vif du sujet :

« *Croyez-vous que vous pourrez échapper à la colère de Dieu et à l'enfer qui vous attend, au diable et à ses anges déchus, simplement en prétendant être quelqu'un de bon ? Je vous dis que vous vous trompez ! A moins de vous purifier par le sang de Jésus et d'être accepté parmi ses ouailles, vous ne pourrez jamais entrer dans le royaume de Dieu.*

Le Diable est là, qui vous guette, je vous l'affirme, et toutes les occasions sont bonnes pour vous prendre au piège ! Vous sentez-vous attiré par le sexe opposé ? Alors, vous êtes déjà en état de péché et, celui qui déchoit et s'écarte de la gloire divine ira là où les vers ne meurent pas et où sa soif n'est jamais étanchée. Vous brûlerez pour l'éternité loin de la présence du Seigneur. »

A l'écoute de ce discours, j'étais moi aussi horrifié. La cassette continuait :

« *Vous êtes-vous déjà brûlé le doigt à la flamme d'une cuisinière ? Bien entendu ! hurlait-il, ça fait mal, n'est-ce pas ? Avez-vous déjà plongé votre main dans une casserole d'eau bouillante ? Non, probablement pas, mais vous pouvez concevoir à quel point cela peut être douloureux... Maintenant, pire encore, imaginez-vous ce que vous pourriez ressentir si votre corps tout entier était en train de se consumer dans de la lave incandescente.*

Ici, sur la terre, si vous sautiez dans du magma en fusion, la souffrance ne durerait pas plus de quelques secondes, mais quand il s'agit du châtiment divin, vous brûlez encore et toujours, sans fin, et le soulagement n'arrive jamais. Si vous n'êtes pas ouvert à la miséricorde et à l'amour de Dieu sur la Terre, Il n'aura aucune pitié pour vous quand vous serez en enfer.

Avez-vous failli à l'un des Commandements ? Sans la grâce de Jésus, c'est le lac de feu qui vous attend ! »

Elizabeth était troublée et je ne pouvais pas l'en blâmer. L'interprétation que cet homme donnait des Saintes Ecritures était démesurée ! J'arrêtai cette *verborée* et j'allai mettre mon bras autour des épaules de ma femme. Elle commença tout d'abord à pleurer silencieusement, puis elle fut bientôt secouée de gros sanglots.

– Nous y sommes, ma chérie, dis-je doucement, essayant de la calmer en la serrant contre moi. C'est une peur qu'il est important de combattre.

– Tout le monde a enfreint certains des Commandements, n'est-ce pas ? me demanda-t-elle en s'étranglant, en quête d'encouragements.

– Bien entendu et je suis sûr que Bill aussi.

– J'ai… j'ai essayé de recevoir la grâce et le pardon de Dieu, lâcha-t-elle. J'ai essayé encore et encore… mais je me sentais fautive, il n'y avait rien à faire. Je n'étais pas convaincue d'avoir été pardonnée et je trouvai la solution en me disant que le révérend Bill n'existait pas. Je créai une version de Dieu beaucoup plus joyeuse, mais quelque chose en moi continuait à craindre ce Dieu vengeur. Je n'ai jamais pu réellement modifier cette image si profondément ancrée en moi pour celle d'un Dieu d'amour… Oh ! Mon Dieu… Comment est-il possible que ces sentiments soient toujours là… Et dire que j'étais sûre de les avoir enterrés depuis longtemps !

– C'est la clé du problème, mon cœur. Tu as enterré ces sentiments et maintenant tu dois te les remémorer afin de les détruire une bonne fois pour toutes.

– Comment cela ? s'étonna-elle en cherchant un mouchoir dans la poche de sa jupe. J'ai fait tout ce que j'ai pu afin de me débarrasser de ma peur et de ma culpabilité. Je pensais que j'avais réussi et voilà qu'elles sont de retour, plus tenaces et plus puissantes que jamais !

Je l'étreignais et je la regardai dans les yeux :

– Je suis vraiment allé dans la Nouvelle Jérusalem et, pendant ma méditation, j'ai été immergé dans l'Esprit divin plus que je ne l'avais jamais été. Pendant cette extase, des connaissances ont été déversées en moi. A la suite de cette expérience, il existe des choses à propos desquelles je n'ai plus aucun doute. Certaines d'entre elles que je croyais savoir et qui n'étaient alors que théoriques sont maintenant comme authentifiées. L'une d'elles est l'Amour de Dieu.

Dieu n'enverrait jamais personne dans une fournaise ardente pour l'éternité et encore moins pour des bagatelles comme pourrait en commettre un être sincère comme toi. S'il est vrai pourtant que la souffrance existe dans ce monde et dans le prochain, c'est nous qui en sommes les instigateurs. Nous devons rechercher en nous les causes de tous nos tourments et les ramener à la surface pour les affronter. Ensuite, notre tâche consiste à harmoniser notre soi extérieur avec notre soi intérieur.

La grande vérité que je perçois est que Dieu ne nous imposerait jamais les châtiments que nous nous infligeons à nous-mêmes. Nous nous traitons de si abominable manière qu'il n'est nul besoin de diable armé d'une fourche pour accomplir ce travail ! Ce sont nos propres remords qui font office de fourche. Nos résistances à nous accepter comme partie intégrante de l'amour du Seigneur sont les feux de l'enfer et nos efforts à prétendre que nous ne ressentons pas l'Esprit de Dieu représentent les vers qui ne meurent jamais. Tous les châtiments éternels mentionnés dans les Saintes Écritures et autres descriptions sont notre propre création.

Elizabeth me regarda pendant un long moment, pas du tout convaincue du bien-fondé de mes paroles.

– Très bien, si Dieu est tout amour, pourquoi permet-Il donc que nous nous fassions autant de mal ?

– Nous en empêcher serait nous priver de ce que nous sommes. *Décision* est le premier mot-clé et, sans pouvoir de décision, lequel fait de nous des êtres responsables des effets desdites décisions, nous cesserions virtuellement d'exister. Selon Jean, nous sommes encore bien davantage que le résultat de nos choix. Ce pouvoir est en quelque sorte relié à l'essence de notre être. Ta capacité de décision t'a menée à la peur et à la contrition, origines de ta maladie, et maintenant, cette même faculté peut te remettre sur le chemin de la santé. Tu dois te réapproprier ce droit qui est le tien et ne pas le céder à un Dieu plein de haine.

Elizabeth était stupéfaite par mon discours :

– Depuis quand es-tu devenu aussi avisé ? Tu commences même à parler comme Jean.

– Je pensais la même chose, m'exclamai-je en riant. J'ai l'impression d'être connecté sur sa fréquence et de partager sa sagesse. C'est ce lien qui me fait savoir dans quelle direction je suis supposé te conduire.

– Jusqu'ici, tu as réussi à ramener dans ma vie un problème que je pensais réglé depuis longtemps et j'ajouterai que tu as déclenché en moi un état de malaise et d'inconfort en aucun cas réparateur ! Quel est le prochain stade ?

– Je l'ignore encore, répondis-je.

Il était pourtant évident qu'Elizabeth se sentait mieux, mais je ne souhaitais pas la pousser dans ses derniers retranchements.

– Et qu'en pense l'esprit de Jean ? railla-t-elle.

– L'esprit de Jean… Ma foi... Pourquoi pas ? Laisse-moi faire le vide.

Je n'étais pas sûr que sa question relevât uniquement du sarcasme. En tout cas, sa réflexion modifia l'orientation de ma pensée. Je vis soudain la direction dans laquelle je devais emmener mon épouse, puis un doute s'empara de moi et le fil se rompit. D'instinct, je savais que je pouvais répondre à Elizabeth à la condition d'entrer en syntonie avec Jean, l'Esprit où quel que soit le nom de ce qui me guidait.

Les yeux fermés, une chaude vibration me parcourut. Elle me rappela la sensation vécue dans la Nouvelle Jérusalem. Quelques secondes plus tard, j'avais la réponse.

– Le stade suivant… dis-je, je le connais et il ne va pas te plaire.

– Pourquoi ta réflexion ne me surprend-elle pas ? riposta Elizabeth, ironique.

– Désolé ma chérie, mais il faut que tu puisses écouter n'importe quel passage des sermons du révérend Bill sans que tu en sois plus affectée que si tu regardais un dessin animé, même si, tout d'abord, cela signifie entendre la bande jusqu'à la nausée.

Le malaise d'Elizabeth était patent, elle fronça les sourcils.

– Je ne sais pas si je pourrais en supporter davantage.

– Il va le falloir pourtant. Autant que je te prévienne : en plus de cette cassette, il y en a encore deux autres.

J'espérais que je n'y allais pas trop fort.

– Maman t'a donné trois cassettes ? Je ne peux pas le croire, elle doit me haïr !

Elizabeth roula son fauteuil hors de la pièce.

– En fait, continuai-je, elle est persuadée que renouer avec la religion te fera le plus grand bien. Je pense qu'elle a raison, mais pas comme elle l'imagine.

Je m'empressai d'ajouter, plein d'espoir, croisant les doigts mentalement :

– Tu sais, je crois que tu as eu ta dose pour aujourd'hui. Pourquoi ne pas nous détendre un peu et envisager une autre séance pour demain ?

– Et qu'est-ce qui te fait croire que j'accepterai une chose aussi tortueuse ? demanda-t-elle presque comme s'il s'agissait d'un jeu.

– Deux choses, répondis-je. Premièrement, je sais que tu tiens à la vie et, deuxièmement, si tu écoutes ta voix intérieure, tu sauras que c'est la seule solution. Me promets-tu au moins d'y réfléchir ?

Je m'approchai d'elle, la pris tendrement dans mes bras et je la regardai dans les yeux.

– Je sais qu'une porte est ouverte sur ta guérison et je veux que tu la franchisses. J'en ai besoin. Si tu retrouves la santé, si tu te sens bien à nouveau, ce sera comme vivre dans la Nouvelle Jérusalem.

J'avais une boule dans la gorge. Elizabeth caressa amoureusement mon visage et embrassa délicatement mes paupières :

– Je te promets d'y réfléchir. Va travailler, maintenant.

IV

Ce que nous sommes

En rentrant à la maison, ce soir-là, je constatai qu'Elizabeth avait déjà écouté les trois cassettes. Très satisfaite, elle m'expliqua qu'une fois le dégoût surmonté, il lui avait semblé que c'était l'action juste. Après tout, comme elle le fit remarquer, elle n'avait rien à y perdre. J'étais ravi de la voir dans une attitude positive susceptible de lui rendre l'espoir.

Le dimanche suivant, au petit déjeuner, j'eus une longue session avec Wayne. Impatient de faire le point, j'arrivai un peu en avance à notre rendez-vous hebdomadaire. Je buvais mon café quand mon ami entra et s'écroula sur son siège, pas très à l'aise.

– Des problèmes avec tes employés ? lançai-je.

– S'il n'y avait que ça ! grogna-t-il en retirant son chapeau de cow-boy qu'il jeta sur la banquette. Une sacrée semaine... Je ne sais pas si c'est la lune ou quelque chose qui ne tourne pas rond dans l'atmosphère, mais tout ce qui avait la moindre chance d'aller de travers l'a fait. Je crois qu'il ne me reste plus qu'à changer de nom.

Je repensai aux commentaires de Jean sur le fait que nous étions dans une période favorable aux Frères Obscurs qui se préparaient pour leur prochain assaut. Je me demandai en mon for intérieur si là était la cause des perturbations vibratoires dont nous étions victimes, nous les mortels ordinaires.

– J'ai moi aussi eu de curieuses sensations, déclarai-je. Il doit y avoir quelque chose dans l'air. Alors que s'est-il passé ?

– C'est ce foutu Jeff ! s'exclama-t-il, celui qui avait des problèmes avec la justice. Il y a quelques jours à peine, j'ai dépensé cinq mille dollars de caution pour le faire sortir de prison, après quoi, il a juré qu'il m'était redevable pour la vie. Devine ce que ce salopard a inventé pas plus tard qu'hier ? Hé bien, pour me remercier, il a eu le culot de cambrioler chez moi et de me voler 5 000 dollars en cash que j'avais planqués ! Il ferait bien de prier pour que la police le retrouve avant moi !

– Ce n'est pas la première fois que tu as des ennuis avec des employés qui prennent le large en embarquant tes affaires, il faut dire que tu te refuses à fermer les portes à clé.

– Que veux-tu, je n'arrive pas à me résoudre à mettre des verrous partout... Je devrais pouvoir vivre dans une société dans laquelle je peux faire confiance aux gens avec lesquels je suis associé.

– C'est un merveilleux idéal, dis-je, mais ce n'est malheureusement pas toujours très réaliste.

– Réaliste ou pas, c'est ainsi que la vie devrait être, affirma-t-il en hochant la tête.

– Peut-être que oui, peut-être que non, cependant tu dois accepter que l'on ne peut pas se fier à l'honnêteté de tout le monde. En vérité, il existe un grand pourcentage de gens incapables de résister à la tentation. En tant qu'ami, je me permets d'insister pour que tu installes des verrous sur tes portes.

– C'est impossible car mes employés ont besoin d'entrer dans le garage ou dans la maison pour prendre des outils en mon absence.

– A n'en pas douter, tu devrais pouvoir trouver un dispositif de sécurité meilleur marché que les 5 000 dollars que cela t'a déjà coûté !

– Probablement, réfléchit Wayne, mais je suis trop en colère pour trouver une solution maintenant.

Je restai un instant silencieux. Enfin, même si j'avais l'impression d'aller un peu trop loin, je ne pus m'empêcher de lui demander :

– Et que diable faisais-tu avec 5 000 dollars en liquide chez toi à la vue de tous ?

– Ils n'étaient pas en évidence, ils étaient bien cachés, répondit-il exaspéré. Je ne sais pas comment il a mis la main dessus. J'essaie toujours de garder un peu de cash, on ne sait jamais ce que la vie vous réserve.

A ma connaissance, Wayne n'était membre d'aucun groupe mais je n'aurais pas été surpris d'apprendre qu'il disposait d'un équipement de survie. En outre, il ne faisait pas secret d'un manque de confiance manifeste dans les institutions. Je n'avais pas trop de difficulté à imaginer les raisons pour lesquelles il voulait garder une telle somme à portée de la main.

– Bon... alors, à part l'histoire des 5 000 dollars, as-tu passé une bonne semaine ?

– Tiens-tu à ce que je reste courtois ? me lança-t-il, l'œil furibond.

J'en déduisis qu'il avait eu d'autres motifs de contrariété sur lesquels il préférait ne pas s'étendre. Je sautai sur l'occasion pour changer de thème.

– O.K, dis-je. Passons à des sujets plus divertissants. Je crois que j'ai finalement trouvé la réponse à « *QUI OU QUE SUIS JE* ? »

– Alors, tu penses avoir été plus loin que tous les plus grands philosophes, y compris Descartes ?

La capacité qu'a mon ami de basculer de l'irritation au calme sur un mode quasi instantané est pour moi une chose fascinante. Il adore parler de philosophie ou de toute chose réclamant un sens aigu de la réflexion et il se transforme à vue d'œil dès qu'il est *sur orbite*. A l'instant même où il entre dans ce que j'appellerais son humeur analytique, il devient beaucoup plus érudit qu'il ne semble l'être dans la vie quotidienne.

– Au risque de paraître doté d'un ego surdimensionné, je pense que j'ai peut-être à ma disposition quelque chose qui a échappé aux philosophes du passé, répliquai-je.

– Question ego, j'en ai connu des gigantesques avec lesquels tu ne pourrais pas rivaliser, ironisa-t-il.

– Merci pour le vote de confiance. Descartes a réduit notre essence à la pensée, mais nous sommes déjà arrivés à la conclusion que nos pensées sont en réalité un véhicule dont se sert notre véritable essence. Ensuite, nous avons dit que la conscience est au-dessus de la pensée et, finalement, que le mouvement et l'action sont peut-être situés juste en arrière-plan de la conscience. Mais la clé de tout est : *« Qu'est-ce qui génère l'action ? »* Il y a en nous un pouvoir derrière tout mouvement que nous engendrons. Selon toi, de quoi s'agit-il ?

– Je dirais que c'est la pensée, mais nous avons déjà examiné cet aspect. J'en déduis que tu as autre chose à me proposer, dit Wayne sans ambages.

– Certaines actions sont la conséquence d'un processus de réflexion, mais d'autres pas. Beaucoup de nos actions ne sont pas la conclusion de nos pensées, cependant tout mouvement résulte d'une grande force intérieure qui est la nôtre. Je vais t'en faire la démonstration, déclarai-je en saisissant un verre d'eau et en le déplaçant de quelques centimètres. A ton avis, qu'est-ce qui a fait bouger ce verre ?

– Je pense que c'est toi, dit Wayne en souriant.

– Bien entendu, mais qu'est-ce qui en moi a fait bouger ce verre ?

– Je ne sais pas. Tu as simplement décidé de le faire glisser.

– C'est ça ! C'est incroyable que tu l'aies sorti aussi spontanément !

– Ce que j'ai dit n'a rien de transcendant, réagit-il devant ma surprise.

– Mais si ! Tu as prononcé le mot-clé.

– De quel mot-clé me parles-tu ?

– Décider. *Décision* est ce que nous sommes. Nous sommes *décision*. Toutes les actions dont nous sommes l'auteur sont précédées peu ou prou d'une décision intelligente. Je suis une intelligence qui vient de déplacer ce verre parce que je l'ai décidé. Un décideur pourra utiliser la pensée et l'émotion alors que la pensée et l'émotion seules ne peuvent produire le mouvement. La pensée et le sentiment exempts de décision n'ont pas de pouvoir.

– Tout ça est très bien, dit Wayne. Je peux voir que nous sommes le résultat de nos décisions, mais dire que nous sommes *décision* ne serait pas techniquement correct.

– Et pourtant, d'une certaine façon, ça l'est, Wayne. Le pouvoir même qui nous habite et prend les décisions est ce que nous sommes. Supposons que tu aies à décider entre des œufs au bacon et des crêpes alors que tu as envie des deux tout autant. Laisse ton pouvoir de décision fluctuer entre les deux et tu peux sentir lequel est véritablement toi, ton véritable choix. Le pouvoir de décision à l'œuvre.

– Ça ne marchera pas avec moi. Je prends les œufs au bacon sans aucune hésitation, s'esclaffa Wayne, moqueur.

– Très drôle, mais tu sais très bien ce que je veux dire. Tu es face à deux choses que tu désires autant. Laisse ton attention osciller de l'une à l'autre : tu peux distinguer le pouvoir intérieur, le pouvoir qui met les choses en mouvement.

– D'où sors-tu tout ça ? s'étonna-t-il en me regardant, inquisiteur. Où est le bon vieux Joe qui voulait connaître des réponses bien classiques du genre : *« Quand le temps a-t-il commencé ? »* Ou bien : *« D'où vient Dieu ? »*

– Je suis le même type… avec un léger changement de direction.

– J'ai le sentiment que tu veux utiliser mes extraordinaires facultés de raisonnement comme tremplin pour aller plus loin, lança-t-il la tête entre les mains.

– Tu as raison. J'ai pensé qu'en examinant ensemble ce dont nous disposons, nous pourrions progresser davantage. Joue le jeu quelques instants et suppose que nous sommes plus que le résultat de nos décisions, mais la *décision*, voire le pouvoir de décision lui-même. Si tu savais que c'est vrai, quelle signification cela aurait-il pour toi ?

– Hmm… grommela Wayne. J'ai pensé à moi-même comme étant mes idées, mes émotions, l'amour, la conscience, jusqu'à une parcelle de Dieu, mais ce que tu avances, c'est nouveau. Je suis décision… Je suis décision… répétait-il les yeux fermés.

Je l'observais quand, tout à coup, en rouvrant les yeux, il s'exclama :

– J'aime ça ! Ça fait du bien. N'est-ce pas apparenté à ce que tu disais sur la traduction hébraïque de ce que Dieu révéla à Moïse ? N'a-t-Il pas affirmé qu'Il décidait ou quelque chose d'approchant ?

– Wayne, tu es un génie ! Un vrai génie !

– C'est évident, s'exclama-t-il, flatté. Mais dis-moi pourquoi, de façon à ce que je sache de quoi je peux me vanter !

– Ce que Dieu a dit à Moïse est un élément majeur. Ce dernier implorait Dieu de lui révéler Son nom et, à l'époque, le nom de quelqu'un était considéré comme une indication de sa nature ou de son essence. Ainsi donc, Moïse s'attendait probablement à une description typique de la version humaine de Dieu. Il aurait certainement été satisfait que Dieu lui dise que Son nom était *LE SUPREME ET TOUT PUISSANT*, ou *L'OMNIPOTENT ET L'OMNISCIENT*, que sais-je... Ce qui est intéressant c'est que Dieu n'a pas divulgué à Moïse un nom banal. En substance, Il lui a dit : « *JE SUIS CELUI QUI DEVIENT CE QUE J'AI DECIDE DE DEVENIR.* » Par là, Il dévoilait à Moïse qu'Il était *Décision* et qu'Il ne pouvait pas lui fournir d'autre nom car, en tant que décision, Il pouvait décider d'être différent demain de ce qu'Il est aujourd'hui. Puisque Dieu varie dans Ses décisions sur la façon dont Il Se manifeste, Il ne peut donner un nom définitif à l'exception de L'ETERNEL, et tel fut le choix de Moïse. Et ce n'est pas tout : observe les façons que Dieu a utilisées pour Se manifester au cours des âges. Jadis, il y avait, en principe, de nombreux dieux, puis à l'époque de Moïse, on assiste à l'émergence d'un seul Dieu puissant et vengeur. Plus tard, au temps de Jésus on parle d'un Dieu d'Amour.

– Et on ne parle là que d'un Dieu chrétien, ajouta Wayne. Suppose que toutes les religions majeures fassent partie du Plan Divin... Si ta théorie est juste, Dieu a décidé de Se manifester d'une façon légèrement différente au travers de chacun. Peut-être a-t-Il de nombreuses identités en des lieux et époques distincts ?

– Et cela serait complètement cohérent, car tout individu ou civilisation peut présenter une interprétation de Dieu s'insérant dans un système de croyances avec lequel il se sent à l'aise avant de pouvoir accepter des enseignements nouveaux et différents. Ce qui est amusant, c'est que cela peut être le même Dieu Se manifestant de la façon qu'Il a décidée, décision déterminée en fonction des circonstances des gens.

– On dirait que nous avons ici la reconstitution du Grand Mystère de l'existence. Bon, mais à quoi allons-nous nous attaquer maintenant ?

– Rappelle-toi, nous avons évoqué l'idée que nous pourrions être des Dieux... Or, nous venons de découvrir une similarité entre la description du Dieu de Moïse et nous, simples mortels. Dans les deux cas, nous sommes décision ou bien la décision est, en quelque sorte, notre essence la plus haute.

– Penses-tu alors que ceci est la fin de ton étrange quête pour découvrir « *qui ou ce que nous sommes* » ? demanda Wayne.

– Je n'en suis pas sûr, répondis-je dans un haussement d'épaules. Cette conversation avec toi a sans nul doute été très utile, mais je ne crois pas que ce soit l'aboutissement.

– J'ai déjà d'autres thèmes à ton intention... Comme par exemple : « *Quelle fut la première décision ? Y a-t-il eu un temps où la décision n'existait pas ?* » Si oui, il y eut une époque où tu n'existais pas ou peut-être Dieu, Lui-même, n'existait pas... On pourrait devenir fou rien que de penser à toutes ces choses. Et si on parlait politique pour changer ?

Suite à cette déclaration, Wayne aborda des sujets plus matériels. Je l'écoutais d'une oreille distraite car je ne pouvais m'empêcher de réfléchir à l'idée que Dieu devient qui Il décide de devenir, et que moi aussi, peut-être… Obtenons-nous le pouvoir divin en étendant notre pouvoir de décision ? J'avais la sensation que l'humanité n'avait qu'une compréhension primitive de ce qu'est la décision et de la façon de l'utiliser. Je commençais à être très impatient de revoir Jean.

V

LE MÉDECIN

Le lendemain matin, alors que je me préparais pour aller travailler, Elizabeth me confia :

– Ma mère doit passer me prendre cet après-midi pour aller chez le médecin.

– Parfait ! Et te sens-tu mieux depuis que tu as écouté les cassettes ?

– Je suis nerveuse et toute embrouillée intérieurement. Une partie de moi me dit que cet inconfort est positif, comme la réaction irritante provoquée par un désinfectant sur une plaie, mais une autre partie insinue que je suis folle de continuer dans ce sens et me commande d'éviter de souffrir.

– C'est la première partie qui a raison, déclarai-je, péremptoire.

– Puisses-tu dire vrai. Si mon état s'aggravait encore, je ne pourrais plus rester seule à la maison.

– Nous n'en sommes pas là, lui affirmai-je dans le but de la rassurer avant de partir. Au moindre problème, tu sais qu'il me suffit de quelques minutes pour arriver ici.

J'avais organisé mon travail de façon à pouvoir être le plus présent possible auprès d'Elizabeth et veiller sur elle. Mes clients m'appelaient à mon domicile et il m'était facile d'effectuer la majorité de mes démarches depuis le bureau que j'y avais installé. Je sortais uniquement pour faire visiter des maisons et signer des contrats. Certes, la tâche m'en était simplifiée mais, bien que j'étais l'un des meilleurs vendeurs de mon agence immobilière, nos factures personnelles, dues essentiellement à la maladie d'Elizabeth, étaient à elles seules considérables. J'étais contraint à travailler de plus en plus, si bien que les moments ô combien précieux que je pouvais consacrer exclusivement à mon épouse semblaient fondre comme neige au soleil.

L'attachement qui nous unit Elizabeth et moi est si profond qu'il m'arrive, même quand nous sommes éloignés l'un de l'autre, de ressentir avec acuité les modifications dans son humeur. Cet après-midi-là, je perçus nettement, à travers cette énergie qui nous relie, une forte perturbation dans ses émotions : je craignais que le médecin lui ait annoncé des choses désagréables. Je bâclai mon dernier rendez-vous et rentrai à la maison le pied au plancher.

Quand j'arrivai, la voiture de ma belle-mère était garée dans l'allée. Le père d'Elizabeth était mort quelques années plus tôt, laissant sa femme, Léona, seule et désœuvrée dans une immense maison. Grâce à tout ce temps libre, elle pouvait apporter son soutien et sa présence à sa fille.

Je croisai Léona, visiblement contrariée, à l'entrée de la cuisine. Devant ma mine inquiète et interrogatrice, elle déclara :

– Je crois que le docteur lui a annoncé des mauvaises nouvelles, mais elle est complètement muette à ce sujet...

Quand j'entrai dans la salle de séjour, je découvris Elizabeth assise, attablée devant une tasse de thé et le visage fermé, très déprimée.

– Que se passe-t-il, ma chérie, que t'a dit le médecin ?

– Tout va bien, tout va très bien, voulu-t-elle me rassurer.

– Allons, mon cœur, confie-toi !

– Pas tant que ma mère est là, objecta-t-elle.

J'allai voir ma belle-mère et lui dis avec tendresse :

– Vous pouvez rentrer maintenant. Merci de votre aide si précieuse. Je vais tenter de lui remonter le moral. Appelons-nous dans la soirée, je vous donnerai de ses nouvelles, vous voulez bien ? Mais revenez demain, vous passerez tout l'après-midi avec elle si vous le désirez.

Léona partit, triste et à contrecœur. J'espérais ne pas l'avoir blessée. Je me tournai alors vers Elizabeth :

– Voilà, maintenant, tu peux parler. Que s'est-il passé chez le médecin ?

– Ça me concerne ! riposta-t-elle, des trémolos dans la voix.

– Ecoute, mon cœur, tu as un destin sur cette terre, moi aussi, et nous allons faire de grandes choses ensemble.

– Pas si je me tue... chuchota-t-elle en pleurant doucement.

– Que dis-tu ? Tu ne vas pas te tuer !

– Ce n'est pas ce qu'a dit le docteur !

– Allons, ton médecin ne te dirait jamais que tu vas te tuer, même s'il le pensait ! Tu as mal compris.

– Non, j'ai bien entendu. Il a dit que j'étais en train de me tuer.

Je lui pris la main et tentai de la calmer, patiemment, lui demandant de me révéler ce qu'il avait exactement déclaré.

– Je lui ai raconté pour les cassettes, finit-elle part reconnaître. Je voulais voir sa réaction. Aussitôt il est devenu très nerveux et m'a posé des tas de questions. Son avis est que nous sommes stupides de nous laisser berner par des charlataneries. Ensuite, il m'a expliqué que le traumatisme auquel je m'exposais en extirpant ces vieilles émotions – ce vers quoi tu veux m'entraîner – pourrait me tuer. Il a ajouté que tu serais responsable de ma mort.

– C'est impossible ! explosai-je. A en juger par la façon dont il t'a traitée jusqu'à présent, j'ai toujours considéré ton docteur comme un homme raffiné et plein de tact. Me serais-je trompé ? Vois dans quel état il te met ! Est-il inconscient de l'effet désastreux de ses propos sur toi ?

– Il voit les choses autrement. D'ailleurs, il voudrait te rencontrer demain et je ne pense pas qu'il s'agisse d'une visite de courtoisie.

– Quel besoin avais-tu de lui parler des cassettes ?

– Il est mon médecin, répondit-elle pour sa défense. Je suis censée pouvoir tout lui confier, bon ou mauvais, concernant ma maladie. J'ai certainement bien agi. Sans doute nous comportons-nous stupidement…

– Il n'y a rien de stupide dans notre attitude ! déclarai-je en lui prenant le bras. Il ferait probablement la même chose s'il était dans notre situation. J'aurais préféré que tu ne dises rien. Maintenant, il juge que nous sommes allés trop loin… heureusement qu'il ne connaît pas l'existence de Jean !

Elizabeth fixait le tapis d'une façon qui me rendit nerveux et je compris qu'elle avait aussi parlé de Jean. Dans l'impossibilité de nier l'évidence, elle avoua avoir juste mentionné un ami d'une grande sagesse qui nous donnait des conseils…

– Je l'espère, mon cœur, soupirai-je. Je l'espère vraiment. Si tu lui donnes la moindre indication quant à ce qui se passe réellement, il pensera que nous sommes complètement fous. Un peu timbrés, passe, mais tu peux imaginer le type de traitement qu'un médecin appliquerait à quelqu'un qui discute avec un homme âgé de deux mille ans… *a fortiori* avec Jean Le Révélateur ! Il pourrait me faire enfermer, Elizabeth !

– Ne t'en fais pas, déclara-t-elle, là n'est pas la question. La seule chose importante pour lui, dans cette affaire, est de m'éviter tout stress inutile. Oublions donc les cassettes pour l'instant, cela vaudra sûrement mieux.

– Tes propos reflètent tes peurs. Sache que les médecins n'ont pas toujours raison. Tu dois regarder en toi et apprendre à faire confiance à ta guidance intérieure. Pose-toi la question… Que dit l'Esprit en toi ?

– Je n'en sais rien, soupira-t-elle, je suis en pleine confusion actuellement. Je voudrais me mettre en roue libre pendant quelques jours et je vais suivre son conseil : j'ai besoin de repos.

Le moment me semblait mal choisi pour tenter de lui faire changer d'avis ; il était préférable d'attendre d'avoir rencontré son médecin. Celui-ci voulait me voir le jour suivant, à deux heures précises.

Je jonglai avec mes rendez-vous pour ne pas être en retard, ce qui ne l'empêcha pas de me faire attendre une demi-heure. « *Typique* », pensai-je… quand une infirmière m'annonça qu'il allait enfin me recevoir.

Je m'assis face à lui. De ses 55 ans avec le cheveu rare et le visage encadré d'une barbe grise, se dégageait une aura d'autorité que je n'avais jusqu'à ce jour jamais remarquée chez lui. Il jeta un regard à des notes qu'il avait prises sur un bloc de papier jaune et m'asséna un : *« Merci d'être venu, monsieur Dewey »*, empreint d'une courtoisie calculée.

– Je ferai tout ce qui est en mon pouvoir pour aider, répondis-je.

– Vous n'êtes jamais venu me voir en tant que patient. Qui est votre médecin ?

Sa question me mit mal à l'aise, ne sachant pas quel usage il allait faire de ma réponse :

– Je n'ai pas de médecin régulier.

– Vous n'avez donc pas confiance en la médecine ?

– Bien sûr que si. N'êtes-vous pas le médecin de ma femme ?

– Il ne s'agit pas de votre femme, je vous parle de vous. Quand avez-vous consulté pour la dernière fois ?

– Attendez... Je dirais environ vingt ans.

– Vingt ans ! s'exclama-t-il.

Au comble de l'exaspération, il se leva pour arpenter la pièce, puis il parvint à se maîtriser et réintégra son siège.

– Maintenant, dites-moi monsieur Dewey, comment se fait-il que vous n'ayez pas vu un médecin depuis vingt ans ?

– Je n'en ai pas eu besoin.

Il fit entendre un petit rire, puis après un silence plein de sous-entendus, il reprit :

– Je serais curieux de connaître la raison qui a motivé votre consultation alors.

– J'ai eu une fracture et j'ai du me faire plâtrer, répondis-je.

– Monsieur Dewey, je suis heureux de constater qu'à cette époque vous avez eu le bon sens de comprendre qu'il fallait davantage qu'une séance de pensée positive pour réparer un os brisé.

L'utilisation répétée de mon nom qu'il martelait intentionnellement pour faire montre d'autorité m'exaspérait au plus haut point.

– Dites-moi, monsieur Dewey, pensez-vous que les médecins ne sont bons qu'à remettre les os en place ?

– Bien sûr que non... il est important que nous ayons des médecins qualifiés...

– Mais vous n'en avez pas eu besoin depuis vingt ans ? me coupa-t-il.

– Est-ce un crime ? rétorquai-je en élevant le ton.

– Non, monsieur Dewey, ce n'est pas un crime mais, à mon sens, c'est de la négligence. Vous n'avez certainement pas été en parfaite santé durant tout ce temps ?

– Il m'arrive parfois d'avoir un rhume, mais jusqu'à preuve du contraire, il n'existe toujours pas de traitement médical réellement efficace pour ce type d'inconvénient, ainsi je n'avais aucune raison de faire appel à la médecine.

– Néanmoins, monsieur Dewey, ne pensez-vous pas qu'il est bon de faire un bilan périodiquement, histoire de s'assurer que tout fonctionne bien ?

– Je n'ai rien contre, bien que je n'en voie pas l'intérêt.

Il me toisa aussitôt d'un de ces regards hautains que certains réservent à ceux qu'ils jugent frustes et ignorants :

– Monsieur Dewey, avez-vous fait des études secondaires ?

– Oui, m'étonnai-je.

– Hmm... grommela-t-il en fronçant les sourcils. Et vous avez votre bac ?

– Oui, déclarai-je, contrarié par la tournure de ses questions qui commençaient à prendre l'allure d'un interrogatoire.

– Êtes-vous allé jusqu'à faire des études supérieures ?

– En effet, mais où voulez-vous en venir ?

– Je vais vous le dire, monsieur Dewey. Quand votre épouse m'a avoué que vous l'aviez délibérément convaincue qu'elle était responsable psychologiquement de sa maladie, j'ai été surpris et j'ai pensé que votre attitude était vraiment celle d'un homme n'ayant pas dépassé l'éducation primaire. Pour être franc, je suis surpris d'apprendre que vous ayiez votre bac et que vous ayiez suivi des études universitaires. Comment quelqu'un qui a reçu une éducation comme la vôtre peut-il, par les temps qui courent, se laisser prendre par ce genre de conneries ? Ne réalisez-vous pas qu'il reste à votre femme peu de temps à vivre ? C'est une question de mois avant qu'elle ne perde les facultés qui lui restent. Désirez-vous précipiter les choses ?

J'essayais de rester impassible mais je me sentais comme un petit garçon pris en faute et que l'on réprimandait. Je répondis à sa question par la négative.

– Eh bien, c'est pourtant ce que vous êtes en train de faire ! hurla-t-il.

Il se reprit, se rassit, puis, plus posément :

– Monsieur Dewey, avez-vous l'intention de tuer votre femme ?

– Je l'aime, répondis-je interloqué par le culot du personnage et sentant la colère monter en moi.

– Cependant, ironisa-t-il, c'est ce qui se produira si vous persistez à lui seriner que cette maladie est de sa faute. Monsieur Dewey, je ne vous crois pas assez malin pour avoir concocté ce système de torture à vous tout seul. Qui est ce gourou que votre femme a évoqué ? Il doit exister une procédure légale pour l'empêcher de nuire à d'autres personnes.

– J'en ai assez de votre grossièreté ! m'exclamai-je en me levant. Quel que soit le stress que vous prétendez que j'ai imposé à ma femme, il n'est qu'une pâle copie comparé à ce que vous lui avez fait subir. J'ai vu l'état déplorable dans lequel elle est rentrée à la maison hier après votre entretien. Elle est venue à vous pleine d'espoir et est repartie complètement anéantie. Qui est celui de nous deux qui fait des dégâts, à votre avis, je vous le demande ?

Le visage du médecin devint livide. Incontestablement, personne avant moi n'avait jamais osé lui parler de cette façon.

– Pour qui vous prenez vous ? brailla-t-il, suffisamment fort pour être entendu de tout le personnel. Je ne supporterai pas qu'un idiot congénital me fasse la leçon de cette manière !

– Vous n'en aurez pas besoin, mon ami, affirmai-je avec force, car vous êtes viré ! Oui, nous trouverons un autre médecin ! Un médecin qui ait réellement à cœur le bien-être de mon épouse.

– Mais c'est mon cas ! s'opposa-t-il. C'est précisément la raison pour laquelle je vous ai fait venir.

– Votre attitude et vos insultes ne sont pas la meilleure façon de le démontrer, ajoutai-je en me dirigeant vers la sortie.

– Vous ne pouvez pas me renvoyer, seule Elizabeth en a le droit.

– Considérez votre renvoi comme officiel et définitif.

– S'il arrive quoi que ce soit à votre femme, je vous poursuivrai et je vous le ferai payer.

– Ne vous en privez surtout pas !

Puis me retournant vers lui, j'ajoutai en le fixant droit dans les yeux :

– Une dernière chose, docteur : avec ou sans vous, Elizabeth va guérir. Je vous suggère de l'y aider, non pas de l'en empêcher.

Il fit volte face : il avait son compte. Je quittai son cabinet.

Bouillonnant à l'intérieur, je rentrai chez moi, stupéfait de la tournure qu'avait pris cette conversation. Ce qui aurait dû être un échange courtois s'était transformé en une confrontation ridicule. Lorsque je racontai à Elizabeth ce qui s'était passé, elle réagit fortement :

– Tu n'avais pas le droit de renvoyer mon docteur ! C'est mon médecin, pas le tien !

– C'est vrai, mon cœur. Je voulais juste agir au mieux. Mais je pense vraiment que nous devrions chercher quelqu'un d'autre : j'ai un très mauvais pressentiment à propos de lui.

– Je ne comprends pas… Depuis qu'il s'occupe de moi, il s'est toujours comporté très respectueusement. Il a la réputation d'être parmi les plus compétents en ville pour la sclérose en plaques.

– La qualité d'un médecin ne se jauge pas uniquement à ses connaissances académiques… Son rôle est aussi de distiller l'espoir. Quand on a de l'espoir, une maladie fatale est une ennemie plus douce...

– C'est vrai, mais je veux aussi savoir où j'en suis. Il s'est montré très honnête sur ce terrain.

– Je serai là pour t'aider, quelle que soit ta décision, dis-je en lui prenant la main, même si je sais qu'il t'imposera un interrogatoire sur moi à chaque fois que tu iras le voir. De plus, je suis convaincu que tu vas devoir le supplier si tu tiens à demeurer sa patiente : il est à ce point imbu de lui-même qu'il va faire en sorte que tu te traînes à ses pieds.

– Tu devrais savoir que ce n'est pas mon genre de me prosterner devant quelqu'un pour en obtenir quelque chose. Je verrai comment il se comportera lors de la prochaine consultation. S'il se montre avec moi aussi arrogant qu'il l'a été avec toi, je le laisserai tomber, bon médecin ou pas, déclara-t-elle avec fermeté.

Le jeudi soir arriva. J'avais vraiment hâte de voir Jean. Cette perspective, en dépit de tous mes problèmes, me donnait la sensation d'être l'homme le plus fortuné du monde. Alors que j'allais sortir pour me rendre *chez Dennys* comme à chacune de nos rencontres, la sonnette de l'entrée retentit : « *Oh, non ! pensai-je... Ce n'est vraiment pas le moment idéal pour les visites.* »

J'allai ouvrir. De surprise et de joie, je fis un bond en arrière : dans l'encadrement de la porte se tenait un délicieux monsieur nommé Jean.

– Vous n'auriez pas des restes de saumon, par hasard ? questionna-t-il d'un ton espiègle.

– Non, mais je serai ravi de courir en chercher, avançai-je enthousiaste.

– Ce ne sera pas nécessaire, précisa-t-il en franchissant le seuil, bien que je n'ai rien contre le fait de réitérer le merveilleux et inoubliable dîner que nous avons partagé !

– Tout ce que vous voudrez, je suis votre humble serviteur, dis-je sur un ton badin en faisant la révérence.

– C'est tout le contraire : n'avez-vous pas lu la Bible dernièrement ? C'est mon travail. Je suis votre professeur, donc votre serviteur.

– A quelle passage de la Bible vous référez-vous ?

– Les paroles du maître le plus éminent sont rapportées dans l'Évangile selon saint Mathieu, 23 :11. Les voici : « *Le plus grand parmi vous sera votre serviteur.* » Les gourous des temps actuels les ont interprétées à l'envers. Ils prétendent répandre la lumière, exigeant pour récompense la servitude de ceux qu'ils *obligent*. Le véritable maître spirituel ne cherche qu'à servir, non pas à être servi. Tout service venant des autres n'est pas une rétribution à la personnalité du professeur, il est destiné au Grand Œuvre Universel.

– Je peux voir d'ores et déjà que je vais prendre du plaisir à cette leçon, commentai-je.

A cet instant, Elizabeth arriva, avançant son fauteuil roulant vers l'entrée :

– Il me semblait bien que j'avais entendu une voix familière. J'ai eu le sentiment que vous m'ignoriez, Monsieur le Révélateur, dit-elle en le taquinant.

– Eh bien, vous n'aurez pas à vous plaindre aujourd'hui, j'ai l'intention de vous consacrer toute la soirée !

– Nous fûmes bientôt rassemblés autour de la table de la salle à manger pour ce qui promettait, sans aucune doute, d'être un moment intéressant.

VI

Le Un et la multitude

– Qu'aimeriez-vous boire ? Du café, un verre de vin peut-être ? demandai-je à Jean.

– Avez-vous des infusions ? s'enquit-il.

– Il doit y avoir de la framboise, de la camomille, du thé vert et un mélange au nom plein de promesses de *Choix de l'Empereur*.

– De quoi se compose-t-il ?

– Attendez… répondis-je en allant chercher la boite pour y lire le contenu : cannelle, feuilles de mures, racine de ginseng, un zeste d'orange, racine de chicorée grillée, églantine, racine de gingembre, racine de réglisse, saveurs naturelles et autres merveilles…

– Ça m'a l'air délicieux, je vais essayer.

– Et toi, mon cœur ? demandai-je à Elizabeth.

– *Le Choix de l'Empereur* sera le mien.

– Eh bien, je crois que je vais faire comme tout le monde, conclus-je.

Pendant que je m'activais à faire chauffer l'eau et dresser le plateau, Elizabeth informa Jean de mon *empoignade* avec le médecin.

– Il faut traiter l'autorité avec sagesse, avisa-t-il. Si vous lui laisser deviner que vous opérez en dehors des paramètres de son approbation, à l'extérieur du système établi, elle se sentira menacée et cherchera à réaffirmer son pouvoir sur vous de toutes les façons possibles. C'est une chose qui n'a pas beaucoup évolué depuis les deux mille ans que j'ai en mémoire. Réfléchir à cette situation vous fournira un indice capital sur la vérité dissimulée sous *la marque de la bête*. Je me divertis beaucoup de la façon dont de nombreux croyants s'attendent à voir surgir un grand dictateur qui contraindra l'humanité à porter la marque alors qu'elle est déjà là.

– Que sont exactement la bête et la marque ? interrogeai-je.

– Il serait bon de nous réserver une soirée pour les explications qui s'imposent à ce sujet, énonça-t-il. Lorsque vous évoquerez le thème dans votre livre, je veux que vous le transmettiez sur un mode parfaitement compréhensible car aucun ouvrage spirituel que j'ai lu ne l'a traduit correctement.

– Qu'en est-il du nombre 666 ? s'enquit Elizabeth. J'ai entendu dire que de nombreuses personnes sont censées avoir cette marque, depuis le Pape jusqu'au Président.

– Tout comme votre médecin la porte, ainsi que la plupart des êtres humains, précisa-t-il avant de pousser un long soupir. Après deux mille ans, on pourrait croire que quelqu'un serait apte à apporter sur mes écrits des éclaircissements avertis... Je suppose qu'il vaut mieux que je le fasse moi-même. Une fois exposés, vous verrez qu'ils sont très logiques.

– Le fait que mon médecin porte la marque signifie-t-il que je doive le quitter ? demanda Elizabeth

– Son successeur l'aurait certainement aussi. L'essentiel est de ne pas provoquer la bête. Ne racontez surtout rien sur mes pouvoirs ou mes enseignements. Joseph en parlera dans un livre de fiction et, de fait, une partie sera effectivement de la fiction dans le but de rendre les enseignements plus captivants et aussi pour qu'ils ne soient point perçus comme menaçants. Ce qui n'empêchera pas que nombre de gens en seront bouleversés. Permettez-moi d'insister : il est primordial que vous ne me mettiez pas dans une situation susceptible d'attirer l'attention des autorités. Si j'étais arrêté et interrogé, je deviendrais aussi vulnérable que vous.

– Vous m'avez transporté en un clin d'œil de l'autre côté du globe, répliquai-je. Ne pourriez-vous pas disparaître si vous y étiez obligé ?

– Pas nécessairement. Dans chaque vie, je peux travailler à l'écart en tant que professeur ou m'impliquer directement avec les humains. Si j'œuvre à distance comme je le fais avec vous, il m'est alors permis de déployer certains pouvoirs spirituels, comme vous en avez été témoins. En échange, si je suis engagé directement, je perds l'usage de ces pouvoirs supérieurs. C'est ce qui s'est passé pendant la deuxième guerre mondiale en Allemagne. Je savais que la défaite d'Hitler était capitale, j'ai donc travaillé directement avec Stauffenberg, ainsi que je l'ai déjà mentionné. La bête a fait ce qu'il fallait pour que j'en paye le prix : cela m'a valu d'être étranglé avec une corde de piano.

– Quelle abomination ! commenta Elizabeth, anxieuse.

– Les conséquences pourraient s'avérer plus sérieuses encore à notre époque. Dans le passé, je n'avais pas trop de mal à cacher mon identité, mais à l'heure actuelle ce serait plus difficile. Si je tombais sous le contrôle de la bête, ma vie subirait un sort digne des rêves les plus terrifiants de Hitler. J'aurais probablement droit aux électrochocs, à une camisole chimique ou autre joyeuseté du même acabit.

– Je n'avais pas réalisé que je vous mettais en danger, balbutia Elizabeth, humblement. Dorénavant je ferai très attention.

– Ce serait fortement recommandable. Saviez-vous qu'une fois Jésus remis aux autorités par Judas, il n'aurait pu leur échapper, quand bien même Il l'aurait souhaité ?

– N'aurait-Il pu appeler à Son secours les Légions Angéliques ?

– Sur un plan purement technique, certainement. Cela aurait été cependant contraire aux lois qui régissent la Fraternité. Il n'y avait donc virtuellement aucune autre alternative pour Lui que celle de boire le calice qui Lui était offert.

– Intéressant. Avant de commencer avec les clés, puis-je vous demander de m'éclairer sur un point ? J'ai remarqué récemment qu'il m'arrive de me syntoniser avec votre aura, votre vibration, que sais-je... Parfois, je crois que c'est mon imagination et, à d'autres moments, j'ai toute confiance d'être relié à votre essence. Suis-je en train de devenir fou ou se passe-t-il vraiment quelque chose ?

– Il est excellent, mon ami, que vous ayez conscience de ces choses. Ce que vous percevez est un reflet de ma relation avec le Christ. Je suis en permanence dans Son étreinte, j'ai ainsi la capacité de me connecter avec Son esprit et Son cœur. C'est la réalisation de Sa prédiction sur laquelle je me suis expliqué quand Il exhorta Ses disciples à devenir un avec Lui comme Il est un avec Le Père.

Vous rappelez-vous cette extraordinaire sensation qui fut la vôtre dans la Nouvelle Jérusalem ?

– Comment pourrais-je l'oublier ? C'était tout bonnement extatique.

– Je viens de la ressentir à l'instant car je suis un avec le Christ. Alors que vous, Elizabeth et bien d'autres deviennent un avec moi, vous devenez par là-même, un avec Christ et avec le Père, ce qui fait que les ressources et connaissances qui sont à la disposition de l'un sont à tout le monde... C'est un peu comme un internet spirituel.

– Vous voulez dire que je peux *surfer* comme sur un *web* spirituel et me connecter avec vous pour rassembler des renseignements ?

– Contrairement aux limitations que le *web* impose, vous pouvez rapporter d'innombrables données. Vous pouvez aussi accéder aux sentiments, à l'amour, au jugement, à la sagesse de la personne avec laquelle vous vous synchronisez. Libre à vous de l'accepter ou de le rejeter. Par exemple, vous avez *reçu*, en vous connectant, la pensée qu'Elizabeth devrait écouter les bandes. Vous ne saviez pas avec certitude si cette idée émanait de vous ou de moi, n'est-ce pas ?

– Oui, en effet.

– Mais, la décision sur la façon de procéder a été laissée à votre seule appréciation, vous le savez ?

– C'est vrai.

Jean se pencha en avant :

– Je vais vous révéler maintenant quelque chose dont je veux que vous soyez toujours conscients : la Fraternité de Lumière ne vous privera jamais de votre faculté de choisir mais, au contraire, fera son possible pour l'amplifier. Les Frères Obscurs eux, chercheront à profiter du libre arbitre pour eux-mêmes en altérant celui des autres. Si vous observez les dirigeants de l'humanité, vous constaterez que la plupart d'entre eux sont déterminés à sacrifier votre potentiel de décision au nom de quelque chose qui, à terme, devrait vous être profitable, pour votre bien en quelque sorte. Nombreux sont ceux qui consentent à s'en laisser spolier par absence de valeurs de références. Un petit nombre de gens savent pourtant instinctivement ce qu'est la liberté et sont prêts à se battre pour la défendre.

– Ne sommes-nous pas supposés abandonner une partie de cette liberté pour le bien commun ? demanda Elizabeth. Par exemple, je ne suis pas censée avoir la liberté d'attaquer mon voisin juste parce que je le veux !

– Il est exact que vous ne devriez pas attaquer votre voisin, acquiesça Jean. Pourtant, en vérité, les délits de toute sorte ne peuvent pas être empêchés en confisquant la latitude de chacun à se déterminer mais en établissant des lois justes dont les conséquences seront assez sévères pour décourager les forfaits. Quand finalement l'humanité comprendra les implications de la loi de cause à effet, l'éducation sera la dissuasion la plus efficace contre le crime. Jusqu'alors, les lois civiles sont indispensables et essentielles. Il est important que celles-ci découragent les choix négatifs sans toutefois supprimer ou amputer le pouvoir de choisir.

– Et comment celui-ci pourrait-il être amoindri ? questionnai-je.

– C'est très subtil, et le plus triste est que ce choix est souvent menacé au nom même de la liberté ou au profit d'une bonne cause. Les programmes des nations concernant le bien-être des populations en est un bon exemple. Une certaine aide est une chose positive, pourtant, faire dépendre quelqu'un d'une assistance qui lui fournira assez pour survivre sans qu'il ait à faire l'effort d'un choix générera une atrophie de son pouvoir de décision, avec pour résultat une diminution de son aptitude à survivre. Le communisme en est une autre illustration. Son objectif égalitaire est louable mais pas la façon de l'appliquer car elle s'appuie sur la contrainte. Ainsi dépossédé de son libre arbitre, l'individu n'est plus en mesure de favoriser l'égalité, l'égalité authentique ne pouvant exister que dans un état de liberté.

L'hypnose et l'illusion sont d'autres pratiques utilisées par certains *groupes de contrôle de la pensée*. Leurs méthodes produisent souvent d'importants dommages en réduisant les options. Par exemple, les gens de ce pays ne considèrent-ils pas le droit de vote comme un devoir sacré et ne feraient-ils pas un foin du diable si on essayait de les en priver ?

– Si, dis-je. Nous avons tous conscience de la valeur du vote.

– Très bien. Supposons que vous soyez membre d'un groupe ou d'une religion prônant que le système tout entier est néfaste et qu'il sera bientôt détruit. En raison de cette croyance, pour ce groupe, peu importe qui sera élu. Pensez-vous que ce genre d'endoctrinement soit susceptible de vous appeler aux urnes ?

– Il participerait vraisemblablement à me décourager.

– C'est vrai. Une fois votre cerveau imprégné de cette idée, vous en arrivez à ne même plus discerner le bien-fondé d'aller voter. Vous avez alors abdiqué cette liberté sans même avoir eu la sensation de l'abandonner. Vous avez été induit à vous laisser dépouiller de votre aptitude à choisir.

– Il peut arriver que les deux candidats pour un poste électif soient aussi incompétents l'un que l'autre, argumenta Elizabeth, ou alors que ceux-ci soient présélectionnés pour nous par les lobbies, une conspiration en quelque sorte… Dois-je voter dans un tel contexte ?

– Compte tenu des multiples fonctions proposées, il y a toujours des candidats capables pour occuper un poste déterminant. Peut-être n'avez-vous pas de nombreuses alternatives en matière de président, mais il peut y avoir une sélection intéressante pour désigner un sénateur, par exemple. En outre, pas plus qu'il n'existe deux flocons de neige identiques, on ne peut trouver deux postulants comparables. Même quand le suffrage concerne deux personnes de valeur inférieure, l'une sera forcément meilleure que l'autre. Il vous appartient de faire usage de votre jugement pour déterminer laquelle. La liberté de scrutin devrait toujours s'exercer dans les bons comme dans les mauvais moments, que votre bulletin fasse ou non la différence. Il faut savoir que les Frères Obscurs font toujours tout ce qui est à leur portée pour influer sur les individus proches de leur tendance afin qu'ils se présentent. Ils œuvrent en exaltant l'ego, et la politique est un extraordinaire terrain de jeux dans ce domaine. Il y a toujours néanmoins un certain nombre d'aspirants dont les intentions sont sincères. Si les gens de bonne volonté ne font rien, ces postulants n'auront pas l'occasion de faire valoir leurs idées.

– J'ai voté toute ma vie, déclara Elizabeth. Aucune des élections auxquelles j'ai participées ne s'est décidée à une voix près. Je souhaiterais assister à de profondes transformations de ce monde mais je ne pense pas que nos suffrages à eux seuls feront changer le paysage.

– Même si votre opinion n'a pas été déterminante quant au résultat, vous avez adhéré au processus considéré comme sacré par toutes les Fraternités Universelles de la Lumière. Et il n'existe rien qui soit dépourvu d'effet. En refusant de prendre part à une élection succeptible d'affecter votre vie, votre pouvoir de choix est limité, *a contrario*, votre engagement accroit votre auto-détermination. On ne devrait jamais perdre de vue cet aspect sacré du vote. C'est une clé indispensable que les individus devront toujours posséder si le royaume de Dieu devait s'établir sur la Terre. En ce qui concerne les changements, si les gens prenaient conscience de l'importance de leurs positions, cette nation vivrait une mutation totale du jour au lendemain. Douze personnes s'unissant pour exercer ensemble ce privilège pour le bien commun suffiraient à dégager une puissance de transformation absolument phénoménale. Malheureusement, je me risque à dire qu'actuellement il n'existe pas trois personnes sur la planète capables de fonctionner dans l'unité et réaliser leur talent dans le sens d'un changement positif. Le pouvoir de décision est complètement sous-estimé. Avez-vous reçu d'autres éclaircissements sur ce sujet ?

– En effet, répondis-je pendant que je nous préparais une autre tasse de thé. Lors de ma conversation avec Wayne, il m'est apparu que Dieu a pratiquement dit à Moïse que Son nom était : « *JE DEVIENS CELUI QUE J'AI DECIDE DE DEVENIR* ». Puisqu'il est admis qu'à l'époque le nom divulgait l'essence de la personne, la réponse dévoile que l'essence de Dieu est le pouvoir de décision. J'en ai conclu que cette idée nous révélait probablement pourquoi les hommes sont appelés dieux. Si Dieu est *décision*, alors nous le sommes aussi.

– Excellent raisonnement, approuva Jean en souriant. Il s'agit bien du pouvoir qui relie les hommes et les dieux et susceptible d'élever une personne depuis la nature animale jusqu'à de grandes hauteurs spirituelles. Ce concept peut vous aider à trouver la réponse à la question de la semaine dernière : *« Si qui et ce que vous êtes est DÉCISION, pour quelle raison êtes-vous appelé décision ? »*

– Quelque chose dans mon essence est-il régi par ce pouvoir ?

– C'est bien plus important : vous ÊTES ce pouvoir. Combien de fois devrai-je vous le dire ? Vous êtes *DÉCISION*. Avez-vous essayé l'exercice de la pomme et de la poire en vous reliant à votre essence ?

– Plus ou moins.

– Et vous, Elizabeth ? l'interrogea-t-il.

– J'ai essayé. J'ai l'impression de sentir quelque chose mais je n'en suis pas sûre.

– Passons au stade suivant, l'interrompit Jean. Nous allons y mettre de l'emphase. Mettons l'accent sur le fait que vous avez terriblement faim. Voyez cette image en vous. En fait, votre faim est telle qu'il est impératif que vous choisissiez la pomme ou la poire car votre vie en dépend. Le problème est que l'un de ces deux fruits est un hologramme : il n'est pas réel. Et l'hologramme est à ce point parfait qu'il vous est impossible de faire la différence entre les deux. Alors vous vous dites que si vous étudiez les deux fruits très attentivement, vous serez apte à discerner le vrai du faux. Rappelez-vous que votre choix est vital : si vous vous décidez pour l'hologramme, vous mourrez ; si vous optez pour le bon fruit, vous vivrez. Laissez votre attention fluctuer entre les deux, doucement. Vous devriez être maintenant complètement fasciné et plus proche de votre essence qui est *décision*.

– Pourquoi appelez-vous cette essence *décision* plutôt que pouvoir de décision ? demandai-je.

– Au commencement était l'UN et en l'UN résidait la Cause initiale, répondit Jean. L'indice représentant cette Cause est une des futures clés que vous aurez à découvrir. En l'UN résidait la *Décision* et l'état latent de décision. Au début des temps, le grand Décideur prit sa première décision pour extérioriser cette création. De quelle décision croyez-vous qu'il s'agissait ?

– Peut-être que Lui, Elle ou Ça a pris la décision d'être, tout simplement, suggéra Elizabeth.

Les yeux de Jean s'écarquillèrent, laissant apparaître pour la première fois depuis notre rencontre une lueur de surprise :

– Voilà, ma chère, qui est très proche de la vérité. Vraiment. La première décision fut en effet de Se manifester. La deuxième, de se donner le pouvoir d'exercer une décision, laquelle, en interaction avec le pouvoir de l'exercer, généra la longueur d'onde représentée par la lumière (ou intelligence), et l'amour (ou magnétisme). Nous avons donc la Trinité de Pouvoir, Amour et Lumière, soit le Père, le Fils et le Saint Esprit. La fréquence créa l'espace infini qui est l'Esprit de Dieu.

Tandis qu'il parlait, le visage de Jean devenait presque transparent et irradiait de lumière. Il continuait :

– Afin que l'UN puisse Se manifester, Il dut devenir la MULTITUDE. Pour cela, la *Décision* UNE S'est faite reflet de la Cause première. Puisque la Cause première est infinie, le Reflet est infini, et d'infinis points de *Décision* emplirent et créèrent l'espace tout entier. Chacun des points fut l'image de l'UN avec le même potentiel. En d'autres termes, chaque point était le Fils de l'UN ou un Fils de Dieu.

Les point se rassemblèrent en groupes de trois et les TROIS devinrent UN. Les TROIS devenus UN se regroupèrent à nouveau pour cette fois devenir quatre et les QUATRE furent UN. Les UNS fusionnèrent en cinq et les CINQ devinrent UN. Les UNS s'unirent encore en six et les SIX devinrent UN. Ainsi furent créées les fondements des particules des atomes qui composent cet univers. Finalement, les UNS se relièrent en sept produisant les séquences de sept de tout ce que nous voyons autour de nous. J'ai écrit à leur sujet qu'ils sont les sept Esprits créateurs devant le trône de Dieu. La manifestation que nous en voyons est celle des sept couches d'électrons à l'intérieur des atomes radioactifs, les sept chakras principaux du corps humain et les sept notes de la gamme.

– Les sept sont-ils devenus un ? questionnai-je.

– Cette alchimie est le présent dans le temps et l'espace, dans ce monde et dans tous les mondes, dit Jean. Les SEPT sont actuellement en plein processus d'unification pour devenir UN.

– Que se passera-t-il quand ce sera fait ? Aurons-nous huit notes dans la gamme ?

– Dans cette sphère, il y aura toujours les sept et sept notes dans la gamme, mais il se passera une éternité avant que les SEPT deviennent effectivement UN. Les systèmes solaires, les galaxies et l'univers auront atteint alors un haut niveau d'évolution et n'auront plus rien à voir avec ce qu'ils sont aujourd'hui.

– Est-ce que les sept devenus UN fusionneront à nouveau en HUIT ? demandai-je fasciné.

– Oui, et un milliard d'années telles que nous les connaissons seront moins d'une seconde dans cette sphère supérieure.

– Sera-ce la fin ou y aura-t-il encore des rassemblements de nombres infinis ?

– La *Décision* était les associations jusqu'à ce que le nombre douze soit atteint, le nombre de la perfection, ce qui en terme de temps humain peut représenter l'éternité. Vous comprenez maintenant pourquoi la fusion de douze est aussi puissante et c'est la raison pour laquelle Jésus a choisi douze disciples. Là est la clé de leur immense pouvoir après la Résurrection.

– Quand le douze sera atteint et la finale perfection accomplie, cela signifiera-t-il la fin de toute chose ?

– La Multitude devenant Douze et le DOUZE devenant UN font partie de la première grande *Décision*. Lorsque les DOUZE deviendront l'UN, une autre grande décision sera prise. Les plus grands initiés eux-mêmes n'ont pas la moindre idée de ce qu'elle impliquera. Aucune entité vivante ne peut concevoir l'univers basé sur le HUIT.

Nous vivons actuellement une époque unique. Nous nous trouvons au méridien du temps de la création toute entière. L'apparition du Christ à Jérusalem a d'ailleurs été calculée pour marquer le point médian du temps.

– Comment est-ce possible, m'étonnai-je, puisque l'univers du HUIT signifie plus de temps qu'il n'en a jamais existé ?

– Le temps est encore plus relatif qu'Einstein le croyait. Il ne circule pas d'une façon étale dans votre conscience, il avance en formant des *paquets d'unités* si je puis me permettre cette formule. Ces unités comprennent environ un seizième de seconde et dans le cadre du *paquet de temps*, il y a des milliards d'années de passage compris dans des micro-univers. Les points de décision à l'intérieur de ces systèmes se sont perfectionnés et ont élevé leur conscience dans notre univers. Plus tard, quand nous l'aurons perfectionné, nous élèverons notre conscience vers celui du HUIT. En raison de la relativité, le passage conscient du temps au travers de chaque univers est le même. En conséquence, nous pouvons véritablement dire que nous nous trouvons sur le méridien du temps.

– Comment pourrait-on connaître et comprendre des choses comme celles que vous êtes en train d'évoquer ? questionna Elizabeth, la voix vibrante d'émerveillement.

– Chacun d'entre nous est un reflet de la *Décision* originelle et, à l'intérieur de vous, il existe des milliards, que dis-je, des trillions de points réfléchissants de la *Décision*. En vous, il y a un univers virtuel et vous êtes le dieu de cet univers, tout comme le Dieu des origines est un Dieu pour nous. Par l'observation de ce qui est à l'extérieur et en le reflétant sur ce qui est à l'intérieur, vous pourrez finalement accéder à la connaissance à disposition dans l'Esprit Universel de Dieu.

– N'avez-vous pas dit que les plus grands initiés, eux-mêmes, n'ont pas la moindre idée des royaumes édifiés sur le nombre huit ? Si Dieu est censé tout savoir, alors cette connaissance est accessible à tous ainsi que vous venez de le démontrer, affirmai-je, assez fier de la perspicacité de mon propos.

– Qui vous a dit que Dieu savait tout ? répondit Jean.

Nous le regardâmes, stupéfaits, nous demandant si nous avions bien entendu.

– Tout le monde le croit, déclara Elizabeth. Dieu sait quand une hirondelle tombe sur le sol. Il est omniscient et omniprésent, n'est-ce pas ?

– Dieu sait quand une hirondelle tombe sur le sol parce que Dieu a son reflet en elle, précisa Jean. Pour autant Il est omniprésent. En un certain sens, l'Esprit de Dieu est semblable à une extraordinaire base de données. Dans cette base de données réside l'information concernant la chute de l'oiseau. Vous, cependant, en tant que reflet de Dieu, n'avez aucun motif pour accéder à cette information et la conserver sur l'écran de votre propre ordinateur. Et pourtant, même ainsi, tout ce qui se passe est une connaissance potentiellement accessible à l'Esprit de Dieu, mais pas dans la conscience des reflets de Dieu. Cependant, la chute de l'hirondelle est un événement important pour les reflets à l'intérieur de sa petite vie.

Jean quêta, sur nos visages, des traces de compréhension et il enchaîna :

– Au commencement, l'UN décida des rassemblements jusqu'au nombre douze. Il connaît toute l'histoire depuis son début et la fin sera celle qui est prévue. C'est une certitude basée sur la foi de Dieu et celle de tous les reflets. Cependant, ce qui arrivera entre l'UN et le DOUZE est un grand mystère pour l'Esprit de Dieu Lui-Même. Aucune vie, pas même Celle du Un Initiateur ne connaît les détails à propos de l'évolution du HUIT, alors ne parlons pas du DOUZE ultime ! Nous avons néanmoins des idées assez précises sur le produit final du SEPT.

– Voilà un concept stupéfiant que je n'ai jamais entendu auparavant, m'exclamai-je. Existe-t-il vraiment des choses futures que Dieu ignore ?

– Oui, et elles sont nombreuses.

– Il est donc impossible de prédire le futur ?

– Celui-ci est prévisible uniquement dans les limites de ce que l'Esprit de Dieu a décidé. Par exemple, le Christ a prédit Son retour. Il fera sentir Sa présence sur la Terre à nouveau. Décision à été prise dans ce sens sans que les détails concernant cette circonstance fussent prédéterminés

– Et aujourd'hui, ces détails sont-ils mis au point ? demandai-je.

– Beaucoup d'entre eux le sont, mais tout n'est pas encore scellé dans la pierre. Comme je l'ai dit auparavant, nous avons fait deux tentatives pour répandre les fondements de nos enseignements parmi l'humanité, et nous avons échoué. Vous êtes notre troisième tentative. Si vous parvenez à diffuser ces enseignements, ceux-ci prépareront le monde à un type distinct et plus élevé de Deuxième Venue différent de la première.

– Pourriez-vous nous en dire plus sur les diverses alternatives concernant Sa Venue ?

– Nous manquons de temps pour approfondir ce thème aujourd'hui. Revenons à votre question concernant le futur. Il n'existe, pour l'homme, les anges et les dieux, que deux manières de prédire l'avenir. La première est de rassembler des données acceptables, de les analyser et de rendre un jugement intelligent sur ce qui est susceptible de se produire. Au fur et à mesure que l'on devient plus clairvoyant, on peut utiliser cette méthode avec un pourcentage de succès suffisant pour être considéré comme un prophète. La deuxième méthode est de réussir à contrôler les circonstances afin de décider des évènements. Vous pouvez alors prédire l'épisode en question avec presque 100 % de chances de réussite.

– Vous dites presque 100 %. Est-il possible d'envisager 100 % de prédictibilité ? demandai-je.

– Si vous ne dépendez pas du facteur temps, vous pouvez en effet tabler sur 100 %. Par exemple, nous sommes sûrs que les DOUZE deviendront UN, mais si nous voulions prédire la date, nous pourrions nous tromper de plusieurs trillions d'années. Il existe des Êtres dotés d'un tel pouvoir que les gens simples de la Terre pourraient les considérer comme Dieu suprême. Ces Êtres ont pris certaines décisions qui ont mis des faits en mouvement. Quand une personne sur la planète peut se relier à ces décisions, elle a la capacité de voir certains évènements destinés à se produire dans le futur, mais les situer dans le temps restera toujours délicat.

– Tout n'est donc pas tout blanc ou tout noir comme les églises ou autres philosophies le déclarent dans leurs dogmes, commenta Elizabeth.

– Ceux qui enseignent les religions sur la Terre inculquent des connaissances très limitées. Il est vrai que rien n'est aussi tranché qu'il y parait, mais prétendre que la connaissance possède des nuances de gris n'est pas non plus le terme qui convient. Ce que l'on qualifie de tonalités de différents gris résulte de l'identification d'une compréhension approximative. Quand vous êtes dans cette situation, vous devez louvoyer entre le blanc et le noir, dans la zone des gris. Beaucoup de gens refusent de reconnaître qu'ils ont des carences dans leur savoir, et le blanc/noir est pour eux une solution de facilité. Toutefois, un jour, vous posséderez votre sujet à fond et alors il n'y aura plus de gris pour vous. Par exemple, deux plus deux font quatre. Cela ne fait pas de doute et il n'y a aucune place pour un autre résultat : pas la moindre nuance de gris.

– Voyez-vous, intervins-je, j'ai toujours pensé que la vision religieuse standardisée de Dieu était ennuyeuse et peu attractive. Il est dit qu'Il sait tout et vit dans une totale perfection. Je n'aimerais pas me trouver dans une situation dans laquelle il n'y a plus aucun objectif à atteindre.

– C'est un point de vue pertinent. Une telle situation serait le pire enfer que l'on puisse imaginer. En premier lieu, s'il existait une perfection totale, il n'y aurait pas matière à prendre de décision. S'il n'y avait pas de décision, il n'y aurait pas de vie. La vie de Dieu Lui-Même cesserait. Heureusement, l'univers dans lequel nous vivons laisse beaucoup de place à l'incertitude et à de multiples décisions. Il demeurera ainsi avec des périodes de répit jusqu'à ce que les DOUZE deviennent UN, et alors une autre grande décision interviendra.

Au commencement, quand fut prise la décision de Se manifester, l'UN et tous les reflets ressentirent une grande peur et tremblèrent à cause des dites incertitudes. Cette peur originelle est imprimée dans le tissus même de l'univers, et quand elle est dépassée dans un domaine, elle doit être affrontée dans un autre. L'incertitude ou la peur de l'inconnu, pour le formuler simplement, est ce qui donne de l'intérêt à toute vie, grande ou petite, nous obligeant également à assumer notre capacité à décider afin de transformer notre vie.

– Eh bien ! s'exclama Elizabeth en s'étirant, il y a de quoi devenir fou rien qu'en réfléchissant à tout ce que vous nous avez révélé ce soir. Dites-moi, sommes-nous prêts à passer à la clé suivante ?

– Pas tout à fait... répondit Jean. Dites-moi, Joseph, comment comprenez-vous la question « *QUI OU QU'ÊTES-VOUS* ? »

Je me sentis un peu nerveux, tout à coup :

– O.K... Laissez-moi réfléchir... Le véritable moi n'est pas juste le produit de mes décisions : je suis la *Décision*, laquelle est un reflet de Dieu. La partie de moi qui prend une décision est le véritable moi. Lorsque je réalise ceci, je suis semblable à Dieu dans la mesure où je peux alors devenir ce que je désire devenir.

– C'est une approche juste mais élémentaire, confia Jean. Je vais ajouter ceci : le Christ Lui-même, par la *Décision*, continue à S'enseigner de plus grandes réalisations. Vous venez à peine d'entrouvrir la porte. Tandis que vous méditerez sur cette clé, de nombreuses connaissances se révéleront à vous. Vous n'aurez jamais fini d'apprendre à ce sujet, tout comme le Décideur originel Lui-même.

– Il doit bien y avoir quelque chose précédant la première *Décision* ?

– Je l'ai dit tout à l'heure, il y a une chose qui est un mot-clé pour La Cause Première UNE : ce mot génère et rend la décision possible. Nous pourrions dire aussi que vous êtes ce mot spécifique, sauf que vous ne pourriez pas le deviner.

Il vous sera révélé dans une future clé et vous éclairera davantage quant à la *Décision*. La compréhension de la *Décision* est le début de votre connaissance sur ce que ou qui vous êtes.

– Sommes-nous enfin prêts à passer à l'étape suivante ? demandai-je.

– Pas encore. Il existe un mot qui accompagne généralement la *Décision* et que vous devez comprendre. Cette qualité appliquée avec décision produit la conscience telle que nous la connaissons et, la conscience appliquée avec décision, à son tour, génère ce pouvoir. C'est un peu comme l'histoire de la poule et l'œuf. La conscience et ce mot mystérieux, bien que commun, sont co-égaux et co-éternels. Voilà ce que vous devrez considérer pour la semaine prochaine : *« Qu'est-ce que la conscience et comment est-elle engendrée ? »* N'oubliez pas que, sans décision, la conscience ne peut pas exister, pas plus que la vie, ni le mouvement. La conscience, la vie ou le mouvement sont créés par la décision. Ensuite, vous devez appliquer le mot-clé à cette décision.

– Très bien, et si je trouve le mot-clé, serai-je alors prêt à avancer ?

– Je ne sais pas, précisa Jean...

– Et si vous ne le savez pas, qui le saura ? insistai-je quelque peu agacé.

– Je voulais juste vous démontrer, répondit Jean en souriant, que ce que vous vivrez et trouverez la semaine prochaine n'est pas prévisible à 100 %. Comme vous êtes *Décision*, il est impossible de prédire complètement ce que vous allez faire. Vous pourriez décider de sauter d'un pont demain matin. Néanmoins, j'anticipe que vous pourriez bien être en mesure de passer au stade suivant après notre rencontre de la semaine prochaine.

– Merveilleux ! Enfin j'aperçois une lumière au bout du tunnel.

– Je sais que vous êtes impatient de voir votre femme guérie, mais vous ne devez pas précipiter la vérité. Les révélations les plus extraordinaires vous sont offertes pendant des moments de calme et de méditation, et une des grandes leçons qu'un disciple doit apprendre est de créer ces instants de tranquillité pour lui-même au milieu du tumulte quotidien. Si vous ne pouvez pas vous retirer dans un monastère, alors créez le monastère en vous. Si vous parvenez à agir ainsi dans une situation génératrice d'angoisse, vous aurez fait un énorme progrès.

Jean s'arrêta de parler, finit sa tasse de thé et s'adressa à Elizabeth :

– Dans le temps qui me reste à passer auprès de vous ce soir, je vais répondre à votre question. Je sens que vous voulez dire quelque chose d'important... Mais tout d'abord, je pense qu'un autre thé bien chaud nous ferait le plus grand bien à tous !

VII

La question

– J'éprouve une sensation déroutante à vous interroger, sachant que vous avez deviné que j'avais une question à votre intention, lâcha Elizabeth. Je ne serais d'ailleurs pas étonnée que vous connaissiez aussi son contenu.

– Il me suffirait de me concentrer pour y parvenir, mais il est important de préciser la règle des échanges entre humains : la communication doit être honnête, cela aide à cristalliser les pensées des deux côtés. Allez-y, je vous écoute.

– Beaucoup de gens *bien*, à travers le monde, souffrent eux aussi de maladies graves, certains sont confrontés à des circonstances encore plus dramatiques que les miennes. D'un autre côté, des personnes véritablement mauvaises et parfaitement égoïstes sont en pleine forme, menant parfois une existence riche et facile. Et puis, il y a aussi des bébés innocents et des enfants qui meurent de maladie, de malnutrition et de pauvreté, alors que d'autres naissent dans le confort et en excellente santé. Mon état m'a permis de réfléchir sur tant d'injustice. Les autorités religieuses nous disent que tout fait partie du Plan Divin, que Dieu s'occupe de chacun. Leurs explications ne me satisfont pas, en tout cas, pas depuis que cette maladie fait partie de moi. Mon sentiment est que je dois découvrir la raison derrière cette souffrance que je juge imméritée.

– N'avez-vous pas entendu la déclaration qui circule récemment assurant que la vie n'est pas juste ? demanda Jean après un moment de silence.

– Cette croyance s'est, en effet, banalisée depuis quelque temps, me permis-je d'intervenir. Curieusement, pendant longtemps et pour tout le monde, l'évidence même était : Dieu est juste, donc la vie l'est aussi. Puis, un jour, quelqu'un, je ne sais plus quel personnage public a déclaré que ce n'était pas le cas et cette idée s'est répandue comme une traînée de poudre ; maintenant, elle est devenue la norme.

– Pourquoi selon vous ?

– Parce que, si nous nous référons à ce que nous savons, à ce que nous observons, c'est la seule conclusion qui s'impose, déclara Elizabeth les yeux inondés de larmes. Que de fois je me suis tournée vers le ciel pour demander : « Pourquoi moi ? » Mais, jamais la moindre réponse !

– Pourtant, si Dieu est vraiment juste, ne relève-t-il pas du simple bon sens que la vie l'est aussi ? Il est évident que si Dieu n'était pas juste, la vie ne le serait pas non plus, affirma Jean.

– Longtemps je me suis, moi-aussi, tenu ce raisonnement, confiai-je. D'ailleurs, la Bible n'affirme-t-elle pas : « *Vous récolterez ce que vous avez semé* » ? Je ne crois pas qu'Elizabeth ait semé dans sa vie autre chose que du bien. Le fait qu'elle se réfugie dans une attitude de refus ne justifie pas pour autant les souffrances qu'elle endure.

Jean secoua doucement la tête en signe d'approbation et interrogea :

– Si Elizabeth n'a rien fait dans cette vie pour mériter un tel châtiment, tout comme un petit enfant malade n'a rien fait pour supporter d'affreuses épreuves, alors quand aurait-elle pu faire ce qui lui cause ses problèmes ?

– Eh bien, si l'origine ne se situe pas dans cette vie, elle trouve sa source avant la naissance, voire même dans une autre sphère spirituelle ou dans une autre vie sur cette terre, conclus-je.

– Où vont préférences ? demanda Jean.

– J'ai tendance à pencher pour les vies antérieures, sauf que plusieurs éléments m'empêchent d'adhérer complètement à cette doctrine.

– Quels sont-ils ? interrogea Jean.

– Il ne fait pour moi aucun doute que la Bible est une œuvre hautement inspirée et ma relation avec vous a conforté cette position. Après tout, vous êtes la preuve vivante qu'une partie importante du Nouveau Testament est authentique. Une déclaration dans le Livre des Hébreux affirme que les hommes ne meurent qu'une fois. Si tel est le cas, cela signifie que l'on ne naît qu'une fois.

– Et avez-vous d'autres barrières qui vous empêchent de croire en des vies multiples ?

– Oui, autre chose me tracasse. J'ai lu de nombreux livres sur les religions, la philosophie, le nouvel âge, et j'en passe. J'ai eu entre les mains des tas d'ouvrages écrits par des guides indéniablement inspirés, jusqu'à un certain point. Il me semble difficile à comprendre comment deux maîtres, au demeurant aussi fervents l'un que l'autre, peuvent être en total désaccord sur la réincarnation. Certains sont enclins à entériner la véracité du concept tandis que d'autres, y compris la Bible, le récusent. Je ressens qu'il y a de la vérité dans les doctrines qu'ils nous présentent les uns comme les autres, mais les différences et apparentes contradictions que j'y relève me conduisent à avoir une opinion incertaine.

– Avez-vous déjà participé à des régressions hypnotiques ? s'informa-t-il.

– J'ai toujours été intéressé et ce, depuis que j'ai entendu parler de Bridey

Murphy[3]. J'ai d'ailleurs étudié un peu l'hypnose et je l'ai expérimentée sur des amis : j'ai obtenu des régressions fascinantes. Des vies antérieures déconcertantes ont ressurgi.

– Avez-vous déjà essayé de ramener Elizabeth dans une autre vie ?

– Elle ne semble malheureusement pas être un bon sujet pour l'hypnose.

– Après vos expériences, quelle est votre conclusion au sujet des vies passées ?

– Je suis ouvert à toutes les éventualités. Le concept semble logique et juste, mais je considère aussi que nous portons l'empreinte des mémoires de nos ancêtres dans notre ADN, ce qui signifie que nous pouvons, lors d'une régression, entrer en résonance avec celles-ci.

– En admettant qu'une telle connexion soit possible, elle ne s'oppose pas pour autant au principe des vies multiples, déclara Jean.

– En tout cas, si la réincarnation existe, je dois avoir été quelqu'un de drôlement malfaisant dans le passé, commenta Elizabeth. J'ai dû torturer quelqu'un à mort ou quelque chose d'approchant !

– Vous n'êtes pas très éloignée de la vérité, confirma Jean. En fait, vous faisiez partie de ceux qui ont arraché des confessions aux chevaliers du Temple pendant l'Inquisition espagnole.

Nous en restâmes bouche bée, Elizabeth et moi. Puis je me repris et m'exclamai :

– C'est une plaisanterie !

Pour la première fois, j'avais un doute sérieux à propos de Jean. Je ne pouvais imaginer, ne serait-ce qu'un instant, Elizabeth torturant qui que ce soit. Elle est plutôt du genre à faire un détour pour éviter de marcher sur un insecte.

– Je suis sérieux. Elle agissait sur ordre du Pape. Imaginez-vous ce que cela signifiait en son for intérieur ? A cette époque-là, elle était un jeune homme dévoué au service du Pape et considérait sa voix comme celle de Dieu. Savez-vous combien de croyants sincères ont, au cours de l'histoire, résisté à ce qu'ils tenaient pour la voix de Dieu ? La réponse est : virtuellement aucun.

– Mais, s'étonna Elizabeth, n'y a-t-il pas des gens qui tous les jours désobéissent à Dieu ?

– Incontestablement, cependant, ces gens dont vous parlez ne croient pas

---

[3] Bridey Murphy était une Irlandaise du 19e siècle qui s'exprimait par la bouche d'une femme nommée Virginia Tighe, au Colorado, lorsque cette dernière était en état d'hypnose. Curieusement, Virginia se mettait à parler alors dans un patois irlandais, à chanter des chansons et raconter des histoires du folklore irlandais, autant de choses qui lui étaient inconnues dans sa vie américaine. Ce fut un des premiers cas officiels de régression sous hypnose relaté dans un ouvrage de Morey Bernstein, l'hypnotiseur lui-même. *A la recherche de Bridey Murphy* devint un best-seller dans lequel Virginia Tighe figure sous le nom de Ruth Simmons. D'autres ouvrages sont parus également sur cette histoire qui a passionné l'Amérique et le monde. NDT

défier un Dieu réel et vivant. Dans cette vie-là, vous aviez l'illusion sincère que les paroles du Pape étaient dictées par Dieu et obéir était pour vous un acte de foi. Vous pensiez qu'une telle soumission vous assurerait une place au ciel et que la désobéissance vous enverrait directement en enfer. Défier une forme de croyance comme celle-là est pratiquement au-delà des capacités humaines. La seule façon de s'en sortir est de renier sa foi ou de déjouer l'illusion. En fait, l'entité devra renoncer à ses convictions dans de nombreuses vies avant de parvenir à y voir clair et acquérir une foi authentique et ardente.

– Ainsi, bien qu'elle se soit fourvoyée sincèrement, elle doit tout de même en payer le prix ?

– La loi de causalité est un peu comme celle de la gravitation, expliqua Jean. Que vous tombiez de la falaise accidentellement ou par suite d'une décision volontaire, la loi d'apesanteur s'applique dans les deux cas. L'âme désire que nous apprenions la leçon, surtout si nous commettons un acte cruel sous les ordres de quelqu'un agissant au nom de Dieu. Nous devons tous apprendre de Jeanne d'Arc à écouter la petite voix intérieure plutôt que l'autorité extérieure.

Il faut savoir que, tous autant que nous sommes, nous avons eu des dettes similaires à régler à un moment ou un autre. Il se leurre celui qui se croit incapable de telles atrocités dans des circonstances analogues. Ceux-là même qui crucifièrent Jésus pensaient exaucer la volonté divine et se considérèrent comme valeureux pour l'acte accompli.

– Pour aussi curieux que ma déclaration paraisse, je peux tout à fait m'imaginer exécutant un tel acte si j'étais persuadée que Dieu l'avait ordonné, témoigna Elizabeth. Ce qui est étonnant, c'est que je me sens mieux maintenant que j'entrevois une cause possible à l'origine de ma maladie. Le savoir, je le sens, peut représenter un pas vers ma guérison.

– C'est absolument véridique, confirma Jean. Vous apprenez actuellement, dans cette vie, à chercher les réponses à l'intérieur de vous. Vous ressentez la vérité que mes paroles recèlent. Quelque chose en elles vous inspire que c'est juste.

– Je crois que vous avez raison, dit-elle. Cette révélation démontre-t-elle que la réincarnation existe vraiment ?

– Oui et non, répondit-il en levant les yeux vers le plafond, comme s'il espérait y trouver les mots justes.

– Comment cela, oui et non ? m'étonnai-je.

– Tout à l'heure, vous avez soulevé un point important en mentionnant que certains guides spirituels plaidaient pour la réincarnation alors que d'autres la contestaient. Avez-vous déjà considéré la possibilité que les deux tendances pourraient être exactes ?

– Pas vraiment, répondis-je. Il m'apparaît que le principe est soit authentique soit erroné, et non vrai et faux à la fois. Comment pourrait-il en être autrement ?

– Tandis que l'âme évolue et que l'on voyage dans la lumière, dans un premier temps les choses semblent se clarifier et des solutions concrètes commencent à se faire jour. Et puis, l'illusion se révélant, ce que l'on croyait clair a tendance à s'estomper à nouveau. Enfin, quand le brouillard se dissipe, des réponses plus élevées nous sont révélées qui, à leur tour, seront remises en question et réordonnées. Il existe des points de vérité concrets dans le temps et l'espace, mais nous ajoutons constamment des aspects nouveaux qui viennent transformer l'image de ce que nous voyons.

Nous pouvons donc concevoir pourquoi il est difficile à deux personnes de s'accorder sur une idéologie puisque la perspective que chacun en a se limite au cadre de sa propre compréhension. La vérité n'est pas relative. La représentation que nous en avons dans notre esprit est liée à notre faculté de l'appréhender.

Le fait que la réincarnation existe ou non est fonction de notre système de pensée. Si vous considérez que vous êtes votre corps, vos émotions, voire votre mental, il n'y a pas de réincarnation, car après la mort ces parties de vous sont modifiées pour toujours. Etant donné que peu de personnes ne connaissent guère plus que leur corps, leur émotions et leur mental, pour eux la réincarnation n'a aucun sens et ils n'imaginent pas la vivre.

D'un autre côté, en Orient, nombreux sont ceux pour qui le corps, les émotions et le mental sont de simples véhicules. Ils pensent que la véritable partie d'eux-mêmes est en Dieu. Pour ces gens, la réincarnation est une réalité car cette partie, l'authentique, continue d'exister et se transforme.

– Si j'interprète vos propos, ajoutai-je, cette portion de nous qui est véridique, celle qui semble prendre les décisions, renaît aussi bien à l'est qu'à l'ouest. La seule différence est que les religions occidentales, pour la plupart, regardent l'humain comme une personnalité plutôt que comme partie intégrante du divin.

– Les religions occidentales, confirma Jean, contemplent la vie après la mort comme étant celle de notre personnalité, alors que presque toutes les cultures qui croient en la réincarnation, ce qui est la majorité de la population mondiale, la considèrent plutôt comme l'expansion de notre conscience.

– Si après ma mort je renais, suis-je toujours moi ou quelqu'un d'autre ? demanda Elizabeth.

– Vous serez toujours vous, mais pas telle que vous êtes aujourd'hui. Comme vous l'avez deviné, dans chaque vie vous possédez un corps physique différent. Chaque corps physique aura une certaine influence sur nous car la forme et l'apparence de chacun sont uniques. Un chirurgien plastique, si vous l'interrogez, témoignera que remodeler un nez ou transformer la physionomie peut métamorphoser la personnalité d'un individu. Les médecins ne nient pas que certains d'entre nous induisent des réactions chimiques dans le cerveau aptes à provoquer l'alcoolisme ou la dépression. Ce que je veux dire, c'est que la qualité et le type physique qui vous distinguent influencent profondément ce que nous semblons être. Si nous devions échanger nos corps, vous et moi, nous serions chacun sous une autre influence et nos actes seraient légèrement différents.

– Nos sentiments varient-ils, eux aussi en fonction de nos vies ? m'enquis-je de plus en plus captivé.

– Nos sentiments, tout comme notre corps émotionnel, subissent les modifications les plus déterminantes pour la personne moyenne car la conscience est centrée sur le soi émotionnel.

– Quel est le facteur à l'origine du changement dans notre soi émotionnel et quelle est la quantité de transformation en jeu ?

– Votre corps émotionnel se modifie non seulement d'une même vie sur l'autre mais aussi dans le cadre d'une vie. Votre corps physique, par exemple, avait il y a vingt ans une apparence différente de celle qui est la sienne aujourd'hui. Il vous influençait donc différemment. Il en va de même pour le soi émotionnel. Si vous vous retournez sur la façon dont vous avez répondu affectivement à nombre de situations, vous réaliserez, qu'avec les années, vous avez évolué dans ce sens également.

Une transformation énorme se produit entre les vies et tout spécialement pendant la période de gestation. Votre corps émotionnel subit un ajustement afin de vous préparer aux choses nouvelles que vous allez apprendre dans votre prochaine existence. Il peut s'ensuivre une mutation radicale dans votre projection extérieure et faire de l'introverti que vous étiez dans la vie précédente un extraverti dans la suivante.

– L'esprit, lui aussi, subit-il un changement, demanda Elizabeth ?

– C'est vrai dans le cas de certaines personnes, mais vous serez surprise d'apprendre que la véritable énergie mentale n'est pas consciente dans la plus grande partie de l'humanité. Ce que la plupart des gens appellent esprit est en réalité une activité cérébrale. L'esprit véritable est beaucoup plus élevé et au-dessus des émotions. Il contrôle et dirige la nature des sentiments.

– Est-ce la raison pour laquelle tant de gens semblent incapables de converser ou débattre d'une façon logique ? questionnai-je.

– Oui, répondit Jean. A tous les stades de leur évolution, les gens discutent et tergiversent, mais pour la majorité dont l'esprit n'est pas éveillé, ils se limitent à utiliser leur cerveau et leurs sentiments. Si une personne a été bien enseignée et programmée, elle peut utiliser une argumentation sensée jusqu'à ce qu'elle trouve sur son chemin un être réalisé. Un tel être peut confondre la personne la plus éduquée avec un minimum de faits, même sur des sujets à propos desquels il aurait peu de connaissance directe.

– Combien d'êtres réalisés existe-t-il ?

– Environ dix pour cent seulement de l'humanité s'éveillent actuellement sur le plan cérébral, et un très petit nombre d'individus à l'intérieur de ce pourcentage sont tout près d'être pleinement éveillés.

– Y a-t-il là une relation avec le fait que nous utilisions à peine dix pour cent de nos capacité cérébrales ? questionna Elizabeth.

– Ce à quoi vous faites référence, précisa Jean, est notre cerveau, une fois de plus. Il est vrai que nous ne faisons pas usage de l'intégralité de nos aptitudes à cet égard, mais c'est un autre sujet. L'humanité, dans sa grande majorité, utilise zéro pour cent de son esprit car elle est encore en sommeil.

– Comment pouvez-vous savoir si notre esprit est en état d'éveil ? demanda-t-elle.

– Celui dont l'esprit n'est pas conscient aura une philosophie personnelle limitée, limitées aussi seront ses croyances concernant ce qu'on lui a enseigné où ce qui est enregistré dans sa mémoire. La personne dont l'esprit est lucide sera plus ouverte. Elle sera capable de rassembler des faits apparemment sans relation, appartenant à ce que l'on appelle un principe. En s'appuyant sur des principes, elle peut accéder à de nouveaux échelons de la vérité sans l'aide du processus pédagogique habituel. Parfois, ces nouvelles vérités seront en concordance avec ses sentiments, mais l'inverse peut aussi se produire. Dans un cas comme dans l'autre, l'être éveillé considérera les révélations qui s'offrent à lui.

– Pourriez-vous nous donner un exemple de quelque chose provenant d'un esprit éveillé ? interrogea Elizabeth à nouveau.

– La théorie d'Einstein sur la relativité est une illustration célèbre d'une personne associant différents faits connus et utilisant un principe pour arriver à une conclusion inédite. L'activité cérébrale intelligente d'un esprit non éveillé pourrait être celle d'un professeur s'adonnant à des recherches poussées dans le but d'écrire un manuel concernant le champ d'application qui est sa spécialité. Il pourrait écrire un ouvrage fort érudit et reconnu, mais il ne dépasserait pas certaines limites de pensée contrairement à ce qu'a fait Einstein.

– Comment éveille-t-on son esprit ? demandai-je à mon tour.

– Il n'existe pas de méthode aisée, dit Jean. Cela se fait graduellement sur une période qui s'étend sur de nombreuses vies. La meilleure chose à faire dans une existence, n'importe laquelle, est d'être à l'écoute de la partie la plus élevée qui réside en soi et de suivre la direction qu'elle vous signale. Procédez ainsi, vous travaillerez au prochain stade de votre évolution, quel qu'il soit. Je vais maintenant vous donner un conseil qui ne trouvera son sens qu'auprès de ceux qui sont déjà dans le processus de plein éveil de la personnalité : entraînez-vous à additionner deux et deux, et soyez attentifs aux résultats que vous obtenez. Cette déclaration aura une signification pour ceux qui sont déjà prêts.

– Ces esprits actifs subissent-ils des changements d'une vie à une autre ?

– En effet, affirma Jean. La transformation est certaine mais pas aussi rapide que les émotions. Une modification à ce niveau peut conduire une personne comme Einstein à quitter les sciences physiques pour œuvrer à la paix mondiale.

– Einstein pourrait donc être incarné aujourd'hui et se consacrer à la paix mondiale ? s'étonna Elizabeth.

– C'est une possibilité, répondit Jean, mais s'agissant d'un véritable penseur, il ferait davantage que de se contenter de protester d'une façon stérile. Il imaginerait des possibilités originales débouchant sur une chance de réussite. Ce qui est intéressant est que les vrais théoriciens ont des problèmes avec la science (qui est censée reconnaître la pensée logique). Si vous tentez d'appliquer la pensée à la politique, à la religion ou à la philosophie, vous vous trouvez confronté à une force presque insurmontable de programmation émotionnelle dénuée de contenu véritable. C'est la cause de l'échec deux fois répété de la Fraternité dans ses tentatives de présenter les enseignements du Nouvel Âge. Ainsi que je vous l'ai dit, votre mission consistera à les introduire sous un nouveau jour, sous la forme d'une fiction. Les gens sont moins réfractaires à la fiction, mais ceux qui sont prêts reconnaîtront que cette éducation est pour le moins inspirée et ils éprouveront un grand désir d'en savoir plus. Ceux qui voudront progresser dans la connaissance ne seront pas déçus, car beaucoup de révélations les attendent.

– Oui, je me souviens que vous avez mentionné trente-six clés, ce qui me ramène au constat que je n'en ai pas encore fini avec la première. J'espère vivre assez longtemps pour les aborder toutes, dis-je en hochant la tête.

– La connaissance, pour la plus grande partie, ne se présente pas sous forme de clés. Le savoir est infini... Le moment venu, je vous mènerai faire le tour des mondes atomiques à la frontière de l'univers. Une vision telle que celle-là inspire une authentique humilité et un sens de la réalité de ce qu'est notre infinie progression. Dire qu'il n'y a pas de limite à la connaissance et à l'évolution et appréhender le sens de cette réalité sont deux choses différentes.

– Je vous prendrai au mot, déclarai-je. J'ai toujours eu un grand nombre d'interrogations et d'idées concernant l'espace intérieur et l'espace extérieur. Permettez-moi de faire le point pour voir si je vous comprends correctement au sujet de la réincarnation. La réponse est oui et non. C'est non car à chaque nouvelle naissance nos véhicules qui nous influencent sont différents ainsi que la personne que nous semblons être. De ce point de vue, nous ne renaissons pas. La réponse est oui car ce qui en nous se réincarne est le véritable *preneur de décisions*, la partie de nous qui ne meurt jamais. Est-ce pour cela que les maîtres inspirés du passé semblent inculquer des enseignements contradictoires sur cette doctrine ?

– Une partie importante de la stratégie de la Fraternité a, de fait, consisté à établir le système de croyance en une vie unique dans les civilisations occidentales. L'un des inconvénients de la théorie des vies multiples est qu'elle incite les gens médiocres à la paresse. Ils ne consacrent pas à leur vie actuelle tous les efforts nécessaires, persuadés qu'ils feront mieux dans la prochaine. Sachez que ce plan est une de nos plus grandes réussites : considérez la courbe de progression de ces nations qui croient en une seule vie en regard de celui des états optant pour la réincarnation. Vous pouvez constater que le concept d'une vie unique a fourni à l'Occident la motivation suffisante pour parvenir à des résultats avec ce qu'il a, du moins sur le plan physique.

– Ne serait-ce pas, dans ce cas, aller à contre-courant que de professer la réincarnation dans les préceptes que vous me demandez de rédiger ?

– La civilisation occidentale a atteint une étape où la vérité ne peut plus la distraire de son progrès d'une façon significative. Les gens sont assez évolués pour gérer la vérité avec un certain degré de sens commun. Par ailleurs, ceux qui ne sont pas prêts rejetteront vos livres. Il faut compter environ deux cents ans avant que le concept des vies multiples ne pénètre complètement l'Occident, concept que la Fraternité nomme actuellement *la doctrine des vies perpétuelles*.

– Vies perpétuelles ! s'exclama Elizabeth. J'ai beaucoup lu sur la réincarnation et j'en ai retenu que la plupart des adeptes croient que nous avons plusieurs vies en tant qu'humains et qu'après la dernière, nous allons vers une sorte de repos éternel ou Nirvana.

– Une dernière vie… sourit Jean. Il est cocasse de voir que la majorité de ceux qui penchent pour la réincarnation s'imaginent en être à leur dernière vie. Comme ils se trompent…

– Il n'y a donc pas de dernière vie ? risquai-je.

– Oui et non.

– Ça recommence ! m'exclamai-je. Ou bien il y en a une ou bien il n'y en a pas.

– Puisqu'il vous faut absolument un oui ou un non auquel vous raccrocher, voici ce que je peux vous dire confessa Jean, le regard animé d'une étincelle espiègle : une séquence d'approximativement un millier de vies est nécessaire pour vous faire évoluer en tant qu'être humain, et une fois ce cycle accompli, vous vivez une vie de relative perfection comme l'ont démontré le Christ et le Bouddha.

– En quoi consiste une relative perfection ?

– Perfection aux yeux des uns est péché aux yeux des autres. Par exemple, la perfection du Christ était considérée comme une faute par ceux qui l'ont fait crucifier. La perfection relative est déterminée par ceux qui sont en contact avec l'Esprit intérieur de Dieu.

– La dernière vie serait donc réellement une dernière vie ?

– Pas vraiment, répondit Jean dans un sourire. C'est néanmoins la dernière vie à laquelle vous avez préalablement décidé de participer. Toute entité humaine s'est engagée à atteindre une relative perfection. Après, vous êtes libre de choisir la vie ou la mort…

– Que voulez-vous dire ? Pourquoi choisirait-on de mourir ? m'étonnai-je.

– Une fois que vous dominez toutes les facettes de l'expérience humaine, le seul enjeu de la réincarnation est le service. Vous n'avez plus guère de progrès à faire pour vous-même, mais en tant que maître spirituel, vous avez la capacité d'aider considérablement les autres. Dans la Fraternité, c'est ce que nous appelons choisir la mort.

– Que se passe-t-il quand on choisit la vie ? demanda Elizabeth.

– Dans le cas où l'entité choisit la vie, elle avance vers une sphère habitée par des êtres s'apparentant à des dieux et elle commence un nouveau cycle en tant qu'étudiant, sa progression étant conditionnée par la somme de service rendu au genre humain. Voilà de quoi inciter les êtres candidats aux vies perpétuelles à servir sur des petites planètes comme la nôtre de temps en temps.

– Jésus et Bouddha servent-ils ici afin de progresser sur d'autres sphères ?

– Et aussi pour la joie du service lui-même. Les deux sont un stimulant : en vérité, rien ne se ferait dans cet univers s'il n'y avait pas à la fois un bénéfice pour le soi en relation à celui du tout. *A contrario*, l'aiguillon qui motive les Frères Obscurs est exclusivement le soi, sans relation avec l'ensemble, rien d'autre n'a la moindre importance. Chacun d'entre eux se voit comme un univers isolé, un îlot indépendant.

– Vous avez déjà mentionné avoir été tué un certain nombre de fois, mais que vous avez été *rassemblé* si on peut l'exprimer ainsi. Dois-je comprendre que c'est autre chose que se réincarner ? questionnai-je.

– Rassemblé… sourit Jean… Voilà une intéressante manière de le formuler ! Oui, ce qui m'est arrivé est différent de la réincarnation. Le Christ avait besoin d'un assistant issu du genre humain et possédant une mémoire ininterrompue entre Sa première venue et la suivante. Avec la naissance classique, la mémoire des vies antérieures disparaît et ce qui en resurgit est souvent inadapté. Après avoir été tué et rajeuni, je peux ramener avec pertinence mes souvenirs passés, il me suffit pour cela d'un moment de réflexion. Je suis une sorte d'historien pour la Fraternité et je possède peut-être les seules chroniques authentiques écrites depuis deux mille ans.

– Est-ce une récompense qui vous a été attribuée pour votre fidélité à Jésus ? questionnai-je redoublant de curiosité …

Jean grommela pour lui-même…

– Récompense ! J'ai bien peur que le vocable soit inapproprié. Il s'agit d'avantage d'un châtiment.

– Châtiment ? Elizabeth et moi, réagîmes en même temps.

Notre ami réfléchit un moment :

– Châtiment n'est sans doute pas non plus le mot exact. Vous connaissez le genre de sentiment qui peut animer un père lorsqu'il décide de donner une leçon à son enfant pour lui apprendre la modération ?

– A peu près…

– C'était quelque chose de ce genre, dit Jean.

– En d'autres termes, vous dites que Jésus vous fait parcourir la Terre depuis deux mille ans juste pour vous *donner une leçon* ? demandai-je incrédule.

– J'ai pratiqué un service qui, je crois, a été utile, mais le plus grand profit vient de la leçon que j'ai apprise.

– Et quelle est-elle ? questionnai-je.

– Vous souvenez-vous du vieil adage *« Faites attention à ce que vous demandez, vous pourriez bien l'obtenir »* ? répondit-il.

– Oui.

– Je crois que j'en fus l'instigateur. Ouvrez la Bible au Livre de Marc, chapitre dix et lisez les versets 35 à 41.

J'obtempérai :

10 : 35 : Jacques et Jean, les fils de Zébédée, avancent vers Lui (Jésus) et lui disent : « Maître, nous voulons que Tu fasses pour nous ce que nous allons Te demander. »

10 : 36 : Il leur dit : « Que voulez-vous que Je fasse pour vous ? »

10 : 37 : « Accorde-nous, Lui dirent-ils, de siéger l'un à Ta droite l'autre à Ta gauche, dans Ta gloire. »

10 : 38 : Jésus leur dit : « Vous ne savez pas ce que vous Me demandez. Pouvez-vous boire la coupe que je vais boire et être baptisés du baptême dont Je vais être baptisé ? »

10 - 39 : Ils Lui dirent : « Nous le pouvons. » Jésus leur dit : « La coupe que Je vais boire, vous la boirez et le baptême dont je vais être baptisé , vous en serez baptisés. »

10 : 40 : « Quant à siéger à Ma droite ou a Ma gauche, il ne M'appartient pas de l'accorder, mais c'est pour ceux à qui cela a été destiné. »

10 : 41 : Les dix autres qui avaient entendu se mirent à s'indigner contre Jacques et Jean.

– Je vois bien que votre requête a irrité les autres apôtres, commentai-je.

– Sans aucun doute, et ils ne s'en sont jamais remis. C'était, à l'époque, une demande bien naïve. Nous pensions, Jacques et moi, que nous étions à un échelon plus élevé que les dix autres et que nous méritions une attention particulière. Je ne les blâme pas pour s'être sentis choqués en prenant connaissance de nos prétentions.

– J'en conclus que suite à votre revendication, vous avez dû errer sur la Terre depuis lors, mais qu'en est-il de Jacques ? Son sort est-il semblable au vôtre ?

– Un jour que Jésus nous rendit visite après la Résurrection, Il nous appela en privé et nous rappela notre vœu. Il nous mit en garde contre les difficultés du chemin qui était le Sien, et précisa que Sa crucifixion n'était qu'un avertissement de ce qui nous attendait si nous étions déterminés à gagner notre place à Sa droite. Il nous offrit alors la possibilité de faire machine arrière. Jacques eut l'intelligence de *sentir venir le vent*, comme on dit, et opta pour le processus de réincarnation classique, mais pas moi. J'étais persuadé être doté d'attributs tellement supérieurs que je pouvais suivre tous les pas du Maître. J'insistai : je boirais à la même coupe que Lui. Josué soupira et accepta d'accéder à ma requête.

– Êtes-vous heureux de l'avoir fait ? demandai-je.

– Oui et non, dit-il à nouveau en souriant. Si j'avais su à l'époque ce qui m'attendait, je n'aurais pas eu le courage d'aller plus loin, mais maintenant que le pire est passé, je ne changerais mon expérience pour rien au monde. La partie la plus dure fut la solitude. Je ne peux pas vraiment dire que je me suis senti seul car je suis toujours en contact avec la conscience de groupe de la Fraternité, toutefois, pendant deux mille ans je n'ai été ni complètement un maître ni complètement humain. Je n'avais pas de sentiment d'appartenance. Par ailleurs, il m'a été offert une des plus extraordinaires leçon de modestie et de service que peu de Maîtres, dieux ou êtres humains aient jamais connue.

– On dirait que vous y avez également gagné une fantastique somme de connaissance et de pouvoir, observa Elizabeth.

– J'ai eu néanmoins à payer le prix fort, ce n'est pas une voie à conseiller à quelqu'un de timoré.

– Allez-vous continuer à voyager sur Terre pour toujours ou bien êtes-vous arrivé au bout de votre chemin, demandai-je ?

– Il en sera, dit-il, comme il l'a été écrit dans la Bible. Je dois demeurer sur Terre jusqu'au retour du Christ. Je vous l'ai déjà dit, Sa venue est une chose certaine, elle a été décidée. Le moment de cet avènement dépend de plusieurs faits préalables qui doivent avoir lieu. Les clés que je retransmets font partie de cette préparation nécessaire, vous comprendrez à quel point je souhaite que votre livre soit un succès ! Ainsi, l'Avènement pourra survenir et je serai finalement libéré de mon enthousiaste engagement.

– Que deviendrez-vous alors ?

– Alors, soupira-t-il, je pourrai enfin mourir normalement, aller dans le monde de l'Esprit, avoir un repos normal, et connaître une naissance et une vie normales pour faire mes preuves en tant qu'être humain, encore une fois.

– Je n'avais jamais envisagé auparavant le fait d'être un humain normal sous cet angle, déclarai-je, j'imagine que je devrais apprécier.

– Cela ne fait aucun doute ! dit Jean, vous devriez. Même si parfois votre fardeau vous semble lourd, soyez reconnaissant pour votre vie.

Un silence se fit pendant quelques instants qui nous permit d'assimiler l'importance de tels propos.

– Je réalise que votre temps ici est limité, je voudrais donc, en priorité, que vous nous expliquiez l'idée qui, dans l'Epître aux Hébreux, semble réfuter la notion de réincarnation.

– Marché conclu, acquiesça-t-il en s'étirant. D'ailleurs, j'ai eu mon compte de thé. Si vous aviez un chocolat chaud, ça me ferait vraiment plaisir.

– Je m'en occupe, dis-je en me levant.

J'étais impatient d'entendre les réponses.

VIII

« Krisis »

Jean but une gorgée de chocolat et, se délectant, lança :

– Vous savez, il n'y a rien de tel parfois qu'une bonne tasse de chocolat fumant le soir à la veillée ! Voyons… Vous vouliez parler de ce verset dans l'Epître aux Hébreux. Je crois que nous le trouverons au chapitre neuf, verset vingt-sept. Voudriez-vous me le lire ?

– Voilà : « *Et comme les hommes ne meurent qu'une fois, après quoi il y a un jugement.* »

– C'est net et tranché, n'est-ce pas ? Il est écrit que nous ne mourons qu'une fois et donc, nous ne pouvons naître qu'une seule fois.

– On pourrait le penser, en effet, mais j'ai appris à ne pas me fier aux apparences depuis que je vous connais.

– C'est un premier pas positif, me confia Jean en souriant. Le problème de ce verset, c'est qu'il est mal traduit et je vais vous le prouver car vous aller le traduire vous-même.

– Je devrais pour cela être un érudit en Grec, à moins d'un miracle...

– Pas du tout, je crois que vous avez une Concordance de Strong[4]. Voudriez-vous allez la chercher ?

J'allai la prendre dans la bibliothèque et la posai sur la table.

– Regardez maintenant le terme *jugement*, ordonna-t-il. Cherchez à présent le numéro de référence pour l'Epître aux Hébreux, chapitre neuf, verset vingt-sept.

Je cherchai le mot et descendis mon doigt le long des références, jusqu'à ce que j'arrive aux Hébreux, 9 : 27.

– Quel est le code du mot grec ? demanda-t-il.

– Je crois qu'il s'agit du numéro 2920.

---

4 Concordance exhaustive de la Bible en anglais utilisant les codes Strong. Cet outil permet d'analyser la Bible verset par verset en se reportant à la fois à la traduction hébraïque et grecque – NDT.

– Maintenant, cherchez le 2920 dans le dictionnaire de grec.

J'ouvris le livre et lus :

– Il est dit ici que le mot *jugement* vient du grec, *KRISIS*.

– Ensuite, en italique, il vous donne la racine du mot. Lisez-la, m'enjoignit Jean.

– La racine est *décision* !

Je n'en revenais pas.

– Voilà qui donne au verset une nouvelle dimension, n'est-ce pas ? exulta Jean.

– Certainement. Par exemple, notre personnalité telle qu'elle est cesse d'exister mais, ce que nous sommes réellement, c'est-à-dire *décision*, demeure.

– Probablement, confirma Jean, maintenant mettons ce mot un peu plus en lumière. Le mot grec que vous venez de lire est *KRISIS*. A quel mot anglais vous fait-il penser ?

– Au mot *crisis*[5] avec un c au lieu d'un k.

– Le mot crise dont l'origine est ce mot grec est une bien meilleure interprétation du Grec que celle des érudits spécialistes de la Bible. En quoi pensez-vous que les mots *crise* et *décision* sont reliés ? Qu'en dites-vous, Elizabeth ?

– En y réfléchissant, répondit-elle, la crise des missiles cubains, par exemple, a obligé le Président Kennedy a prendre de sévères décisions. Mon opinion est qu'une crise nous met en condition de prendre une décision d'une façon ou d'une autre.

– Excellent. Et lorsqu'une situation de crise nous force à prendre une décision, quel résultat espérons-nous de cette décision ?

– La décision est destinée à nous sortir de la crise afin de nous orienter vers une situation meilleure.

– Exactement, conclut Jean. Diriez-vous qu'une crise est un événement qui nous oblige à prendre des décisions dont nous espérons qu'elles redresseront des circonstances négatives ?

– Cette définition me convient parfaitement, dit-elle.

– Par exemple, votre maladie est une crise qui vous contraint à prendre des décisions difficiles, n'est-ce pas ?

– C'est sûrement vrai.

– Nous en arrivons ainsi au sens original du mot grec *KRISIS*, lequel est : *décision apportant correction*. Le côté ironique de la chose est que lorsque l'on appréhende le véritable sens du mot, ce verset devient la preuve que le principe des vies multiples se vérifie au lieu de l'infirmer.

– Fantastique ! déclarai-je, ce verset m'a tracassé toute ma vie et voilà qu'en une minute vous l'avez analysé pour nous.

---

[5] crise, en français - NDT.

– Permettez-moi de vous expliquer ce que Paul avait à l'esprit quand il l'a écrit. Il savait que les consignes de la Fraternité étaient de souligner l'importance de tirer le plus grand parti de la vie que nous vivons et voilà comment il en est arrivé à la formule : « *Et comme les hommes ne meurent qu'une fois* ». Ensuite, il pensa que l'idée était juste au titre de la personnalité, mais incorrecte depuis un point de vue plus élevé et il ajouté la ligne finale pour ne pas être considéré comme déloyal par les futures générations éclairées. Il a écrit en vérité : « *Mais après vient la décision qui apporte la correction », ce* qui aurait dû être traduit par : « *Mais après vient la réincarnation* » Car le terme KRISIS est aussi proche du sens réincarnation que n'importe quel vocable biblique grec, à l'exception peut-être du mot résurrection. Maintenant, consultez la concordance et vous trouverez une liste indiquant les quatre traductions du mot KRISIS dans la Bible du Roi Jacques.

– Ils sont : accusation, condamnation, damnation et jugement, constatai-je.

– Vérifiez le mot *damnation*, dit-il.

– On dirait qu'il vient de plusieurs mots grecs.

– Reportez-vous au code 2920 à nouveau, conseilla Jean. Vous verrez qu'il est traduit de KRISIS.

– Il y en a un dans votre Evangile de Jean.

– Très bien, allez voir de quoi il s'agit.

J'ouvris la Bible au chapitre cinq et lus les versets 28 et 29 :

« *N'en soyez pas étonnés, car elle vient l'heure où tous ceux qui sont dans les tombeaux entendront Sa voix et sortiront : ceux qui auront fait le bien pour une résurrection de vie, ceux qui auront fait le mal pour une résurrection de jugement.* »

– De tous les contresens infligés à mes écrits, celui-ci est le pire de tous, soupira-t-il. Le mot *damnation*[6] a été délibérément inséré dans le texte pour faire naître chez les sujets la peur de l'enfer.

– Que sont les deux résurrections ? demandai-je.

– La résurrection de vie est interprétée à deux niveaux. Le premier consistait à placer devant l'humanité l'objectif de vaincre la mort physique, ainsi que Le Christ l'a démontré. Chacun d'entre nous en fera l'expérience une fois qu'il aura accompli sa vie de relative perfection, la dernière vie, celle à laquelle nous avons préalablement décidé de participer. A partir de ce stade, nous passons aux vies éternelles. Ensuite, à un autre niveau, puisque cette dernière vie est si loin dans le futur pour la plupart d'entre nous, j'ai voulu transmettre un espoir plus immédiat par l'idée que si nous sommes attentifs à vivre selon des valeurs élevées, cela ira mieux pour nous dans notre prochaine existence, et pourtant voyez l'inter-

---

[6] Que l'on trouve dans la traduction anglaise, à la place du terme *jugement* dans la traduction française, sous la direction de l'Ecole Biblique de Jérusalem - NDT.

prétation qui en a résulté… Dans la dernière partie du verset, j'informai le lecteur qu'en faisant le mal, il serait mis dans des situations où il serait forcé de réparer ses erreurs, ce qui, à l'opposé de la damnation, est une condition qui génère l'évolution.

– Très intéressant, opinai-je. Vous devriez retraduire la Bible dans un langage qui ne laisse pas de place à l'ambiguïté et qui nous permettrait d'avoir une version correcte.

– Beaucoup continueraient malgré tout à se méprendre, dit-il. D'un point de vue plus élevé, notre système de communication fondé sur les mots est primitif. Notre échange n'est fiable que lorsque nous sommes en harmonie avec l'Esprit Universel de Dieu. Lorsqu'au moins deux personnes ressentent l'Esprit ensemble, comme nous le fîmes vous et moi dans la Nouvelle Jérusalem, ces personnes comprennent comme si elles étaient une. Voilà un des messages les plus importants que vous inculquerez.

– Lorsque je commencerai cette mission d'enseignement, ainsi que vous l'appelez, pensez-vous que quiconque m'écoutera ? Ne croyez-vous pas qu'il y aurait plus de chances de succès avec quelqu'un comme Billy Graham[7].

– Billy Graham est l'un des ministres du culte parmi les plus sincères, mais ni lui ni aucun des autres des enseignants réputés n'est prêt à divulguer ce qui s'en vient sans en altérer le sens et le réadapter à ses propres conceptions. Quand vos livres circuleront, les gens commenceront à écouter ce que vous avez à leur dire. Vous souvenez-vous avoir lu que Josué nous a assuré qu'Il serait avec nous jusqu'à la fin du monde ?

– Je pense que oui.

– En vertu du principe d'unité, Il a été avec moi pendant ces deux mille ans, et maintenant, par le pouvoir de l'Esprit, ma présence sera avec vous, ce qui implique aussi la Présence du Christ. Tant que vous serez relié à cette Présence, vous serez à même de prononcer les paroles du Christ, et quand vous le ferez les gens le sentiront dans leur cœur.

– Ça a l'air plus palpitant que l'immobilier, dis-je en souriant.

Jean eut un rire léger.

– Une minute de communication avec Ses mots vaut une vie entière de préparation et de lutte et le meilleur est que cette communion est à la disposition de tous. Le voile d'illusion déployé par les Frères Obscurs a pratiquement détruit le véritable principe de communion.

– J'aimerais poser une question à propos du Livre des Hébreux, intervint Elizabeth. J'ai lu quelque part que les spécialistes ne sont pas certains de sa pro-

---

7 Prédicateur-prêcheur américain très réputé aux États-Unis. Il a de nombreux programmes dans tous les médias. NDT.

venance. Ils disent qu'il s'est inséré dans la Bible car c'était un livre inspiré et que d'aucuns pensaient que Paul en était l'auteur. Pourriez-vous le confirmer ?

– Oui et non, déclara Jean en souriant comme s'il avait marqué un point.

– Je ne vois vraiment pas comment la réponse à cette question pourrait être à la fois oui et non ! s'insurgea-t-elle.

– Vers la fin du premier siècle, un disciple qui portait un grand intérêt à Paul réunit tout ce qu'il put rencontrer concernant ce que ce dernier avait dit ou écrit et en rédigea des copies. Il se trouva qu'il y avait là une demi-douzaine de fragments qui ne constituaient pas de quoi faire un livre d'enseignements, aussi les étudia-t-il avec soin afin d'élaborer un ouvrage intéressant à partir de ces éléments. Il y ajouta quelques notes de son cru dans le but de clarifier certains passages mais demeura le plus près possible de l'esprit d'origine inspiré par Paul. Le livre fut donc entériné par l'église de l'époque car les autorités savaient que ce qu'il enseignait venait bien de Paul. Mais, croyez-moi, si Paul avait été l'auteur de ces écrits, il n'aurait pas manqué d'y adjoindre son nom car c'était un homme nanti d'une puissante personnalité. De surcroit, l'humble disciple n'était pas sûr que son travail était assez irréprochable pour l'associer au nom de Paul et conçut qu'il n'était pas juste d'y substituer le sien. Il était loin d'imaginer la grande qualité de l'œuvre accomplie.

– Existe-t-il une question à laquelle vous ne pouvez pas répondre ? interrogea Elizabeth, fascinée.

– Vous pourrez répondre à toutes les questions comme je le fais, quand vous aurez appris à vous connecter ou à communier. Une fois que vous savez établir la fréquence, vous êtes capable de répondre à pratiquement n'importe quoi.

Maintenant, pour revenir à notre sujet, le fameux verset du Livre des Hébreux est le seul qui semble faire objection à la réincarnation, alors que beaucoup d'autres, au contraire, la défendent ardemment. Josué ne l'enseignait pas ouvertement aux populations, néanmoins nombreux pensaient qu'Il était un ancien prophète réincarné, comme on peut le lire dans le Livre de Mathieu, chapitre seize, versets 13 et 14.

16 : 13 : « *Arrivé dans la région de Césarée de Philippe, Jésus posa à ses disciples cette question « Au dire des gens, qu'est le Fils de l'homme ? »*

16 : 14 : *Ils dirent : « Pour les uns, Jean le Baptiste ; pour d'autres, Elie ; pour d'autres encore Jérémie ou quelqu'un des prophètes. »*

Certains pensaient que Josué était adombré par l'esprit de Jean le Baptiste. Le nom Elie vient du Grec, il est l'équivalent du nom hébreux *Elijah*. Un très grand nombre de gens étaient convaincus qu'Il était Elie le prophète, Jérémie ou quelque autre prophète réincarné de l'Ancien Testament.

En ce temps-là, lorsqu'un maître d'importance apparaissait, ceux qui appliquaient les Saintes Ecritures considéraient toujours qu'Il pouvait être Elie. Tout comme aujourd'hui où des quantités de gens attendent le Deuxième Avènement de Jésus, à cette époque les foules attendaient la Deuxième Venue d'Elie. Voici maintenant ce que relatent les deux derniers versets de l'Ancien Testament :

Malachie, 3 : 23-24 : « *Voici que je vais vous envoyer Elie le prophète avant que n'arrive le Jour de Yahvé, grand et redoutable.*

Il ramènera le cœur des pères vers leurs fils et le cœur des fils vers leurs pères, de peur que je ne vienne frapper le pays d'anathème »

Pouvez-vous voir pourquoi les croyants de l'époque attendaient le retour d'Elie sous une forme ou sous une autre ?

– En effet, le retour d'Elie est annoncé catégoriquement.

– Bien, voyons le Livre de Mathieu, chapitre 17, versets de 10 à 13.

17:10 : « Et les disciples lui posèrent cette question : « Que disent donc les scribes, qu'Elie doit venir d'abord ? »

17:11 : Il répondit : « Oui, Elie doit venir et tout remettre en ordre ;

17:12 : Or, je vous le dis, Elie est déjà venu et ils ne l'ont pas reconnu, mais l'ont traité à leur guise. De même le Fils de l'homme aura, lui aussi, à souffrir d'eux. »

17:13 : Alors les disciples comprirent que ses paroles visaient Jean le Baptiste. »

Remarquez, dans le verset dix, spécifia Jean, que les scribes enseignaient qu'Elie doit venir avant le Messie, en raison des deux versets de Malachie que nous venons de voir. Josué nous en confirma alors l'exactitude et précisa qu'Elie devait revenir avant le grand et terrible jour, des milliers d'années dans le futur, mais qu'il était déjà venu pour préparer la voie au Messie dans cette époque. Il nous dit de but en blanc que Jean le Baptiste avait réalisé la prophétie de la venue d'Elie, que Jean était la réincarnation d'Elie.

– Jean le Baptiste n'a-t-il pas nié qu'il était Elie quand il fut interrogé à ce propos ? remarqua Elizabeth, surprise.

– Oui, reconnut Jean. Les Ecritures rapportent cet épisode correctement et Jean le Baptiste a en effet affirmé qu'il n'était pas Elie. Il avait deux raisons pour cela : la première est qu'il soupçonnait avoir été Elie mais n'en avait ni souvenirs ni preuves. Quand bien même il aurait accepté de l'admettre, il n'était pas suffisamment sûr du fait pour le soutenir. La deuxième, s'il avait reconnu être la réincarnation d'Elie, il aurait mis sa vie en danger, plus encore qu'elle ne l'était déjà, et il aurait pu aisément dans ces circonstances compromettre sa mission.

– C'est logique, commentai-je, mais puisque Jésus a, Lui, assuré le contraire, on pourrait penser que les croyants de l'époque s'en seraient remis à Sa parole.

– On pourrait le croire, convint Jean.

– J'ai une question stupide, hésita Elizabeth. Nous réincarnons-nous jamais en tant qu'animaux, en araignées ou autres insectes ?

Jean, dans un de ses grands sourires annonciateur d'une réponse ambiguë :

– Je sais que vous n'aimez pas ça, mais la réponse est…

– Oui et non, je suppose ! Voilà qui promet d'être passionnant, le coupai-je entre ironie et curiosité.

– La réponse est non quand on considère la personne comme un tout. L'entité humaine que vous êtes va toujours de l'avant. A l'exception de cas rarissimes concernant les Frères Obscurs, les êtres humains vont toujours dans le sens de l'évolution, d'un corps humain plus raffiné plus lumineux et d'une conscience accrue.

La réponse est oui par le fait qu'à l'intérieur de l'univers que figure votre être, toutes les sortes d'entités sont représentées. Pour certaines d'entre elles, l'évidence est indiscutable. Le royaume minéral ne possédant pas de conscience propre est présent en vous à travers vos dents et votre structure osseuse. Vos ongles et vos cheveux sont des parties hautement sophistiquées du domaine végétal. Et puis, certains imaginent que les humains sont simplement des animaux plus évolués. Un homme, en tant qu'entité, est beaucoup plus qu'un animal, *a priori*. Pourtant, il y a des animaux dans notre nature : que révèlent-ils ? Pour exemple, je pense que nous nous sommes tous, à un moment ou un autre, en état de colère, senti comme un lion rugissant à l'état sauvage.

– Je peux m'identifier avec votre description, convins-je, mais où se trouve donc le lion rugissant ? Vous nous avez décrit la partie minérale et végétale que nous renfermons, toutefois je ne perçois pas l'animal à moins qu'il ne s'agisse du corps dans son ensemble.

– Le royaume animal est représenté par des portions du corps que l'on ne voit pas normalement, expliqua-t-il. Avez-vous déjà entendu parler des sept chakras ou centres d'énergie ?

– Oui.

– Il existe des centaines de points plus petits dans la composition de ces centres. Les cinq chakras inférieurs ainsi que des centaines de ces points sont en fait des petites vies qui furent des animaux ainsi que d'autres petites vies, il y a des éons de cela. Ces existences ne deviennent pas humaines, mais se combinent pour générer quelque chose de plus grand qu'elles. Voici comment s'articule la séquence qui est l'ordre véritable de l'évolution : les particules subatomiques s'unissent pour créer les atomes, lesquels se groupent pour engendrer les molécules qui, à leur tour, s'assemblent pour générer les cellules et les cellules s'associent pour donner vie au royaume végétal. L'essence de la vie végétale s'unifie pour concevoir la vie animale, puis les animaux et les vies minuscules s'allient en conscience pour produire l'humain.

Vous êtes donc un univers composé de millions de vies plus petites, lesquelles incluent l'animal. Etant plus proches des animaux, il est plus facile de ressentir l'animal en nous.

Nous parlons, par exemple, de magnétisme animal en référence à l'attraction sexuelle. Lorsque nous sommes en colère ou effrayés dans une situation dangereuse, notre instinct animal peut reprendre le dessus sans l'intervention du mental. Beaucoup de personnes sont plus liées à leurs animaux de compagnie, plus en harmonie avec eux qu'ils le sont avec leur famille où leurs amis. Ce que j'essaie de vous dire est que si vous êtes attentifs, vous pouvez ressentir les différents types d'animaux en vous. Ces vies, il y a de fort nombreuses années, ont atteint le point le plus haut possible en tant qu'animaux et, de façon à s'élever davantage, il leur fallut s'intégrer à quelque chose de plus grand qu'elles-mêmes. Le lion en vous est toujours un animal mais il partage votre conscience afin d'évoluer au-dessus de sa condition. Vous êtes, pour lui, comme un dieu et lui donnez des ordres auxquels il doit obéir pour que vous puissiez vous approprier son énergie vitale pour le plus grand enrichissement de la nature de chacun. Il participe à l'univers intérieur que vous êtes.

– Quel fantastique enseignement ! m'exclamai-je. J'ai lu des quantités de livres mais je n'ai jamais trouvé nulle part aucun ouvrage qui renferme des choses aussi extraordinaires.

– Vous avez ici la différence entre un véritable professeur et un faux, confessa Jean. Le faux guide ressassera des matériaux obsolètes empruntés à d'autres. Il modifiera légèrement le vocabulaire et prétendra qu'il vous apporte quelque chose de nouveau, mais au bout du compte, son véritable objectif est de promouvoir son ego. Le professeur authentique cherchera à rendre toute chose nouvelle, comme je l'ai indiqué dans mes écrits. Un maître comme celui-là apportera sur les vieilles leçons un éclairage original et enseignera aussi des méthodes inédites. Vous avez parfaitement raison, le mystère de notre évolution n'a pas encore été écrit : il s'agit là du commencement de la grande révélation. Il y a tellement de choses que la race humaine ne soupçonne même pas, tout particulièrement concernant l'évolution future, que cela confond l'imagination, même pour moi.

– Vous disiez que les cinq chakras inférieurs sont des entités animales... nota Elizabeth, avide d'informations, que sont alors les deux chakras supérieurs ?

– Voilà une question très perspicace, remarqua Jean. Le sixième centre – qui se situe sur le front, entre les sourcils – est parfois appelé *troisième œil* ou Centre Ajna. Il est ouvert uniquement chez ceux qui sont éveillés et il est occupé par cet être traditionnellement appelé Ange Gardien. C'est un être (ou plusieurs) des plus évolués appartenant à un autre plan d'existence qui travaille à vous venir en aide, car à votre tour, vous lui fournissez le pouvoir pour avancer vers son étape suivante. Pour ceux dont l'esprit n'est pas encore ouvert mais dont le cœur est pur, il arrive que ces anges descendent vers les centres de la gorge et du cœur quand ils sentent qu'ils peuvent vous soutenir. Ils feront tout ce qui est en leur pouvoir pour vous aider à progresser et faire usage de ce centre Ajna. Pour eux, y résider en toute conscience est comme adorer Dieu devant Son trône.

– Qu'en est-il du septième centre ? Qui ou qu'y réside-t-il ? demandai-je suspendu à ses lèvres.

– Le septième centre, au sommet de la tête, est souvent appelé le Lotus aux Mille Pétales. Chaque pétale représente l'empreinte, l'énergie et la qualité d'une de vos mille vies en tant qu'être humain, et ce chakra ne fonctionne pas à plein rendement avant que la plupart des pétales ne soient ouverts. Ce que l'on appelle un Maître travaille par ce canal une fois que l'entité a fait la démonstration qu'il était un serviteur utile. Un Maître est quelqu'un qui a terminé ses mille vies et est relié à un certain nombre d'étudiants qu'il aide et assiste. Il s'agit d'une entité tellement élevée qu'une personne ordinaire, en présence de son Maître, a la sensation d'avoir rencontré Dieu.

– J'en déduis que votre Maître est le Christ ? le questionnai-je.

– Oui. Je reçois de Lui par le centre au sommet de ma tête et vous, à votre tour, apprenez à recevoir de moi par le centre au sommet de votre tête.

– Vous êtes donc un Maître ?

– Pas encore, confia-t-il, mais je suis un disciple pouvant servir de transmetteur pour le Maître vers d'autres disciples. Lorsque vous et moi devenons un avec le Christ, nous devenons un avec l'autre.

Elizabeth était aussi captivée que moi :

– Combien existe-t-il de Maîtres ?

– Sur cette petite planète, il n'y en qu'une poignée. Je vous donnerai plus de précision quant à leur nombre quand le moment sera venu. Le temps qui me reste à passer ici ce soir est court. Si vous avez d'autres questions importantes, je vous écoute.

– J'ai quelque chose d'important me concernant, intervint Elizabeth.

– Allez-y.

– J'ai cru comprendre que j'ai causé beaucoup de dommages et de souffrances au Moyen Âge et que j'ai, en conséquence, de nombreuses dettes. Il semble que je pourrais bien avoir à supporter une sclérose en plaques ou toute autre maladie pendant plusieurs vies pour racheter mes erreurs. Y a-t-il d'autres manières de s'acquitter des conséquences de mes actions en dehors d'une souffrance à répétition ? Le sacrifice de Jésus n'était-il pas précisément destiné à racheter nos péchés ?

– La mission de Josué n'avait pas pour but de nous soustraire de nos responsabilités mais de nous libérer du plus important des obstacles, celui qui nous empêche de rembourser notre dû à l'univers : la culpabilité. La culpabilité est une force terriblement négative qui provoque des préjudices dans nos vies privées et nous fait nous sentir indignes de produire le moindre effort pour réparer les dommages que nous avons causés à notre âme où à nos frères. Toutefois, en ce qui concerne notre dette, la Bible rapporte que Josué Lui-même a assuré que nous aurions à payer jusqu'au dernier sous.

– Voilà qui n'a pas l'air très encourageant, marmonnai-je.

– Ça, c'était la mauvaise nouvelle, mais j'en ai aussi une bonne, ajouta Jean.

– Super. Voyons la bonne nouvelle… murmura Elizabeth, d'un ton morne.

– Dans un contexte de culpabilité illusoire, il n'existe pas d'autre moyen de s'acquitter d'une dette que par une souffrance prolongée. Josué est venu nous enseigner une autre manière de rembourser ce que nous devons.

Une analogie pourrait probablement nous aider. Supposons que vous travaillez pour un salaire de cinq dollars de l'heure et que votre dette s'élève à mille dollars. Dans ces circonstances, il vous faudrait deux cents heures pour effectuer la totalité de votre remboursement. Imaginons alors que votre ingéniosité vous fasse découvrir une méthode pour gagner vingt dollars de l'heure. Combien de temps cela vous prendra-t-il pour payer ce que vous devez ?

– Un quart du temps, soit cinquante heures, calculai-je.

– Maintenant, présumons que votre patron, très satisfait de vos services, décide de vous faire bénéficier d'une prime de mille dollars…

– La dette serait payée instantanément ! le coupai-je.

– Une personne ordinaire ressent intérieurement, sa culpabilité aidant, qu'elle n'a pas d'autre alternative pour s'acquitter que de payer au tarif d'origine de cinq dollars l'heure. Mais Josué, lors de sa première venue, fit de son mieux pour nous montrer que les paiements pouvaient être accélérés. Une des raisons pour laquelle tous les apôtres, à l'exception de Judas, étaient désireux de servir jusqu'à la mort est que Josué nous fit voir les dettes accumulées dans nos vies passées. Après cette révélation, nous fûmes horrifiés et déprimés devant le montant de souffrances nécessaires pour équilibrer nos comptes. Ensuite, Il nous démontra l'importance de nos missions et que, si nous menions avec succès les tâches qui nous étaient dévolues et profitions de cette exceptionnelle opportunité, nous pourrions épurer les créances de nombreuses vies en aidant beaucoup de gens en une seule vie.

– Alors, risquai-je, si Hitler décidait de se repentir, si l'on peut l'exprimer ainsi, et payer sa dette pour avoir exécuté six millions de Juifs, il serait dispensé de mourir six millions de fois. Il pourrait probablement revenir et au travers d'une grande œuvre sauver la vie de six millions de gens ?

– Vous êtes sur la bonne voie, rétorqua Jean. N'oubliez pas que le paiement doit être d'un prix égal à la dette, toutefois pas nécessairement de la même sorte. Par exemple, il se peut que je sois en mesure de régler les mille dollars que je dois par un moyen autre que financier, mais cependant d'égale valeur. Peut-être pourrais-je offrir l'équivalent de la dette de mille dollars sous forme de travail, de diamants, de nourriture ou tout type d'aide ou de service. Si Hitler se réincarnait et découvrait un traitement pour venir à bout du cancer ou quelque autre infection mortelle, il lui serait possible de trouver ainsi le moyen et l'occasion de se *racheter*. Et je sais combien ma déclaration pourra choquer en raison du personnage que je cite.

– Il est donc envisageable qu'un scientifique de grande renommée participant activement à découvrir des solutions à des maladies incurables ne soit ni plus ni moins que la réincarnation d'une personne qui, dans une autre vie, aurait pu faire beaucoup de mal ?

– Tout est possible, clarifia Jean. Il arrive souvent qu'une grande dette serve de point de départ à un retour vers la lumière et à l'accomplissement d'une grande mission, même si celui qui vit cette expérience l'ignore sur le plan conscient.

– J'ai toujours eu la sensation que j'étais censé offrir un service spécifique à l'humanité. Le sens en est-il que j'ai aussi une dette élevée à rembourser ? bredouillai-je nerveusement.

– Vous avez toujours des règlements en cours, mais votre compte n'est rien comparé à ce qu'il était il y environ deux mille ans ! Vous avez littéralement donné votre vie de nombreuses fois au service de la vérité ce qui, en conséquence, a considérablement allégé votre fardeau, vos sacrifices ayant bénéficié à d'innombrables personnes au cours des années.

– Il semblerait que j'étais un *sacré client* en ce temps-là ! raillai-je.

– C'était dans une lointaine galaxie, sourit Jean.

Je ne savais pas avec certitude si sa réflexion était un trait d'humour en relation avec *La Guerre des Étoiles* ou s'il s'agissait d'une référence plus littérale. Elizabeth intéressée au plus haut degré intervint :

– Que puis-je donc faire pour accélérer l'épuration de ma dette ?

– Si votre âme est clairvoyante, vous utiliserez sincèrement votre opportunité dc service, vous serez alors délivrée de votre maladie et passerez à une tâche plus joyeuse dans laquelle vous aurez toute latitude à vous mettre à jour de votre dû plus rapidement.

– Je suis prête à faire n'importe quoi, plaida-t-elle, dites-moi comment je dois m'y prendre…

– Gardez présent à l'esprit ce que je vais vous dire : si Joseph a du succès dans la promotion de ces enseignements, ceux-ci atteindront un incroyable nombre de gens, cet événement représentant un remboursement plus que suffisant pour vous deux. Votre souffrance ne sera alors plus nécessaire. Joseph a un peu de mal à démarrer le livre. Votre première tâche est de l'encourager et le motiver. Je voudrais également que vous l'assistiez pour les relectures et les corrections, et puis que vous lui apportiez des idées pour enrichir et clarifier les siennes.

– Je ne serai que trop heureuse de l'aider ainsi, malheureusement j'en arrive au point où lire devient problématique, sans parler de mes tremblements qui m'empêchent d'écrire distinctement, nous informa Elizabeth en contemplant ses mains.

– Vous ne ressentirez pas ces inconvénients lorsque vous collaborerez à la rédaction du livre, assura Jean. Quand vous participerez à ce travail, vos yeux y verront parfaitement et vos mains ne trembleront pas.

L'attitude d'Elizabeth se transforma :

– Dans ce cas, j'encouragerai Joseph comme il ne l'a jamais été. Alors, es-tu prêt à prendre la plume ? me demanda-t-elle sur un ton plus joyeux.

– J'ai passé de longs moments à réfléchir, puis je prends des notes sur l'ordinateur, je sens que je peux enfin m'y mettre.

– Il va commencer dès demain ! déclara Elizabeth. N'est-ce pas mon chéri ?

Elle me fixait avec une détermination à laquelle elle ne m'avait pas habitué :

– C'est d'accord, va pour demain, dis-je amusé.

Il n'y avait aucune marche arrière possible maintenant qu'Elizabeth était officiellement impliquée.

– Fort bien, j'ai ta parole, de plus, tu l'as donnée devant l'apôtre Jean qui est en relation avec Jésus. Tu ferais bien d'écrire quelque chose demain, sinon tu vas avoir de sérieux ennuis, soutint-elle avec une nuance de colère ironique dans la voix.

– Je suis persuadé que cette jeune dame va nous être très utile, l'interrompit Jean dans un sourire.

– Vous ne vous doutez pas de ce dont elle est capable, déclarai-je en éclatant de rire, attendez qu'elle soit en pleine forme !

– Jean, il y a autre chose que j'aimerais savoir, ajouta Elizabeth. Tout à l'heure, vous m'avez signalé qu'une des causes de ma maladie se trouvait dans le fait que je renie certains événements. Maintenant, vous me déclarez que j'ai des dettes issues du passé. Quelle en est la cause principale, dans ce cas ?

– Une maladie, comme n'importe quelle situation, se compose à l'origine de plusieurs ingrédients, il faut bien plus que du sucre pour faire un gâteau. Votre dette et vos refus sont liés. La dette devra être payée et les refus affrontés. Améliorer votre régime alimentaire ne pourrait, par ailleurs, que vous faire le plus grand bien.

– J'ai la nette sensation, s'entêta Elizabeth, que j'ai besoin d'en savoir plus sur la vie pendant laquelle j'ai contracté la dette dont vous parlez. Pouvez-vous m'aider à me souvenir ?

– Ma chère enfant, déclara-t-il attristé, rappelez-vous comment j'ai demandé à Josué, à une époque, de siéger à Sa droite sans avoir la moindre idée de ce que je me préparais. Il est possible que votre requête soit du même ordre : vous pourriez être mise face à plus que vous ne pouvez assimiler.

– Il faut que je sache la vérité à ce propos, même si elle doit me tuer, assura-t-elle avec fermeté, je sens que je dois savoir.

– Je n'en suis pas persuadé, soupira Jean.

Il se leva et plaça sa main droite sur la tête d'Elizabeth, ferma les yeux et resta silencieux pendant un moment. Puis, il retourna s'asseoir :

– Le Christ vient juste d'explorer votre passé, votre force de vie actuelle et de communier avec votre soi supérieur. Il m'a autorisé à aller plus avant et à ramener vos mémoires, mais je vous préviens que ce sera effrayant. Quant à vous, Joseph, préparez votre mental et votre cœur. Ce qui suit va être difficile pour elle, mais l'aboutissement sera bénéfique.

– Si je vous fais confiance en ce qui concerne ma femme, dis-je après un moment de réflexion, cela signifie que je crois en vous totalement.

– Et je m'en remets à Mon Maître, conclut Jean.

– Ne vous a-t-Il pas toujours tiré d'affaire par le passé ?

– Oui, confessa Jean, mais non sans avoir mis mes nerfs à rude épreuve.

– Finissons-en, s'impatienta Elizabeth, avant que je ne craque ou que je ne change d'avis.

Il plaça alors sa main sur le front de ma femme et murmura quelques phrases dans une langue que je n'avais jamais entendue auparavant, puis il s'installa dans la pièce un silence de mort. Celui-ci ne dura probablement pas plus d'une minute et demie, mais il me sembla qu'il s'était écoulé une heure.

Ce fut Elizabeth qui le rompit d'une façon dramatique. Elle s'écarta de Jean en hurlant :

– NON ! NON ! NON ! s'époumonait-elle. Jean ! Pourquoi ne m'avez-vous rien dit... Vous auriez dû me prévenir...

– Que se passe-t-il, mon cœur ? Qu'y a-t-il donc ? demandai-je alarmé.

– Je l'ai torturé et je l'ai tué ! Je l'ai tué !

Elizabeth enfouit son visage dans ses mains en sanglotant.

– Tué qui ? interrogeai-je aux abois, les regardant alternativement l'un et l'autre. Dites-le moi, s'il vous plaît, de qui s'agit-il ?

Elizabeth reprit sa respiration et contempla Jean avec un mélange d'amour, de culpabilité et de compassion.

– J'ai tué Jean, Jean le Bien-Aimé. Il était chevalier du Temple et je l'ai torturé et tué sur ordre du Pape. Comment ai-je pu être aussi aveugle ? Elle pleura pendant cinq bonnes minutes pendant lesquelles je m'agenouillai auprès d'elle, la protégeant dans mes bras.

IX

Catharsis

Après que nous eûmes repris nos esprits, je fixai Jean dans les yeux :

– Est-ce vrai ? Est-il possible que cette femme inoffensive ait pu commettre un tel acte dans une autre vie ?

Jean me rendit mon regard et déclara d'un air solennel :

– C'est tout à fait vrai et il y a plus encore, mon ami. Demandez-lui maintenant ce qu'à l'époque elle vous a fait, à vous.

Elizabeth, le visage décomposé, suppliait :

– Faites disparaître ces souvenirs épouvantables !

– Maintenant que vous les avez fait resurgir, sur votre propre demande, il n'y a pas d'autre solution que de leur faire face, répliqua Jean avec douceur. Dites à Joseph ce que vous vous rappelez à son propos. J'ai conscience de la terrible difficulté à laquelle vous êtes confrontée mais vous devez le faire.

Elizabeth se prit la tête dans les mains, puis, après une profonde respiration, elle se redressa vaillamment et me regarda :

– Nous nous connaissons depuis de nombreuses vies mais à cette époque, j'étais un jeune homme au service de l'Inquisition. Tu étais un chevalier du Temple. Quelque temps après avoir torturé Jean, tu me fus amené à ton tour. Ma mission était d'obtenir tes aveux, faute de quoi tu serais exécuté. Or, les autorités religieuses hésitaient malgré tout à te tuer, convaincues que tu détenais certaines connaissances secrètes au sujet de reliques et écrits du temps de Jésus. Elles voulaient que tu passes aux aveux avant de te faire disparaître. Je fis ce que l'on m'ordonna pour y parvenir : ton dos fut lacéré ; tes bras et tes jambes brisés. Les traitements que je te fis infliger te rendirent infirme à vie, pourtant, tu supportas toutes ces douleurs sans rien dire. A un moment, sur mon ordre, le bourreau te laissa quelques instants de répit car je sentais ta vie vaciller. Nous nous retrouvâmes seuls dans la chambre des tortures. Devant ton état, subitement, je ressentis de la tristesse à ton égard et l'idée de t'imposer des souffrances supplémentaires ne me réjouissait pas du tout. C'est alors que le chevalier du Temple que tu étais me déclara :

– Vous croyez exécuter les souhaits de Dieu, mais vous êtes dans l'erreur car vous exaucez ceux des ténèbres. Jésus et les apôtres ont-ils apporté la douleur ou ont-ils soulagé les souffrances ? Ont-ils obligé qui que ce soit à obéir à leurs volontés ou bien ont-ils offert aux gens le choix de croire ? Vous n'êtes pas à votre place ici. Je peux voir dans vos yeux une étincelle de lumière qui me révèle votre nature profonde. Ce que recèle votre cœur n'a rien de commun avec ce lieu d'horreurs. Je sais que vous êtes capable de voir au-delà.

– A travers le Pape s'exprime le souhait de Dieu, te répondis-je, et parfois ce souhait est difficile : Jésus fut crucifié et Abraham dut sacrifier son fils.

– Cependant, me rétorquas-tu, ni Jésus ni Abraham n'ont reçu de tels ordres d'une personne extérieure, mais intérieurement. Et puis, vous oubliez qu'une fois qu'Abraham eût passé son épreuve, il lui fut ordonné de ne pas tuer son fils. Un chemin de délivrance lui fut révélé. Même dans les circonstances actuelles, il y a une possibilité de libération pour vous si vous décidez de l'accepter.

– Il me semble que c'est vous qui avez besoin de délivrance, m'opposai-je. La seule chose que vous ayez à faire est de nous dire ce que vous savez, si vous voulez vivre.

– Si je vous obéis, pouvez-vous jurer, au nom du Christ, que vous me laisserez la vie sauve ?

– C'est votre seule chance d'être épargné.

– Non, je sais que je n'aurais pas la moindre chance de survivre, me déclaras-tu… ceux qui vous commandent ne vous ont pas dit ce qu'ils cherchent, n'est-ce pas ?

– Je n'ai pas besoin de le savoir. Mes supérieurs m'affirment qu'ils reconnaîtront la vérité sur ce que vous savez dès que vous la divulguerez.

– Certaines des responsabilités et connaissances que je possède sont ignorées du Grand Maître de l'Ordre du Temple Lui-même. Je vous les confierai si vous faites quelque chose pour moi, me révélas-tu alors.

– De quoi s'agit-il ? m'étonnai-je.

– Trouvez le corps de Jean que vous venez juste de tuer. Apportez-le ici que je le voie de mes yeux, ensuite je vous dirai ce que je sais.

– Donnez-moi votre parole de Chrétien et j'accéderai à votre requête.

– Vous avez ma parole.

Pendant qu'Elizabeth s'exprimait, son regard allait de Jean à moi : ses yeux contenaient toute la douleur et la tristesse du monde. Après quelques secondes de silence, le cœur lourd, elle reprit :

– Je cédai à ta demande et décidai d'accompagner les soldats à qui j'avais ordonné d'extraire la dépouille de Jean de sa tombe. Quand nous fûmes sur place, je brisai moi-même le sceau et nous ouvrîmes la porte. Je fus terrifié et anéanti en découvrant qu'elle était vide. J'eus soudain la vision du tombeau vide du Christ, et la similarité de la situation me stupéfia. J'interdis à quiconque de souffler mot sur l'absence du cadavre : ils comprirent tous, en particulier ceux qui avaient la garde de la tombe, que nous courions le risque d'être suspectés par nos propres autorités, avec toutes les conséquences qu'une telle accusation pouvait entraîner. En me voyant revenir sans le corps de Jean, tu t'en étonnas :

– Où est-il ?

– Quelqu'un l'a volé, lâchai-je.

– Quelque chose en vous sait que ce n'est vrai, n'est-ce pas ? Le sceau de cette tombe n'a pas été rompu et des témoins ont assisté à la mise en bière. Dites-moi, si vous aviez vécu à l'époque de Jésus, auriez-vous ignoré aussi légèrement une preuve telle qu'une tombe vide ?

– Bien sûr que non ! Mais là c'est différent : les chevaliers du Temple essaient de nous duper.

– Vous savez que c'est faux, me déclaras-tu. La vérité est que celui que vous pensiez avoir tué est Jean l'Apôtre qui est censé vivre jusqu'à la Deuxième Venue du Seigneur. Sa tombe est vide car le Christ l'a ramené à la vie.

– Blasphème ! Si c'est vrai, qu'il se montre !

– Pour l'instant, me confias-tu, il ne le peut pas car ses souvenirs ne lui sont pas encore complètement revenus.

– Vous parlez par énigmes pour sauver votre vie.

– Dans l'état où je suis, je ne cherche pas à sauver ma vie mais la vôtre. Vous devez faire appel à l'autorité à l'intérieur de vous et non pas au-dehors. Vous avez vu la tombe vide de vos propres yeux. Beaucoup d'autres, à votre place, le croiraient car ce serait pour eux une évidence. Demandez au Dieu que vous vénérez dans vos prières si ce que je vous dis est la vérité.

A cet instant, Jean interrompit Elizabeth :

– Vous avez tenté d'ignorer son conseil, mais pendant la nuit, quelque chose vous a poussée à prier silencieusement et implorer que la vérité vous soit dévoilée. A cet instant, vous avez fait l'expérience du baptême du feu et vous avez ressenti la présence incontestable d'un témoin spirituel.

Le lendemain vous avez aidé Joseph à s'échapper et pendant les deux mois suivants, au péril de votre vie, vous l'avez soigné jusqu'à ce qu'il retrouve la santé. Joseph se remit suffisamment pour se déplacer en boitillant à l'aide d'une béquille, mais tout le reste de sa vie il dut dépendre de vous, tout comme c'est votre cas aujourd'hui, dans cette existence. D'un autre côté, vous fûtes son disciple et il vous retransmit nombre de mystères qu'il avait appris de son association avec moi ainsi que de l'étude de manuscrits secrets.

– Que de choses abominables ai-je fait dans cette vie-là ! soupira Elizabeth les larmes enbuant à nouveau ses yeux. Je ne mérite pas la guérison.

– Sachez, poursuivit Jean, que Joseph souffrit alors en raison d'une ancienne dette plus importante encore que celle sur laquelle vous travaillez à l'heure actuelle. Réjouissez-vous d'avoir à mener ensemble une tâche qui vous permettra de réparer votre karma jusqu'au point où vous pourrez bénéficier d'une guérison permanente.

– Maintenant que j'ai retrouvé ces souvenirs, s'exclama Elizabeth, je ressens combien il serait juste pour moi de mourir dans la douleur. Pour aussi étrange que cela puisse sembler, c'est ma façon de penser.

– Sauf que maintenant vous avez le choix, informa Jean, vous pouvez en effet rembourser votre dû lentement en souffrant, ce qui ne bénéficie qu'à vous seule, ou bien participer à amener la lumière et l'amour, action qui profitera aux autres en même temps qu'elle vous aidera à vous libérer plus rapidement de vos créances. Quelle est, selon vous, l'alternative la plus sensée ?

– Amener lumière et amour aux autres me semble ce qu'il y a de mieux, mais je ne crois pas le mériter, murmura-t-elle.

– Vous mettez en évidence un point intéressant. Combien de fois la voie de la douleur et de la culpabilité est-elle choisie de préférence au chemin de l'allégresse ? D'un point de vue plus élevé, ce choix est tout ce qu'il y a de plus malsain, mais nos sentiments nous font emprunter d'étranges routes. Vous devez suivre le bon sens de votre esprit et vous diriger vers le sentier de la joie et de la paix. Joseph vous y encouragera, n'est-ce pas ?

– Je ferai tout ce qui sera en mon pouvoir, acquiesçai-je, toutefois, en général, la plupart des êtres pensent que ce que nous pouvons accomplir de plus élevé est de suivre notre cœur. Il est intéressant que vous invitiez Elizabeth à être attentive à ce que lui dicte son esprit.

– Il est bon d'écouter son cœur, précisa Jean en posant une main sur le sien, mais pas nécessairement de s'en remettre aux sentiments qu'il vous commande. Si le cœur n'est pas tempéré et guidé par l'esprit, il peut s'ensuivre toutes sortes de complications. Par exemple, une bonne partie de la maladie et des souffrances d'Elizabeth trouve son origine dans le fait qu'elle suit sa nature passionnelle, laquelle lui souffle qu'elle mérite de souffrir la culpabilité, la douleur et la maladie. Il est utile de se laisser guider par la lumière plus froide et plus distancée de l'esprit pour ne pas se laisser dominer par un imbroglio d'émotions.

– Ma foi, c'est plein de bon sens quand on y pense, remarquai-je.

– En effet, quand on y pense, souligna Jean. Les Frères Obscurs s'efforcent de faire tout ce qui est en leur pouvoir pour vous induire à penser et croire que les sentiments et le cœur sont plus élevés que l'esprit. Une fois convaincus de cette idée, les gens peuvent être contrôlés par le biais de leurs émotions.

Il se retourna vers moi et me regardant intensément :

– Pardonnez-vous à Elizabeth les tortures infligées dans le passé ?

– Evidemment, d'ailleurs il n'y a rien à pardonner en réalité, car je n'en ai même pas le souvenir.

– Il serait important que vous la regardiez, maintenant, insista Jean, et que vous lui disiez simplement que vous lui pardonnez.

C'était une étrange sensation que celle de pardonner une chose que je ne pouvais me remémorer, cependant, je le fis. L'effet fut spectaculaire. Elizabeth m'entoura de ses bras et des larmes de délivrance jaillirent de ses yeux.

– Oh ! Mon doux époux, je suis tellement désolée, tellement navrée… Je ne veux plus jamais te blesser.

Ensuite, elle se tourna vers Jean :

– M'accordez-vous votre pardon, Jean ? Je vous ai apporté tant de douleur et celle que je ressens aujourd'hui doit être aussi grande que celle que je vous ai imposée. Est-il possible que vous m'absolviez ?

– La douleur n'est pas dans ma pensée consciente. Ainsi que Joseph l'a fait remarquer, il n'y a rien à excuser. La personne qui doit se pardonner dans cette vie, c'est vous. Vous devez vous pardonner à vous-même.

– Compte tenu de ce que je sais maintenant, prononça-t-elle, c'est la chose la plus difficile.

– Vous devez avoir foi en mes paroles car elles sont aussi celles du Christ, affirma Jean en s'inclinant vers elle. Regardez-moi !

Elle essuya ses larmes et regarda Jean dans les yeux, comme il le lui demandait tandis qu'il prononçait :

– Je vous pardonne et tout ce que j'exige de vous en retour est que vous fassiez la même chose. Dites-le. Dites : « *Je me pardonne*. »

Elle baissa les yeux et soupira :

– Je n'y arrive pas.

– Dites-le ! insista Jean impérieusement.

Elle rassembla ses forces, puis doucement :

– Je me pardonne, bredouilla-t-elle.

– Recommencez plus fort ! ordonna-t-il.

– Je me pardonne.

– Plus haut, je ne vous entends pas !

Elle le prononça à voix haute.

– Maintenant, criez-le sans vous retenir.

– Je me pardonne, hurla Elizabeth avec une force qui me fit faire un bond en arrière.

L'effet était saisissant. Elle avait l'air si émue et soulagée qu'elle en tremblait. Ensuite, elle releva la tête, des larmes ruisselaient sur ses joues.

– Je me sens tellement heureuse que je voudrais vous prendre dans mes bras, Jean, annonça-t-elle.

– J'en serai ravi, déclara-t-il en se levant et en lui tendant la main avant de s'éloigner. Venez et faites-le !

– Je ne peux pas, avec ma maladie...

– Vous le pouvez, affirma-t-il, levez-vous et avancez vers moi.

– Je n'y arriverai pas, protesta-t-elle.

– Si, vous réussirez. Approchez, maintenant !

Elle parut reprendre courage et se mit debout, chancelante au début, mais de plus en plus vigoureuse tandis qu'elle se dirigeait vers Jean qui, de son côté, faisait marche arrière.

– Vous pouvez sûrement avancer aussi vite que je recule, lança-t-il en souriant.

Après qu'il eût prononcé ce défi, Elizabeth se stabilisa et accéléra le pas vers Jean, puis il la reçut dans ses bras.

– Oh ! Jean... Jean, suis-je réellement pardonnée ?

Il recula encore et annonça :

– Si vous pouvez tenir debout toute seule, vous êtes pardonnée.

A nouveau, elle hésita, mais elle se reprit et parcourut la pièce de long en large. Puis, elle nous enlaça, Jean et moi, en même temps, tendrement :

– Je vous aime plus que je ne saurais l'exprimer. L'amour que je ressens à cet instant est si total que je veux expérimenter ce sentiment pour toujours !

X

Révélations

Après ces instants d'intense partage, Jean suggéra à Elizabeth de s'asseoir, non pas dans son fauteuil roulant, mais sur une chaise ordinaire.

– J'adorerais ça, ponctua-t-elle joyeuse, mais tout d'abord il n'y a rien qui me ferait plus plaisir que de faire pour vous un thé ou un chocolat, ou autre chose si vous préférez.

– Eh bien, en fait, je commence à avoir un peu faim, reconnut Jean. Des œufs au bacon avec du café me feraient vraiment plaisir.

– C'est comme si c'était fait ! Je vais en faire pour tout le monde.

Elle se leva et se rendit, avec précaution, à la cuisine pour nous préparer une collation. Je me demandai si Jean avait réellement faim ou s'il avait déniché un bon prétexte pour mettre Elizabeth au travail et tester son énergie nouvellement retrouvée. Perdu dans mes interrogations, une odeur de bacon grillé réveilla mon propre appétit et avant d'avoir eu le temps de trouver la réponse à la question qui me titillait, nous étions assis à table dégustant un appétissant repas. Nous bavardâmes quelques instants et puis je pris conscience que notre entretien avec Jean touchait à sa fin et je le pressai de questions.

– Elizabeth a-t-elle retrouvé son état normal ? Est-elle guérie ou s'agit-il encore une fois d'une rémission passagère ?

– Il y a généralement plus d'une origine derrière toute maladie grave, commenta Jean. Dans le cas de votre épouse, nous avons décelé la cause racine de la dette qu'elle épure dans cette vie et nous lui avons offert une alternative pour se mettre à jour. Si elle a vraiment pris une décision définitive et qu'elle se sent à l'aise dans ce choix, il est possible que sa maladie ait disparu d'une façon permanente.

– Vous dites *possible*, cela signifie-t-il que l'inverse aussi est *possible* ?

– Bonne question, opina-t-il en regardant Elizabeth. Vous savez qu'il existe un autre facteur déterminant dans son histoire en dehors de sa dette. Ce karma, comme on l'appelle, aurait tout aussi bien pu se manifester sous la forme d'un accident qui l'aurait rendue invalide. L'autre question à laquelle elle doit faire face est celle-ci : pourquoi une sclérose en plaques ? Mieux encore, pourquoi devait-elle passer par une maladie ? Pourquoi ne pas choisir, pour régler son dû, un service spontané à l'humanité ? Après tout, ce type de remboursement est beaucoup plus bénéfique pour toutes les personnes impliquées que la souffrance et la douleur que l'on s'impose.

– Apparemment, risquai-je, la raison de cette maladie est en relation avec la culpabilité.

– Exactement. Consécutivement à cette vie médiévale, dans laquelle elle eut également un éveil de son âme, elle a éprouvé de grandes difficultés à accepter qu'elle mérite de jouir de la vie. Elle ressent une nécessité intérieure de se punir, tout comme des millions d'êtres d'ailleurs, et ce sont leurs propres décisions, et non celles d'un Dieu de colère, qui exécutent la sentence.

Notre ami regarda Elizabeth qui nous écoutait patiemment et lui confia :

– La réalisation consciente est le déclencheur de votre délivrance, ma chère amie. Il vous appartient de faire resurgir toutes les culpabilités enfouies en vous et de les détruire avec la lucidité que vous vous êtes engagée dans un processus de remboursement karmique différent : par la voix du service spontané, dans la joie. Il est important pour vous de comprendre que ce chemin est meilleur, que Dieu, les anges, les hommes et les femmes de l'univers préfèrent votre service et votre contribution à votre souffrance. Comprenez que la culpabilité est le fruit de l'illusion et qu'elle est l'outil le plus puissant entre les mains des Forces des Ténèbres.

– Il me sera difficile d'affronter les mémoires que vous avez ravivées sans me sentir fautive, confessa Elizabeth, et pour des motifs identiques, il est aussi pénible d'écouter ces cassettes. J'ai l'impression, qu'à sa façon, le révérend Bill fait refluer des profondeurs une notion d'indignité directement connectée à mes erreurs commises dans des vies passées.

– C'est peut être le cas, mais vous devez vous souvenir du vieux dicton qui assure que la pensée précède l'énergie. Si vous fixez votre attention sur le négatif, la culpabilité refera surface tout comme votre maladie. La solution ne consiste pas à renier vos sentiments, mais à leur faire face puis à basculer votre attention vers le positif. En utilisant cette méthode, votre guérison peut devenir permanente et vous serez beaucoup plus utile dans la tâche que vous devez accomplir avec Joseph. Je dois vous avertir cependant, rappelez-vous les paroles du Maître. Après les miracles de Ses guérisons, Il prévenait : « *Ne péchez plus ou craignez d'attirer à vous quelque chose de pire encore.* » Soyez très attentive à suivre les valeurs les plus élevées qui vous sont révélées intérieurement. Si vous les refusez ou les ignorez, vous vous mettrez en grand danger.

– Si quelqu'un peut appliquer les valeurs les plus élevées, affirmai-je en souriant, c'est bien Elizabeth.

– La confiance que vous avez en elle ne peut être qu'une excellente chose, mais cela ne suffit pas : il est très important que vous soyez tous les deux constamment très vigilants et concentrés sur la lumière. Si l'un de vous remarque que l'autre sort des rails ou ressent une perturbation dans son énergie, pour l'exprimer ainsi, il doit réorienter l'autre doucement et avec amour pour le ramener sur la voie. Le temps passe, je vais bientôt devoir partir. Si vous avez encore des questions, c'est maintenant que vous devez les poser.

– Apparemment Elizabeth était un homme dans cette vie antérieure, rappelai-je avec curiosité, passons-nous indifféremment d'un sexe à l'autre au cours de nos vies successives ?

– Nos incarnations, précisa Jean, sont divisées en trois phases. La première concerne les vies d'épreuves et d'erreurs, la deuxième, les vies d'apprentissage et la troisième, les vies d'enseignement. La période que nous appelons les vies d'épreuves et d'erreurs est une époque consacrée à assimiler les leçons élémentaires de la vie et vous fluctuez alors cycliquement, tantôt homme, tantôt femme. Il est donc important de faire très attention à la façon de se comporter avec son opposé, sous peine de recevoir le même traitement dans une vie future. Après cela, pendant vos véritables vies d'apprentissage, lors desquelles vous êtes un disciple en évolution, il vous sera assigné le sexe le plus apte à bénéficier à votre perfectionnement et au domaine dans lequel vous serez amené à servir. Finalement, dans votre dernière période de progression appelée vos vies d'enseignement, c'est vous qui choisirez votre sexe, race et la situation dans laquelle vous allez vous incarner. Si vous pensez que le secteur représentant le plus grand nombre d'opportunités implique que vous soyez homme, femme, noir, blanc ou rouge, vous pourrez alors décider de votre terrain d'action dans vos toutes dernières vies. Avant cela, une intelligence supérieure vous assigne la meilleure place pour vous en terme de possibilité d'apprentissage.

– Si je comprends bien, demandai-je en quête de précisions, vous nous expliquez que les âmes hautement évoluées et les enseignants de la race sont appelés à choisir leur situation ?

Jean acquiesça.

– Je ne dois pas être l'un de ceux-là, remarquai-je, car j'aurais choisi de naître riche.

– N'en soyez pas aussi sûr, les professeurs sont souvent plus durs avec eux-mêmes que ne l'est Dieu. La plupart d'entre eux hésitent beaucoup à s'incarner dans un milieu aisé par crainte de la corruption. Ils se placeront dans des situations où des luttes d'un type ou d'un autre leur permettront d'aiguiser leurs facultés. L'important pour la majorité d'entre eux est une atmosphère de fondamentale liberté d'action. Avant la Guerre Civile, ici en Amérique, peu nombreux furent les professeurs assez courageux pour s'incarner en tant qu'esclaves, non pas parce que ces derniers étaient noirs, mais à cause du manque d'opportunités. Nous appartenons maintenant à une époque où les noirs ont beaucoup plus d'occasions en tant qu'hommes ou femmes libres, nous avons en conséquence beaucoup plus de professeurs s'incarnant dans cette race. Il existe, à l'heure actuelle, une conjoncture particulièrement intéressante pour les enseignants de race noire et autres minorités. Bien évidemment, les Frères Obscurs ont toujours leurs contreparties bien implantées et chercheront à introduire à nouveau l'esclavage, mais à un niveau différent.

– Qu'entendez-vous par un niveau différent ? interrogeai-je.

– Avez-vous déjà entendu la déclaration suivante : *« C'est nous qui créons notre réalité. »* ?

– Oui. Je crois que c'est Jane Roberts[8] qui en est l'auteur, lançai-je.

– Cette phrase vaut la peine qu'on s'y attarde, analysa-t-il. Si nous ne vivions qu'une seule incarnation, nous serions fondés à nous lamenter sur l'injustice de la vie, sur le fait que nous sommes les victimes des circonstances, donc de l'iniquité dans laquelle Dieu nous aurait placés. Dans ces conditions, nous ne serions pas les créateurs de notre réalité. Mais, ce n'est pas ainsi que les choses se passent. En vérité, votre essence est *Décision* et, en tant que telle, c'est vous qui avez créé la réalité dans laquelle vous vous trouvez, bonne ou mauvaise. L'esclavage et la victimisation sont toujours causés par la croyance illusoire que nous avons peu ou pas de contrôle sur la réalité. Si nous sommes convaincus qu'il s'agit d'un état de fait, nous abdiquons notre pouvoir véritable et sommes assujettis à la décision des autres, devenant en conséquence des feuilles voletant au gré du vent, entraînées par des courants dans lesquels nous n'intervenons pas.

– Nous nous mutons donc en esclaves, intervint Elizabeth, lorsque nous autorisons que nos vies soient contrôlées par les décisions des autres plutôt que par les nôtres ?

– Essentiellement. En admettant que vos vies soient déterminées par d'autres, vous êtes placés dans la position de vous départir vos responsabilités personnelles et de blâmer ceux qui prennent les décisions à votre place. Il est préférable d'être le principal décisionnaire de votre existence, ce qui, à long terme, vous rend responsable de votre réalité. La troisième catégorie d'évolution représente les maîtres de la race possèdant la conscience d'être aussi ceux de leur réalité. En fait, celui qui a effectué le parcours des mille vies requises,

---

[8] Médium très réputée aux États-Unis. Elle a, entre 1963 jusqu'à sa mort en 1984, *channelisé* les enseignements de l'entité nommée Seth qui se définit comme une « intelligence résidant hors du temps et de l'espace ». Grâce à son talent et l'aide de son mari, Robert Butts, Seth et Jane ont produit une impressionnante série d'ouvrages qui ont ouvert de nouvelles dimensions créatives à un large public sur la nature de la psyché, l'âme éternelle... *Cf Le livre de Seth, L'enseignement de Seth* aux éditions J'ai Lu New Age, entre autres exemples - NDT.

approximativement, avance vers une quatrième catégorie. Ceux qui y sont parvenus sont souvent appelés Maîtres. Certains les appellent même Dieux.

– Ai-je raison d'affirmer que Jésus est un Maître ? suggérai-je.

– Oui, confirma Jean, mais Il n'est pas le seul. Il y a un petit groupe d'êtres sur cette planète devenus Maîtres de Réalité et qui travaillent avec Lui.

– Jésus ou Josué, ainsi que vous L'appelez, a-t-Il vécu mille vies ?

– Sinon plus. Je l'ai indiqué dans mon Livre de l'Apocalypse, chapitre dix neuf, verset douze. J'ai rapporté que sur la tête du Christ reposaient de nombreuses couronnes. Dites-moi, comment vous supposez que Christ a reçu toutes ces couronnes alors qu'on Lui attribue trente trois années de vie ?

– Les nombreuses couronnes dont il est question se réfèrent donc à Ses nombreuses vies…

– Oui, chaque couronne représente une vie dans laquelle une grande victoire a été acquise. Je veux maintenant que vous lisiez la prochaine citation de la Bible de vos propres yeux. Reportez-vous au tout dernier verset de l'Évangile de Jean.

Je tournai les pages jusqu'au chapitre final et lus à haute voix le dernier verset : *« Il y a bien d'autres choses qu'a faites Jésus. Si on les mettait par écrit une à une, je pense que le monde lui-même ne suffirait pas à contenir les livres que l'on écrirait. »*

Jean souriait tandis qu'il demandait :

– Et comment croyez-vous que Jésus ait accompli toutes ces choses ?

– Nous n'avons que très peu de chapitres rédigés sur Sa vie connue sur la Terre. Ce que vous décrivez pourrait se référer à Ses œuvres et enseignements concernant des vies passées.

– Vous avez raison une fois de plus, convint Jean. Le cheminement du Christ n'a pas commencé à Jérusalem. Pour respecter Son histoire telle qu'Il nous l'a révélée je dois insister sur le fait que le monde ne suffirait pas à contenir les livres pour la relater. Cette déclaration signifie beaucoup plus… Avez-vous d'autres questions avant que je ne parte ?

– Qui sont les chevaliers du Temple, demandai-je, et quels étaient les secrets que je dissimulais aux autorités dans ma vie passée de Templier ?

– Vous étiez le gardien de manuscrits contenant des enseignements secrets de Jésus sur l'Arbre de Vie. Ils expliquaient comment celui-ci doit être créé et sa source de pouvoir. Vous étiez aussi responsable de certains objets datant de l'époque messianique. Les autorités pensaient que vous étiez en possession de la coupe utilisée pour la Dernière Cène et elles étaient au courant pour les clochettes. Elles voulaient récupérer ces objets et détruire tous les manuscrits sacrés.

– Je ne connais aucune légende au sujet de clochettes…

– Elles ont été perdues pour l'histoire, informa Jean. Celles que recherchaient les autorités religieuses de l'époque étaient douze clochettes qui, à l'origine, appartenaient aux douze apôtres. Après mon exécution dans les circonstances que vous deux connaissez maintenant, vous êtes devenu le gardien des clochettes, Joseph. L'église en eut vent. C'était pour elle un trésor qu'elle ne voulait pas laisser échapper car la légende disait que sonner les clochettes pouvait attirer les anges, faciliter la communication télépathique, et même faire revivre les morts.

– Ces douze clochettes étaient-elles vraiment en ma possession ? m'étonnai-je, incrédule.

– Pendant un certain temps, en effet. J'en suis le véritable gardien mais, lorsque j'ai compris que ma vie était en danger, je vous les ai confiées provisoirement. Vous n'occupiez pas une position très élevée chez les chevaliers et je pensais qu'on vous laisserait tranquille. Ce fut une erreur de ma part. Un des chevaliers avoua, sous la torture, que vous étiez mon disciple, voilà comment vous vous êtes retrouvé dans la salle des supplices.

– Je peux comprendre leur acharnement à vouloir récupérer ces objets, mais, objectai-je, pourquoi vouloir détruire des manuscrits de grande valeur ?

– Parce que l'Ordre qui crée l'Arbre de Vie neutralise le pouvoir des autorités iniques qui ont la main mise sur les affaires la Terre. Elles le sentent et cherchent systématiquement à démanteler la connaissance de vie avant qu'elle ne prenne forme.

– Les antiques manuscrits seront-ils retrouvés ?

– Le moment venu ils réapparaîtront, peut-être sous une autre forme, leur apparence physique ayant déjà rempli sa fonction. Dans cette vie-là, en tant que chevalier du Temple, vous avez passé la moitié de votre existence à mémoriser les écrits et méditer sur eux. Certains furent rédigés de la plume de Christ Luimême. Vous étiez tellement dédié à votre tâche que vous êtes littéralement *devenu* le manuscrit. Dans cette vie passée, vous avez assimilé dans la mémoire de votre âme tous les ingrédients nécessaires pour recréer l'Arbre de Vie à l'ère actuelle.

– Grand bien m'en fasse ! Je ne me souviens de rien à ce sujet… l'interrompis-je, frustré.

– Vous pourrez retrouver ces souvenirs par la méditation, me rassura Jean. Voici ce que vous allez faire. Posez-vous la question suivante : comment Jésus et les apôtres étaient-ils en possession de pouvoirs si phénoménaux qu'ils pouvaient faire des miracles ? Puis, vous lirez le Nouveau Testament tout entier ainsi que le Livre d'Isaïe de l'Ancien Testament, en étant tout particulièrement attentif à mes écrits et en gardant la question à l'esprit. Prenez notes des passages intéressants et lisez encore. Pendant votre lecture, les principes finiront par émerger en vous. Au fur et à mesure, écrivez les pensées qui surgissent. Lorsque vous aurez la sensation que l'Arbre de Vie est cristallisé dans votre esprit, vous devrez lui donner un nouveau nom plus en accord avec la pensée d'aujourd'hui.

– Le Nouveau Testament n'est pas le livre le plus affriolant du monde et je n'ai jamais, à sa lecture, reçu aucune révélation jusqu'ici.

– Cette fois-ci, ce sera différent, affirma Jean avec son merveilleux sourire. Vous y trouverez un intérêt que vous n'auriez jamais imaginé pouvoir ressentir lors de vos séances de catéchisme.

– Je dois bien convenir que j'ai découvert dans vos écrits des choses passionnantes ! reconnus-je.

– Il y en a davantage... bien davantage. Commencez au début du Livre de Mathieu et allez jusqu'à la fin du Livre de l'Apocalypse. Le Nouveau Testament contient des phrases-clés qui sont là pour réactiver les souvenirs de certains disciples. Lorsque vous sentirez que vous êtes face à un élément déclencheur, revenez en arrière et étudiez le contexte. Apprendre les écritures par cœur pourrait aussi s'avérer d'une aide considérable. Ce faisant, la lumière intérieure s'intensifie et la compréhension emmagasinée de longue date vous reviendra en mémoire.

Jean se tourna vers Elizabeth :

– Je sais que vous avez été soumise à forte pression, comment vous sentez-vous ?

– Pleine de vigueur à nouveau, comme lorsque vous m'aviez confié le mouchoir, mais un peu anxieuse cependant. J'ai peur que mon énergie s'en aille encore une fois.

– Il est bon d'être un peu nerveux, commenta Jean sur un ton égal.

– Avez-vous un conseil à me communiquer pour m'aider à rester concentrée dans la bonne direction afin d'éviter de perdre mes forces ? sollicita Elizabeth.

– Rappelez-vous le principe d'Unité.

– Voulez-vous parler du principe qui vous relie au Christ ? intervins-je.

– Oui. Le principe d'Unité connecte tous les véritables membres du royaume de Dieu et met à disposition toutes les vérités que l'on recherche avec sincérité. De la même façon que je suis un avec le Christ et qu'Il est un avec Dieu, vous et Elizabeth, ainsi que tout être humain, pouvez être un avec moi, ce qui vous unit également au Christ et à Dieu. La meilleure façon de savoir que vous êtes sur la voie juste est de vérifier régulièrement que vous êtes bien à l'écoute des sensations de votre âme.

– Que sont les sensations de l'âme ? s'informa Elizabeth.

– Les premières sensations à rechercher sont celles de la paix intérieure, d'amour et d'une valeur des choses plus grande que le soi individuel. Remarquez, j'ai dit paix intérieure. En fixant votre attention sur la lumière, vous faites l'expérience de la paix intérieure même au milieu du tumulte extérieur. La sérénité est une chose subtile. Vous pouvez la perdre et ne vous rendre compte de rien à moins d'être vigilant. Pour bien comprendre, séjournez dans une pièce équipée d'un interrupteur-variateur de lumière, puis réglez doucement l'intensité jusqu'à la moitié. Après cela, ramenez rapidement la lumière à sa pleine puissance. Le retour à un fort éclairage est tellement brutal qu'il vous fait réagir, alors que si vous aviez pratiqué la même opération graduellement, vous auriez à peine perçu la différence. Il en est de même avec la lumière de l'âme ou de l'esprit. Si vous déviez votre attention de la lumière, la différence d'intensité se fera doucement et à moins de vous recentrer, vous remarquerez à peine que vous êtes en danger de la perdre. Mais, si un guide vient vous réorienter vers la lumière, vous serez étonné de constater à quel point vous aviez dérivé vers l'obscurité. L'étudiant est alors stupéfait devant la distance parcourue et qui l'éloignait du centre.

– Puisque nous parlons de ténèbres, le coupai-je, où en est la lutte avec les Frères Obscurs ?

– Les choses sont revenues à l'état normal mais nous n'avons pas été en mesure d'apprendre la totalité de leurs plans. Leur objectif principal est de créer des turbulences parmi les nations en se servant de la menace représentée par les armes nucléaires et biologiques et en utilisant les états les moins développés. Nous avons pu, jusqu'à présent, déjouer plusieurs de leurs tentatives, mais pour ce qui concerne la Fraternité, nos pouvoirs ont des limites. L'Humanité doit s'éveiller au danger qui la guette et créer une loi internationale pour rendre illégale l'utilisation des armes de destruction massive. Voilà qui ne peut pas être mené à bien unilatéralement par les États-Unis : toutes les nations développées doivent s'impliquer. Les Frères Obscurs poursuivent leur tâche habituelle consistant à essayer d'infiltrer les positions les plus élevées du pouvoir en plaçant leurs propres agents et en générant des désordres entre les états. Cependant, accrochez-vous, car si les Disciples de la Lumière font leur travail, le nouveau millénaire pourra introduire une ère de paix que l'humanité attend depuis bien des siècles.

J'ai dépassé le temps qui m'était alloué. Je dois vous quitter. N'oubliez pas de réfléchir sur les nouveaux indices à propos de la première clé afin de pouvoir en finir avec elle et passer à la suite.

– Voilà un homme qui va devenir très occupé ! Terminer la première clé, commencer l'écriture du livre et lire le Nouveau Testament ! Je crois que je vais devoir me servir du pic à bœufs pour le faire avancer ! plaisanta Elizabeth.

– Parfois, tous les moyens sont bons ! sourit Jean.

– Une dernière question, plaida-t-elle. Comment puis-je réellement obtenir la paix de Dieu maintenant que j'ai cet épouvantable souvenir ?

Jean regarda Elizabeth dans les yeux et lui parla sur un ton posé :

– Vous avez complètement changé dans votre vie passée et vous avez fait beaucoup pour commencer à payer votre dette en aidant Joseph à s'évader et à survivre pendant les années qui suivirent. Vos souffrances actuelles vous ont transformée dans la compréhension des douleurs que vous avez causées. Maintenant, en assistant Joseph dans la tâche à venir, vous ferez beaucoup pour rectifier vos anciennes erreurs. Soyez de bonne humeur ; votre capacité à vous relier à la paix de Dieu est toujours déterminée par le moment présent. Maintenant, je dois partir.

– Comment le moment présent détermine-t-il la paix de Dieu ? interrogea-t-elle.

– La paix qui dépasse toute compréhension n'est pas fonction de notre passé ou de notre futur, pas même de notre bonne conduite antérieure, car si c'était le cas, personne n'y aurait accès. Nous recevons la paix la plus profonde lorsque nous nous focalisons sur notre objectif présent dans la pureté du cœur. Nous ne sommes pas pour autant libérés de nos dettes mais soulagés de notre sentiment de culpabilité, s'ouvre alors la porte de la Divine Présence qui nous mène vers l'épuration de toutes nos créances et à la joie perpétuelle.

Jean, doucement, se leva et se dirigea vers la porte. Je choisis cet instant paisible pour lui demander une permission qui me tenait particulièrement à cœur :

– A propos, j'ai eu très envie de parler de vous à Wayne, cela pose-t-il toujours un problème ?

– Avez-vous entendu le proverbe qui stipule que lorsque trois personnes ou plus partagent une connaissance, il y aura vraisemblablement une fuite d'une manière ou d'une autre ? Si vous racontez ne serait-ce qu'à une personne de plus la vérité à mon sujet, c'est comme si vous l'annonciez à la radio. Il serait plus efficace et plus rassurant pour moi que vous m'utilisiez comme un des protagonistes de la fiction que vous allez écrire : vous pourrez alors parler du livre.

– C'est parfait, rétorquai-je, mais quand bien même je ne ferais qu'écrire vos enseignements et les évènements survenus jusqu'à maintenant, je parierais que beaucoup de gens comprendraient que je ne peux pas avoir simplement inventé tout ceci.

– Aucun problème, assura Jean. Il est prévu dans le plan que nombreux seront ceux qui auront l'intuition des vérités contenues dans votre récit. De plus, il leur paraîtra évident que votre source de connaissance trouve son origine au-delà de vos capacités habituelles. Quantité de sceptiques en seront convaincus eux-aussi après que quelques énigmes auront été révélées.

– Cette situation ne vous mettra-t-elle pas en danger ?

– Très peu, me rassura-t-il. Ceux qui distinguent la vérité par la Vision intérieure sont inoffensifs et, à moins qu'ils n'aient à faire l'expérience d'un changement de route, ils chercheront à aider et non à blesser. Vous devez cependant vous montrer très prudent dans votre manière d'aborder les enseignements, car la présentation et l'élaboration de l'histoire feront de vous le point de mire plus que je ne le serai moi-même. Voilà qui me rend les choses plus faciles, mais qui vous expose davantage. Néanmoins, tel est le chemin que nous devons suivre.

– Et comment pouvez-vous être sûr que je ne ferai pas machine arrière si les choses deviennent trop dures pour moi ? plaisantai-je.

– Dans vos vies passées, mon ami, vous avez fait face avec fermeté. Je n'ai aucune raison de douter de vous maintenant.

– Un jour, peut-être, croirai-je en moi-même autant que vous le faites, ripostai-je en souriant.

– Un jour, en effet... fit-il en me rendant mon sourire.

Puis il me regarda fixement pendant quelques secondes et déclara :

– Vous n'avez pas chanté le Cantique des 144 000 régulièrement, n'est-ce pas ?

– Nous avons oublié quelques fois, lui répondis-je en rougissant.

– Il est important de le dire quotidiennement, affirma Jean en regardant Elizabeth, cela vous aidera à vaincre les trois tentations à venir.

– De quelles tentations s'agit-il ? interrogea Elizabeth.

– Les tentations qui vont se présenter à vous avant notre prochaine rencontre. Vous serez tentée de douter de la lumière que vous avez reçue et de rechuter.

– Si cela dépend de moi, la maladie ne reviendra jamais, annonça-t-elle comme s'il s'agissait d'une évidence.

– Souvenez-vous de mon analogie à propos de la variation de la lumière. Soyez vigilante, toujours. Il est si facile pour un disciple de baisser sa garde en pensant que tout va pour le mieux alors qu'il fait marche arrière ! Je verrai Joseph tout seul la semaine prochaine, *chez Dennys*, à moins d'un changement de plan, et il vous transmettra ce qu'il aura reçu. Comme il s'en doute, cette décision est, en partie, destinée à lui faire pratiquer l'enseignement. Puis, si vous venez à bout de vos trois tentations, je vous rencontrerai tous les deux la semaine suivante.

– Je ne vois pas au nom de quoi je pourrais être tentée de retomber dans ma maladie ! affirma-t-elle.

– L'illusion ! répondit Jean.

– Quelle illusion ? répétai-je, surpris.

– Il faut toujours débusquer l'illusion ! asséna Jean. Voilà la clé pour faire revenir la lumière à sa pleine intensité. Et n'oubliez pas d'utiliser toute votre sagacité pour découvrir le mot qui accompagne la décision. *Décision* plus ce *mot-mystère* égalent *conscience*, donc *conscience* plus *décision* égalent le mot.

Jean prit nos mains et nous guida pour chanter le Cantique. Nous baignions dans une paix spirituelle profonde quand il se retira, en silence.

XI

La première tentation

Le lendemain matin, je me réveillai plus tard que d'habitude et je fus surpris, en ouvrant les yeux, de constater qu'Elizabeth était déjà levée. L'odeur du café et du pain grillé me chatouillait agréablement les narines et je me précipitai vers la cuisine où je trouvai mon épouse occupée à confectionner une gigantesque omelette.

– J'espère que cela ne te dérange pas de manger des œufs deux repas de suite, déclara-t-elle, contente d'elle, mais c'est tout ce que nous avons de comestible.

– C'est très bien, bafouillai-je, pourtant tu sais que je ne déjeune presque pas.

– Probablement parce que c'est rarement moi qui m'en occupe. Maintenant, assieds-toi, voici ton café avec de la crème, juste comme tu l'aimes.

– Après tout, un petit déjeuner de temps en temps... surtout si je n'ai pas à le faire.

– Je veux que tu débutes le livre après ton travail, peu importe l'heure à laquelle tu finiras avec tes clients. Promets-moi que tu essaieras au moins de dégager une idée générale et que tu la mettras sur le papier. Tu n'as jamais manqué à ta parole, alors je veux que tu m'assures que tu vas commencer dès aujourd'hui.

– Très bien, concédai-je. J'ai déjà passé du temps à prendre quelques notes mais je m'y mettrai plus formellement ce soir même. A propos, tu n'avais pas une visite chez le médecin prévue pour cet après-midi ?

– C'est vrai. Je l'ai appelé il y a quelque temps pour essayer d'arranger les choses avec lui. Selon lui, il est important qu'il reste mon médecin pour neutraliser l'influence négative de mon mari.

– Permets-moi de rectifier la formulation : il est vital que je demeure ton mari pour surveiller les agissements contestables de ton médecin.

– Peut-être, convint-elle dans un sourire, cependant, cette fois, nous lui réservons une bonne surprise, n'est-ce pas ?

– Pourquoi ne l'appellerais-tu pas pour lui dire que tu es guérie et que tu n'as plus besoin de ses services ? suggérai-je.

– Ma guérison n'est pas encore une certitude, aussi je pense qu'il est préférable que je garde le contact avec lui… Et j'aimerais tant voir sa tête quand il se rendra compte que je vais bien.

– Je voudrais vraiment t'accompagner, mais je n'ai pas une minute à moi de toute la journée.

– J'oubliais… Devine qui a appelé pendant que tu dormais ? Ton vieux copain de Californie : Lance, l'unique, le seul !

– Que voulait-il ? Pourquoi ne m'as-tu pas réveillé ?

– Tu avais besoin de te reposer ! Il arrive à l'aéroport de Boise dimanche matin et il voudrait que tu ailles le chercher… Il s'est plus ou moins invité et je n'ai guère opposé de résistance car il n'a pas d'autre choix que nous deux ou ton cher ami Wayne, et je sais qu'il préfèrerait loger ici. Mais ensuite il a ajouté qu'il viendrait avec un ami.

– De qui s'agit-il ?

– Il a affirmé que c'est la personne la plus évoluée qu'il ait jamais rencontrée, peut-être même l'être le plus élevé sur cette planète.

– Et je suppose qu'il est hors de question de ne pas rencontrer l'être le plus évolué de la planète... commentai-je, sarcastique.

– Si tu n'es pas d'accord, il vaut mieux le prévenir avant qu'ils prennent l'avion.

– Je doute fort que Lance puisse jamais dénicher quelqu'un de plus spirituellement élevé que Jean, mais je suis tout de même curieux de sa découverte. J'irai les prendre à l'aéroport.

– Je voudrais que tu continues à réfléchir aux derniers indices de la première clé, me conseilla Elizabeth. Je ne sais pas si je pourrai me sentir complètement guérie tant que nous n'aurons pas maîtrisé la troisième clé car, pour l'instant, nous n'avons que le *mot-mystère* de Jean pour avancer vers ma rémission.

– Je n'ai plus besoin de stimulation pour progresser dans la recherche des clés, cette connaissance en elle-même est absolument fascinante.

– Te rappelles-tu l'indice principal ? s'inquiéta-t-elle.

– Je pense que oui : *Décision* plus le *mot-mystère* égalent *Conscience*.

– Ce n'est que la moitié, grommela-t-elle. Nous sommes encore loin de la troisième clé ! Je me rends compte que je dois m'y impliquer plus personnellement, un travail d'équipe est notre seule chance d'aller plus vite. La deuxième partie est : *conscience* plus *décision* égalent le mot-clé.

C'est à ce moment que je réalisai que la guérison d'Elizabeth ne se manifestait pas uniquement sur le plan physique mais semblait avoir aussi avoir restauré son acuité mentale et sa curiosité.

– As-tu des idées au sujet du *mot-mystère* ? l'interrogeai-je.

– Je n'en suis pas sûre, cela donne presque le vertige quand on se met à réfléchir à ce qu'est notre essence. Je me rends compte que la conscience ne peut pas exister sans la décision, mais il semblerait qu'il ne peut y avoir de décision sans une certaine forme de conscience. La conscience, la décision et le deuxième mot-clé ne seraient-ils pas interdépendants ?

– Voilà qui est plein de bon sens, pourtant, d'une certaine façon notre essence est davantage connectée à la décision qu'à la conscience. La décision apparaissant avant la conscience signifierait qu'à un moment donné, nous avons décidé d'être conscients.

– Et probablement, avant cela, avons-nous même décidé de décider, ajouta-t-elle.

Soudain, quelque chose percuta en moi : je regardai Elizabeth dans les yeux et lui fis remarquer que ses commentaires ressemblaient fort à ceux de Jean.

– C'est ma foi vrai, reconnut-elle dans un sourire étonné.

– Crois-tu que c'est toi qui parles ou bien as-tu la sensation de capter quelque chose ?

– Un peu des deux ! J'ai l'impression que ces idées viennent de moi et en même temps, je n'ai eu qu'à les cueillir. Jean n'a-t-il pas confirmé que tu interceptais ses pensées lorsque tu me faisais travailler sur les bandes ? Qu'as-tu ressenti alors ?

– A peu près ce que tu exprimes. J'avais également l'impression que les idées venaient de moi mais, à la fois, elles étaient au-dessus du niveau de mes connaissances habituelles, comme si elles m'étaient *inspirées*.

– Alors, c'est peut-être que je capte des choses venant de Jean, conclut Elizabeth l'air songeur.

– Ou à travers Jean, rectifiai-je. Tentons une expérience : essaie de te relier à Jean et observe pour voir si tu reçois autre chose.

– Je vais faire de mon mieux.

Elle resta silencieuse pendant un moment, puis :

– Quelque chose semble se cristalliser dans mon esprit : *« Si nous sommes un avec Jean, nous sommes un avec Christ et Dieu, car Jean est un avec tous les frères qui l'ont précédé, lesquels sont un avec Christ et Dieu. »* Ces paroles me donnent un sentiment de bien-être.

– Y a-t-il autre chose ?

– Oui ! Oui, je viens juste de recevoir quelque chose de magnifique. Même si j'ai la sensation que ce sont mes propres pensées, je suis persuadée que mon intelligence n'a pas produit cela.

– De quoi s'agit-il ? demandai-je, impatient.

– Depuis que je suis réveillée, je suis dans l'appréhension de ce que ma santé nouvellement retrouvée soit un évènement trop beau pour être vrai. Et voilà qu'à l'instant ces mots sont nés : *« Rien n'est trop beau pour être vrai. Toute vérité dans sa forme la plus pure est bonne.* »

Je m'immergeai dans cette déclaration et au bout de quelques secondes, je m'exclamai avec un brin d'excitation :

– Il n'y a pas de doute, c'est Jean qui t'a inspirée ! Je pourrais le parier.

– Donc, tu ne me penses pas capable d'énoncer une idée de cette qualité ? me taquina-t-elle, espiègle.

– Tu en es capable, me défendis-je, mais tu ne t'es jamais exprimée comme Jean auparavant.

– Ne crains pas de me vexer, déclara-t-elle comme lisant mes pensées, je suis de trop bonne humeur pour être susceptible !

Ce jour-là, je sortis travailler le cœur léger et paisible. La sensation se prolongea jusqu'à environ trois heures de l'après-midi. C'est à partir de ce moment que je captai une émanation d'angoisse, et je compris que celle-ci correspondait à l'heure du rendez-vous d'Elizabeth avec son docteur. Je devins nerveux, bouclai mon propre rendez-vous en un rien de temps et me précipitai vers le cabinet de consultations du médecin.

Une fois arrivé, je m'informai de savoir si ma femme était toujours là.

– Elizabeth ? Une de nos infirmières vient juste de la reconduire chez elle, précisa la réceptionniste.

– Qu'entendez-vous par *reconduire chez elle* ? demandai-je. N'est-elle pas venue avec sa propre voiture ?

– Si, mais le docteur a jugé qu'elle mettait un peu la charrue avant les bœufs avec sa guérison et il a pensé qu'il était dangereux qu'elle prenne le volant.

– Où diable est-il allé chercher une idée de ce genre ? interrogeai-je en élevant le ton.

Le médecin m'avait probablement entendu car il fit son apparition dans l'entrée et, avec une expression pleine de gravité, demanda à me parler en privé.

Il me fit alors entrer dans un cabinet particulier et c'est presque dans un murmure qu'il me confia :

– Monsieur Dewey, je sais que vous êtes encouragé par la rémission de votre épouse, mais il est de mon devoir de vous prévenir que c'est une situation assez commune chez les patients atteints de sclérose en plaques. Le problème est que ces guérisons sont éphémères et que la maladie a toutes les chances de revenir plus sévèrement que jamais.

– Elle n'est pas en rémission, elle est guérie ! le contrecarrai-je, hors de moi.

– Monsieur Dewey, j'apprécierais cette fois que vous contrôliez votre volume sonore, nous n'avons aucun intérêt à réitérer la performance de notre dernier entretien !

– Je ne suis pas le seul à avoir élevé la voix l'autre fois, ripostai-je. Maintenant, permettez-moi de vous le répéter, sur un ton plus modéré : elle n'est pas en rémission, elle est guérie, exactement comme je l'avais prédit.

– Sacré nom d'un chien ! proféra le docteur, perdant son calme à son tour. Dans ma vie de praticien, j'ai dû assister à une centaine de rémissions qui ont réduit en poussière les espoirs démesurés des intéressés. Je ne veux pas voir votre épouse anéantie, je dois la protéger. Parfois les rémissions durent quelques heures, parfois quelques jours et de temps à autre, cela peut même aller jusqu'à quelques mois, mais jamais au-delà ! Donner à un malade l'espoir qu'il est guéri est tout bonnement criminel. En fait, pendant qu'Elizabeth était ici, en ma présence, certains de ses symptômes sont réapparus et c'est pourquoi je l'ai fait raccompagner.

– Oh, non ! m'exclamai-je, jaillissant hors de mon siège. Êtes-vous en train de me dire que vous lui avez retiré toute attente et que vous l'avez affaiblie à nouveau ? Imbécile ! Vous ne savez pas ce que vous avez fait !

– S'il y a un imbécile ici, monsieur Dewey, ce doit être vous. Je suspecte que votre foutu gourou a quelque chose à voir avec ces idioties. Elizabeth n'a pas voulu l'admettre mais j'aurais pu jurer, à en juger d'après ses réponses, qu'il est responsable de la situation. L'homme peut s'attendre à des problèmes légaux de la plus haute importance, je vous l'affirme !

– Et vous à des problèmes moraux très sérieux, lui crachai-je en retour. Maintenant, vous voudrez bien m'excuser, mais il faut que rentre chez moi pour voir si je peux réparer les dégâts que vous avez provoqués.

– Je n'ai pas l'habitude de me mettre en colère, dit-il, mais il y a quelque chose venant de vous qui me rend absolument fou furieux.

– Excellent ! rétorquai-je tandis que je me dirigeai vers la sortie.

Je me précipitai à la maison et y découvris Elizabeth, recroquevillée dans son fauteuil roulant, un énorme nuage de tristesse suspendu au-dessus de sa tête.

– Mon cœur, lui déclarai-je, j'arrive juste de chez le médecin. Que s'est-il passé ? Que t'a-t-il fait ?

– C'est ma faute. Comment ai-je pu être assez stupide pour imaginer qu'il s'agissait d'une guérison définitive ! s'exclama-t-elle en désignant ses jambes. Le docteur m'a raconté qu'il a eu au moins une douzaine de patients dans sa carrière qui ont été soulagés par différentes sortes de guérisseurs spirituels. Selon lui, ils produisent un état hypnotique, lequel fonctionne pendant un court laps de temps et puis, l'effet disparaît. Généralement, après cela la situation de la maladie empire considérablement. Il doit avoir raison, Jean m'a juste hypnotisée en me prodiguant une énergie éphémère dont la conséquence n'a d'ailleurs même pas excédé une journée. Tandis que le docteur m'expliquait le processus et me ramenait dans le monde réel, j'ai senti mes forces se volatiliser. Et puis, je n'arrive pas à me débarrasser des terribles pensées au sujet des chevaliers alors que je ne suis même pas sûre de leur véracité. En tout cas, elles accentuent le sentiment de mon indignité.

Je sentais sur elle la menace d'une terrible dépression qui était inimaginable quelques heures plus tôt. Les Frères Obscurs s'étaient sûrement unis pour l'aspirer vers les abysses. Je savais qu'il me fallait faire quelque chose, mais quoi ?

– Te souviens-tu de ce que tu m'as déclaré ce matin ? lui rappelai-je agenouillé auprès d'elle, prenant doucement sa main dans les miennes. Tu as dit des choses magnifiques.

C'était comme la voix de Dieu s'exprimant par ta bouche. Tu as dit : *« Rien n'est trop beau pour être vrai, toute vérité dans sa forme la plus pure est bonne. »* Te souviens-tu avoir déclaré cela ?

– Je ne crois pas avoir affirmé une chose pareille, réfuta-t-elle tête baissée.

– Regarde-moi ! ordonnai-je.

– Je ne veux pas, laisse-moi tranquille ! lança-t-elle en me retirant ses mains.

– Je n'ai pas l'intention de te laisser tranquille, insistai-je en l'attrapant par les épaules. Je ne te laisserai jamais tranquille. Je t'aime, nom d'un chien, et je vais m'assurer que tu ne me laisseras pas. M'entends-tu ?

Il se passa un petit moment et Elizabeth reprit mes mains :

– Je t'entends, mon tendre époux. Pourquoi ne laisses-tu pas tomber ? Je ne suis pas meilleure que ces autres malades qui ont pensé être guéris et se sont fait des illusions.

– La question n'est pas d'être meilleur, lui rappelai-je, mais d'appliquer les valeurs les plus hautes. Te souviens-tu que Jean a attiré notre attention sur le fait que tu aurais à traverser trois tentations ? Il nous a prévenus que ces épreuves t'inciteraient probablement à douter de la lumière que tu as reçue et engendrer, si c'était le cas, une nouvelle rechute.

– Je ne suis pas sûre.

– Bien sûr que si. Je sais que tu te souviens. Il nous a aussi rappelé que le Cantique des 144 000 nous aiderait à vaincre les tentations.

– C'est possible.

– Nous devrions le dire ensemble, maintenant. Veux-tu te joindre à moi ?

– Laisse-moi m'abandonner à cette première tentation, objecta-t-elle, ainsi je n'aurai pas à m'angoisser au sujet des deux autres…

– Et où cette démarche nous mènerait-t-elle ? questionnai-je, décidé à la provoquer. Cela signifierait que tu mourrais en me laissant tout seul et que le travail important dans lequel tu dois m'aider ne se ferait pas. Tes sentiments te disent d'abandonner, mais tu dois réorienrer ton attention vers ton esprit et quand tes sentiments ne sont plus un appui, fais simplement ce qui te semble le plus sensé. Penses-y ! N'est-il pas logique de faire ce qui est nécessaire pour aller mieux ?

Des larmes roulaient sur son visage :

– Pour l'instant, ma seule raison de rester en vie est que je t'aime.

J'étais heureux d'entendre sa déclaration : elle avait au moins un sentiment positif auquel se raccrocher.

– Et moi, je veux que tu restes parce que je t'aime. Pouvons-nous chanter le Cantique tous les deux ?

– Sincèrement, je n'en ai pas envie.

– Rappelle-toi, Jean a dit que pour continuer de dire le Cantique nous devons rester centrés sur la Lumière Intérieure de l'Esprit. Ne vois-tu pas que le docteur à fait basculer ton attention, que tu as détourné ta concentration de la lumière et que son intensité a diminué ? Focalise-toi sur la lumière et tu retrouveras l'envie de dire le Cantique. Répète tes paroles de ce matin : *« Rien n'est trop beau pour être vrai. »* Fais-le pour moi, à titre de faveur exceptionnelle : *« Rien n'est trop beau pour être vrai. »*

– Rien n'est trop beau pour être vrai, murmura-t-elle à toute vitesse.

– Recommence, plus fort, lui intimai-je, m'inspirant des méthodes de Jean.

– Rien n'est trop beau pour être vrai, dit-elle, cette fois un peu plus haut.

– Encore ! ordonnai-je, fais comme si tu parlais à Jean.

– Rien n'est trop beau pour être vrai ! s'exclama-t-elle sur un ton raisonnablement audible.

Je souris.

– Maintenant, vas-tu dire le Cantique avec moi ?

– Tu n'abandonnes jamais, constata-t-elle, tandis qu'un sourire s'amorçait sur son beau visage…

– Jamais ! reconnus-je en la prenant dans mes bras.

– Très bien. Je crois que je peux maintenant.

En nous tenant les mains, nous chantâmes le Cantique ensemble trois fois de suite. Je sentis enfin le nuage se dissiper et la sensation de paix revint sur nous. Après ce résultat, je sentis l'impulsion de suivre l'exemple de Jean et, me levant, je m'écartai de quelques pas.

– Lève-toi et viens me faire un câlin, intimai-je.

– Mon cœur, je t'aime mais tu n'es pas Jean. Tu n'as pas les mêmes pouvoirs, insinua-t-elle dans un petit rire.

Mon premier sentiment fut que je m'étais laissé aller à une comédie stupide. *« Pour qui me prends-je, comment puis-je imaginer que je peux me substituer à Jean ? »* Oui, quelque chose d'autre en moi me soufflait que je devais tout essayer, même si je me faisais l'effet d'un imposteur aux yeux de ma femme. Je cherchai les mots justes et finalement je m'exprimai avec toute l'assurance que je pus trouver :

– Peut-être ai-je les mêmes pouvoirs car Jean peut parler à travers moi. Peut-être suis-je un avec Jean qui est un avec Christ qui est un avec Dieu. Peut-être, dis-je, les paroles de Dieu à travers moi t'enjoignent-elles de recevoir la force de te lever, venir vers moi et de me prendre dans tes bras ?

Mon discours semblait faire de l'effet : une lueur d'espoir éclairait le regard qu'Elizabeth posait sur moi.

– Penses-tu vraiment que Jean est avec toi ?

– Je sais que Dieu est avec moi et Jean est un avec Dieu.

C'était là ce que je pouvais trouver de mieux, sachant que c'était la vérité.

– Maintenant, lève-toi et viens vers moi !

Je lui tendis une main.

– Je crois que je me sens plus forte, risqua-t-elle en luttant pour se mettre debout, mais je ne suis pas certaine de pouvoir faire tout ce chemin.

– Regarde-moi et répète : *« Rien n'est trop beau pour être vrai. »*

Elle rassembla ses forces, me regarda droit dans les yeux et prononça avec fermeté :

– Rien n'est trop beau pour être vrai.

– Continue !

Elle le répéta encore et encore et se mit debout. Je crois que je fus plus surpris qu'elle quand elle marcha jusqu'à moi et s'écroula dans mes bras.

L'impulsion me vint de lui prodiguer des paroles d'encouragement :

– Mon cœur, je crois que tu viens juste de triompher de ta première tentation. As-tu idée de ce que cela veut dire ?

– Quoi ?

– Que tu peux aller bien à nouveau. Seul l'échec pourrait te renvoyer à la maladie.

– Le penses-tu vraiment ? interrogea-t-elle, quêtant anxieusement ma confirmation.

– J'en suis sûr. Fais le tour de la pièce encore une fois, lui conseillai-je, priant intérieurement d'avoir raison.

Elle fit quelques pas en s'éloignant de moi, au début, un peu vacillante. Mais alors, pour elle-même, elle se mit à murmurer : *« Rien n'est trop beau pour être vrai. »* Plus elle le répétait, plus ses forces semblaient revenir jusqu'au moment où elle se retourna, le visage radieux :

– Je suis à nouveau moi-même. Je suis guérie. Je peux voir maintenant que le docteur m'a induite en erreur en me faisant croire que j'étais toujours malade. Il était certainement animé des meilleures intentions, n'empêche qu'il m'a fait descendre dans les profondeurs du désespoir et de la mort.

Ensuite, elle regarda vers le ciel et hurla :

– Merci, Jean ! Où que vous soyiez !

– Et merci Dieu, où que Tu soies, ajoutai-je dans un soupir.

XII

Frère Philo

Une promenade s'imposait pour célébrer *la deuxième guérison* d'Elizabeth, en espérant qu'il s'agissait, cette fois, d'un rétablissement définitif. A notre retour à la maison, elle s'offrit spontanément de préparer le dîner et, pendant ce temps, je m'installai à l'ordinateur afin d'élaborer une structure générale pour l'ouvrage qui commençait à prendre forme dans ma tête.

Un peu plus tard, tandis que nous dînions, elle m'interrogea sur mon travail.

– Je t'ai promis de démarrer le livre aujourd'hui, eh bien, j'ai consigné et rédigé quelques idées, l'informai-je. D'ailleurs, j'ai plusieurs titres en tête.

– Tels que ?

– Dans la mesure où Jean est destiné à être le personnage central, j'ai pensé que le titre devait lui être dédié. De plus, j'ai remarqué que les livres à succès ont souvent des titres courts. J'ai pensé l'appeler : *Le Bien-Aimé ; L'Immortel* ; ou tout simplement *Jean*.

– J'aime beaucoup *L'Immortel*, approuva-t-elle. Cependant, si l'on considère que l'ouvrage concernera également ses enseignements, tu pourrais l'appeler par exemple : *Les Clés de la Connaissance*.

– *Les Clés de la Connaissance*, ça sonne bien.

– Le seul problème, objecta-t-elle, est qu'il attirerait un public plus limité. Je pense que *l'Immortel* séduira une gamme plus étendue de gens.

– *L'Immortel* est-il un terme approprié ? Jean nous a précisé qu'il meurt, et qu'ensuite qu'il est *réassemblé*, ou quelque chose d'équivalent.

– Tu as raison, c'est un peu comme le héros du film *Highlander* : on affirme qu'il est immortel alors qu'il a un point vulnérable et qu'il peut être tué par décapitation.

– Crois-tu que Jean possède un talon d'Achille de ce genre ? ironisai-je.

– Son seul talon d'Achille semble être l'intérêt qu'il porte aux affaires des simples mortels que nous sommes. Jean peut ne pas être immortel au sens littéral du mot, mais il me semble que deux mille ans, c'est déjà pas mal ! Gardons *l'Immortel* pour titre, ça me plaît beaucoup.

– Très bien, voilà qui est réglé. Il ne reste plus qu'à rédiger les quelques centaines de pages qui vont avec.

– Maintenant que je vais mieux, tu auras plus de temps ! dit elle en se voulant rassurante et en me tapotant la main.

– J'en suis heureux. Pour autant, les factures se sont accumulées depuis que tu es malade, et je vais devoir faire visiter beaucoup de maison avant que nos comptes soient à jour, ce qui n'est pas simple car, plus j'apprends de Jean, plus il m'est difficile de me consacrer à gagner l'argent qui nous est nécessaire. Je commence à comprendre le verset qui affirme que l'on ne peut pas servir Dieu et adorer le Veau d'Or.

– J'ai remarqué que la courbe de tes ventes avait baissé depuis quelque temps. Je croyais que c'était à cause de moi.

– Tu n'y es pour rien, la faute en incombe totalement à Jean. Il m'immerge dans des quantités de thèmes passionnants et l'immobilier est la dernière chose à laquelle j'ai envie de penser ! Peut-être sommes-nous devant l'opportunité la plus extraordinaire qui soit offerte sur la planète, et je dois m'occuper de sujets ennuyeux au possible.

– Jusqu'à ce que les livres viennent à notre secours, je crois que tu ne pourras pas éviter ces tâches fastidieuses, déplora Elizabeth. Compte sur moi pour t'aider à rester centré, il le faut si nous voulons venir à bout de ces factures. Je me sens mieux et je vais pouvoir te donner un coup de main. Maintenant, dis-moi ce que tu as déjà écrit.

Après lui avoir raconté l'orientation que je comptais donner au livre, elle déclara :

– Pour ma part, je trouve que la façon dont les faits se sont déroulés dans la réalité est bien plus fascinante !

– Sans doute, mais je peux te dire qu'il existe des principes incontournables si tu veux qu'un éditeur te prenne au sérieux. Il y a quelques années, j'ai eu l'occasion de rencontrer un écrivain professionnel et il m'a confié que les évènements qui jalonnaient sa vie étaient tellement invraisemblables que, lorsqu'il était amené à les relater, les lecteurs n'y croyaient pas. Son éditeur exigea de lui une autre formulation et un ton un peu plus classique. Le paradoxe voulut que la fiction se révélât plus crédible que sa propre histoire. Il m'a assuré que si le public ne peut pas accepter ce qu'on lui raconte, on le perd.

– Utiliseras-tu ton véritable nom ou bien un pseudonyme ?

– Je crois que je vais écrire sous mon nom d'origine.

– De mon côté, je ne tiens pas à ce que tu te serves du mien, je trouve ça gênant.

– Il est peut-être préférable, en effet, de ne pas dévoiler ton véritable nom.

Ainsi, le lecteur comprendra que tout n'est pas à prendre au pied de la lettre. Il est à espérer qu'il réalisera la nécessité de comprendre les écrits à la lumière de l'âme et de discerner les principes authentiques ainsi que le sens véritable derrière les péripéties de la fiction.

– Quelle que soit la méthode pour laquelle tu opteras, je doute que notre histoire puisse paraître plausible, ponctua-t-elle dans un petit rire, et pourtant les gens vont ressentir qu'elle est fortement empreinte de vérité. Sais-tu pourquoi ? Parce qu'ils comprendront que tu ne peux pas avoir inventé tous ces fabuleux enseignements dont Jean t'a fait cadeau. Et ce n'est que la partie visible de l'iceberg ! Ce que nous avons reçu jusqu'à présent est superbe mais imagine ce que les lecteurs penseront quand tu auras publié une demi douzaine d'ouvrages contenant ce qui est encore à venir !

– Tu as raison. J'ai l'intuition que Jean a des choses à nous révéler qui sont inédites pour le cœur des hommes. Le public va devoir en conclure que ces choses sont véridiques ou bien que j'ai, avec l'âge, développé une imagination de la taille d'une baleine !

– Les réactions vont incontestablement être fort intéressantes, convint-elle avec excitation.

Tandis que nous débarrassions la table, silencieux et imprégnés de nos réflexions, une idée me traversa l'esprit :

– Que penserais-tu de raconter l'intrigue de base à Lance et à son ami, ainsi qu'à Wayne, et pourquoi pas à quelques autres de nos amis ? Nous verrons ainsi comment les gens vont l'accepter… Cela nous servira de test.

– Bonne idée, à condition de ne pas leur dire que Jean existe vraiment !

Dimanche matin, j'arrivai à l'aéroport avec quelques minutes de retard et je trouvai Lance dans la zone de récupération des bagages. Près de lui se tenait un homme d'environ un mètre quatre vingt dix avec de longs cheveux bruns attachés en queue de cheval, très bronzé et vêtu d'un jeans délavé usé et d'un tee-shirt hawaïen très voyant. Il approchait de la quarantaine et, *a priori*, il avait tout du californien du sud tel qu'on se l'imagine. Le regard de mon ami se mit à pétiller quand il m'aperçut et tandis qu'il secouait ma main, il s'exclama :

– C'est merveilleux de te voir, Joe !

– Ça fait trop longtemps ! répliquai-je tout en m'offrant de porter son sac de voyage. Est-ce l'ami dont tu m'as parlé ?

– Absolument, permets-moi de te présenter Frère Philo.

– Frère Philo ? répétai-je en lui serrant la main, quelque peu intrigué. Philo est-il votre prénom ou votre nom de famille ?

– Je suis juste Frère Philo.

– O.K, opinai-je, un brin amusé.

Lance s'entourait toujours de gens intéressants. Après une légère pause, je me retournai vers lui :

– Alors, où en es-tu ? As-tu réussi à monter ton fameux centre ?

– Tout se met en place. Nous sommes à un cheveu de faire le grand saut, c'en est impressionnant !

A chaque fois que je retrouve Lance, il est excité comme s'il était sur le point de réussir une opération phénoménale, l'affaire de sa vie, et je pouvais percevoir que cette fois ne ferait pas exception. A peu près du même âge que son compagnon de voyage, une allure juvénile, c'est un personnage à la chevelure châtain clair, athlétique et bien proportionné. J'ai toujours pensé qu'il avait manqué sa vocation en tant qu'acteur. Il a préféré consacrer ces dernières douze d'années à la quête de sa vérité et à la promotion de ses découvertes. Ses recherches l'ont amené à se déplacer un peu partout dans le pays pour finalement s'installer à Los Angeles, qui est comme chacun sait la capitale de la planète en matière de philosophie avant-gardiste.

Ma rencontre avec Lance date d'il y a quinze ans. Nous vendions tous les deux des abonnements pour un complexe de loisirs, sports et bien-être avec cures thermales... Comme nous avions beaucoup de temps libre et d'intérêts communs, nous passions souvent des heures à parler métaphysique, philosophie, nouvel âge, religions et du sens de la vie en général. Ce fut le point de départ de notre amitié. Nous avions depuis, l'un comme l'autre changé d'occupations professionnelles mais nous continuions de partager le même besoin d'approfondir les choses. Ensemble, nous fîmes l'expérience des différentes églises et de tous les nouveaux groupes *New-Age* et mystiques de la région. Nos découvertes ne dépassaient pas beaucoup le cadre des platitudes d'usage et c'est dans les Ecritures que nous trouvâmes les éléments les plus acceptables pour nous.

Nous dévorâmes et décortiquâmes des tas de livres, partageant et échangeant ce qui nous intéressait le plus. Nous arrivâmes à la conclusion qu'il y avait une certaine somme de vérité dans toutes les écritures sacrées de la planète, toutefois, nous avions le sentiment que les religions du monde n'étaient qu'une phase préparatoire dont le but était de conditionner l'humanité à la Vérité. Nous sentions que la plupart des ouvrages de soit disant *channeling* du *New-Age* contenait bien peu de vérité authentique, cependant, de temps à autre nous en dénichions un qui nous donnait réellement à penser. Certains, dans la multitude, se réclamaient issus d'une source supérieure, et nous en vînmes à les accepter comme témoignant de vérités plus subtiles.

Lance fut très stimulé par certains messages et décida de liquider ses affaires pour se consacrer à la *Quête de la Vision*. Il passa quelque temps à Santa Fe au Nouveau Mexique, à Sedona en Arizona, à New-York, à San Francisco pour finalement se fixer à Los Angeles. Il développa ses recherches auprès d'une bonne demi-douzaine de mouvements prônant les nouvelles tendances universelles. Son analyse, quand je l'avais au téléphone, était toujours la même et, invariablement, il terminait par quelque chose du genre : « *Tu sais, j'ai quitté l'Idaho en quête d'une vérité spirituelle plus élevée et plus je cherche, plus j'en arrive à la conclusion que personne ne possède plus de vérité que nous-mêmes. Il n'y a ici qu'une bande de types à l'ego démesuré en manque de public. Nous devrions démarrer notre propre groupe.* »

C'est ce qu'il a tenté de faire durant les deux dernières années, sans grand succès, après son grand projet de créer un Centre pour rassemblements *New-Age*, toutes mouvances confondues. Malheureusement, il n'a jamais réussi jusqu'à maintenant à réunir les fonds nécessaires à la réalisation de son rêve. Selon lui, le disciple Nouvel Âge recherche, sans toujours en être conscient, un gourou classique pour lui servir de maître à penser et prendre des décisions à sa place. Et pourtant, il continue à s'investir avec enthousiasme.

– As-tu finalement dégotté quelques gros bonnets dans la grande cité pour financer ton Centre ? le questionnai-je, la curiosité en éveil.

– C'est comme si c'était fait, annonça-t-il.

Il se retourna vers Philo et lui tapotant le dos :

– Frère Philo, ici présent, connaît un nombre invraisemblable de gens... Il compte même deux ou trois stars de renommée internationale parmi ses amis. Mon idée de Centre lui semble excellente et nous ne devrions avoir aucune difficulté : il lui suffira de passer quelques coups de téléphone pour obtenir l'aide qu'il nous faut. Je le connais depuis deux semaines seulement, mais c'est suffisant. Tu peux me croire, il a beaucoup de choses à offrir. Non seulement il connaît des gens très riches mais il vient lui-même d'une famille aisée et il a parcouru le monde entier, y compris des hauts lieux mystiques comme l'Inde et le Tibet.

– Vraiment ? m'étonnai-je tout bas, prenant garde à ne pas éveiller l'attention de Philo qui n'était qu'à quelques pas de nous. Dis-moi, s'il a toutes ces ressources, pourquoi ne construit-il pas son propre Centre ?

– Il travaille en coulisses, sur le plan spirituel, son rôle consiste à aider les autres à accomplir de grandes œuvres. Il ne prend rien pour lui-même, il est juste intéressé à voir l'humanité évoluer et devenir plus lumineuse.

Je n'étais guère convaincu et ressentais une certaine méfiance au sujet du personnage pourtant, je décidai d'ignorer mes soupçons, me disant qu'il avait tout de même le droit qu'on lui accordât le bénéfice du doute. Après tout, pourquoi Lance n'aurait-il pas, lui aussi, rencontré un autre être exceptionnel de la même trempe que Jean ?

– Sur quelle sorte de projets Philo a-t-il travaillé auparavant ? m'informai-je.

Lance avait l'air un peu gêné et murmura à mon intention :

– Quand tu lui parles, appelle-le toujours Frère Philo. C'est ainsi qu'il désire que l'on s'adresse à lui.

– Ça ressemble plus à un nom de prêcheur réincarné qu'à celui d'un disciple du Nouvel Age, remarquai-je.

– Peut-être, mais il se voit davantage comme un frère pour tous les hommes et toutes les femmes, donc je suppose que c'est logique. Pour répondre à ta question, Frère Philo a travaillé avec de nombreux mouvements et individus depuis de longues années. Il donne l'impression d'avoir une quarantaine d'années mais je le soupçonne d'avoir cent ans, qui sait ? Probablement beaucoup plus.

Je dévisageai mon ami pendant un instant :

– C'est lui qui t'a affirmé ça ?

– Pas directement, mais il l'a laissé entendre. Il est tellement fantastique que s'il me disait qu'il a deux cents ans, je n'aurais aucune peine à le croire.

Lance pouvait se montrer si crédule ! Il poursuivit :

– Frère Philo s'est avéré une force motrice discrète pour une demi-douzaine de groupes de défense de l'environnement, dans différentes régions du pays. De plus, en état de méditation profonde, il a la capacité de contacter les leaders mondiaux et de les inspirer pour influer positivement sur leurs décisions. Il a d'ailleurs utilisé ses pouvoirs pour agir sur Gorbatchev, Reagan et d'autres afin d'abattre le Mur de Berlin.

Je faillis laisser échapper son sac de voyage :

– Tu ne te laisses pas habituellement embobiner par des allégations aussi faramineuses. Sur quoi te bases-tu pour être à ce point convaincu qu'il te dit la vérité ?

– La meilleure réponse que je puisse te donner est de te laisser le découvrir, renifla-t-il.

Nous nous installâmes tous les trois dans la voiture. Frère Philo, à l'arrière, était silencieux, somnolent semblait-il, tandis que Lance et moi échangions des propos sans grande importance. Je n'évoquai pas la guérison d'Elizabeth, préférant lui en laisser la surprise. Et ce fut le cas : la première vision de Lance lorsque nous passâmes la porte fut Elizabeth en train de dresser la table pour le petit déjeuner.

– Elizabeth ! s'exclama-t-il, tu es debout, tu marches ! Où est ton fauteuil ?

– J'envisage de le jeter au feu, répondit-elle en riant, tandis qu'ils tombaient dans les bras l'un de l'autre.

– Mais tu as l'air d'aller très bien, que s'est-il passé ?

– Le médecin pense qu'il s'agit d'une rémission ! m'esclaffai-je.

– Ce n'est pas possible, elle a l'air en pleine forme ! C'est comme une renaissance... comme si un miracle s'était produit ici. Tu ne me caches rien ? interrogea-t-il en agrippant son épaule.

– Eh bien, je suis sûre que Dieu m'a guérie, renchérit Elizabeth rayonnante. C'est tout ce que nous pouvons te dire.

– Sous-entends-tu qu'il y a autre chose ? plaisanta-t-il. Allez, raconte, tu ne peux pas cacher des secrets à ton vieil ami. Qu'y a-t-il ?

Elle jeta un coup d'œil dans ma direction, aussi répondis-je délibérément :

– Nous avons rencontré un guérisseur qui nous a aidé à comprendre les origines de sa maladie, pour le résultat tu peux constater par toi-même. Le médecin assure qu'elle bénéficie d'une rémission, quant à nous, nous espérons qu'il s'agit d'une guérison définitive.

– J'aimerais rencontrer ce guérisseur, déclara Lance.

– Vous l'avez rencontré, intervint Frère Philo.

– Insinuez-vous que Lance a rencontré Jean ? s'étonna Elizabeth qui n'en revenait pas.

Elle venait de divulguer le nom de Jean malgré elle. Il était trop tard pour y remédier. Pour autant, cette révélation pouvait-elle ou non porter préjudice ? Je n'en avais pas la moindre idée...

– Ainsi... j'ai déjà rencontré ce Jean ? questionna Lance en se tournant vers Philo.

Ce dernier joignit les mains comme en prière, ferma les yeux pendant quelques secondes avant les rouvrir et d'annoncer très sérieusement :

– Puisque tu m'as rencontré, tu as rencontré Jean.

– Prétendez-vous que vous êtes Jean ? riposta Elizabeth, fébrile.

Il referma les yeux pendant environ quinze secondes :

– Je suis Jean, je suis Jésus, je suis Bouddha, je suis Patanjali, Je suis un avec tous Ceux qui guérissent.

Les manières de cet homme étaient si différentes de celles de Jean, que je sais être un authentique guide spirituel ! Toute action émanant de Philo semblait dissimuler l'intention de faire impression. Par exemple, les termes pieux et choisis qu'il avait prononcés en joignant ses mains dans une prière ostensible, les yeux clos. Jean, lui, se comportait simplement, comme tout le monde, ne recherchant jamais l'effet. Mon soi intérieur me soufflait que l'individu était un imposteur, toutefois mon soi extérieur m'imposait d'avoir l'esprit ouvert et de lui laisser une chance de prouver sa bonne foi. J'étais préoccupé, cependant, car les paroles de Frère Philo, très similaires à celles de Jean, risquaient de semer le trouble chez Elizabeth et l'amener à le croire.

Ma crainte se trouva d'ailleurs renforcée par la question suivante de mon épouse :

– Vous faites donc partie de la Fraternité de la Lumière ?

– Vous connaissez la Fraternité ? réagit-il, légèrement surpris.

– Quelques petites choses, rétorqua-t-elle.

Comme il l'invitait à lui donner des détails, je fis tout mon possible pour envoyer à Elizabeth un message mental afin qu'elle n'en dise pas trop mais, sourde à ma tentative de communication, elle répondit à la sollicitation de Philo :

– Je sais qu'il existe une Fraternité de la Lumière et puis aussi les Frères Obscurs.

– Ah... L'illusion du bien et du mal ! Au bout du compte, le bien et le mal sont considérés comme les deux composants d'un tout. La Fraternité est juste la Fraternité : il n'y a ni bien ni mal. Elle est, tout simplement. Vous êtes, je suis. JE SUIS.

Il prononça ces dernières paroles avec affectation, cherchant à leur insuffler le ton d'une vérité infiniment profonde.

– Vous considérez-vous comme étant un avec la Fraternité ? intervins-je.

– Tous ceux qui sont un avec le Soi Supérieur sont frères et résident dans l'unité, me répondit Philo en levant les yeux vers le plafond.

– Néanmoins, contredit Elizabeth, j'ai eu une expérience spécifique dans laquelle je me suis retrouvée aux prises avec une entité du monde invisible qui avait l'intention manifeste de me nuire, selon toute évidence il ne s'agissait pas d'un être positif !

Philo se mit à marcher de long en large, les mains étroitement entrelacées derrière son dos.

– Des vies existent sur tous les plans, déclara-t-il, qui ne réalisent pas leur connexion avec la source et donnent la sensation de vouloir faire du mal. En réalité, ce sont juste des enfants dissipés qui n'ont pas trouvé le chemin pour revenir à la maison. Si l'un d'entre eux intervient dans votre vie, posez-vous la question de savoir pourquoi vous avez besoin de cette expérience.

– En d'autres termes, si je me fais cambrioler, c'est que j'ai besoin de passer par cette leçon ? le coupai-je.

– En effet, et si elle vous paraît désagréable, demandez-vous ce qui en vous réclame de la souffrance plutôt que du plaisir.

– Dans ce cas, vous croyez au karma ? interrogea Elizabeth.

– Le karma est réservé à ceux qui pensent en avoir besoin. Quand il n'est plus nécessaire, vous n'avez plus à souffrir de ses conséquences.

– J'en déduis que si je tue quelqu'un et décide qu'il n'y a pas lieu de payer pour mon crime, je n'ai donc aucune raison de rembourser mes mauvaises actions, c'est bien cela ? m'informai-je, sceptique devant sa philosophie.

Il réfléchit puis me répondit lentement :

– Vous amenez à vous ce dont vous pensez avoir besoin. Si vous êtes convaincu que vous n'avez plus de raison de recevoir de châtiments, vous ne les attirerez plus.

– S'il n'est pas puni pour son crime, comment apprendra-t-il que tuer est mauvais ? rétorqua Elizabeth.

– Toutes les âmes progressent vers la Lumière et, dans le processus, nous abandonnons nos caractéristiques négatives pour conserver les bonnes. Les vieilles âmes deviennent partie intégrante de la Fraternité Unique. Peu importe ce qu'elles ont fait auparavant car le passé est le passé et elles vivent au présent. Seul le Présent existe.

– Tu vois ? Je t'avais prévenu que ce type était fantastique, s'exclama Lance en me donnant un coup de coude, il a réponse à tout !

– Cependant, avoir une réponse et avoir la réponse juste sont deux choses distinctes, opposai-je en regardant Philo avec insistance.

– Bien exprimé, répartit celui-ci dans un sourire. Il est compréhensible que vous doutiez de mes paroles. L'idée que la Terre était ronde et non plate fut difficile à admettre pendant plusieurs centaines d'années, il est pourtant aujourd'hui hors de question de considérer une autre hypothèse. Si vous vous éleviez au niveau du Soi Supérieur, vous auriez la même vision que la mienne.

Sur le moment, je préférai m'en tenir là car je pensai que je risquais d'offenser mon ami Lance en exprimant mes véritables sentiments. Tout dans les manières de l'homme me semblait tellement faux et révoltant ! J'espérais seulement qu'Elizabeth n'était pas en train *d'avaler* ces appréciations chimériques.

Nous nous assîmes pour prendre un petit déjeuner tardif et retournâmes à des sujets plus légers. Lance et moi nous mîmes à jour des derniers évènements de nos vies réciproques. Elizabeth relata ses batailles avec la maladie et divertit Lance en lui décrivant ma rencontre avec le médecin. Cette fois, je me rendis compte qu'elle évitait soigneusement de mentionner Jean. Frère Philo ne se mêla pas de notre conversation. Il mangeait lentement, sans expression, sourd à ce qui se disait.

Puis, alors qu'il était apparemment indifférent à notre échange, il leva les yeux vers Elizabeth :

– Vous avez l'air d'être préoccupée par un possible retour de votre maladie. Vous sentiriez-vous plus à l'aise si je scellais votre guérison ?

– Sceller sa guérison ? Et cela est censé signifier quoi ? l'interpellai-je sans chercher à dissimuler la suspicion qui perçait dans ma voix .

– Le bien-être vous dérange-t-il, mon frère ? Préféreriez-vous que j'évoque la maladie et la mort ?

– Donne-lui une chance ! s'interposa Elizabeth en me lançant un regard. Il doit y avoir de nombreux guides spirituels sur cette Terre… Peut-être Frère Philo a-t-il quelque chose à offrir ?

– Merci, exprima-t-il. Vous êtes réellement une personne pleine de sagesse. Êtes-vous d'accord pour que je vérifie l'état de votre bien-être ?

– Il ne peut pas y avoir de mal à ça. Allez-y !

– Allons dans la salle de séjour et vous vous installerez sur une chaise, ordonna-t-il.

J'étais incommodé. Mon intuition me poussait à la méfiance au-delà du « raisonnable ». Je percevais en moi un signal d'alarme.

Nous changeâmes de pièce, Elizabeth s'assit et nous l'entourâmes, Philo lui faisant face. Il leva les mains vers le plafond, les yeux clos, puis il baissa les bras tandis qu'il ouvrait les yeux. Après quoi, il décrit des cercles avec ses mains à environ un mètre et demi du corps de mon épouse, comme s'il ressentait quelque chose.

– Il sent son aura, expliqua Lance devant ma perplexité.

– C'est un sujet hors du commun, commenta Philo en même temps que ses mains, méthodiques, continuaient à faire des gestes dans les airs. Je dois rendre visible l'invisible.

Il se recula et, la fixant, se tint les bras écartés.

– Grand Dieu ! cria-t-il.

C'était la première trace d'émotion, authentique ou simulée, que je voyais chez lui.

– Qu'y a-t-il ? hoqueta Elizabeth en se levant d'un bond.

– Rasseyez-vous ! Vous avez une grande dague plantée au milieu du dos. Restez immobile pour que je puisse la visualiser avec précision.

– Que voulez-vous dire ? l'interrogeai-je.

– Il ne s'agit pas de son corps physique, mais du corps spirituel, et c'est la cause de sa maladie.

– Je me sens mieux maintenant, assura-t-elle. S'il y avait une lame en moi, elle est partie, c'est sûr.

– Elle s'est juste légèrement déplacée, affirma Philo. Malheureusement, votre soulagement ne peut être que temporaire. Une fois qu'elle se sera ajustée à sa nouvelle position, vous vous sentirez pire qu'avant.

– Et alors, que devrai-je faire ? demanda-t-elle avec une inquiétude grandissante.

– Un Maître Chirurgien devra la retirer.

– Et vous êtes la personne idoine, je suppose ? questionnai-je sèchement.

– Si Elizabeth le désire, je l'en débarrasserai. Voulez-vous que je vous libère de la dague ?

– Pourquoi pas ? Après tout, c'est pour mon bien, bafouilla-t-elle nerveusement.

– Qu'il en soit ainsi.

Il s'empara de ce qui semblait être un objet imaginaire planté dans son dos et le lui arracha dans un geste théâtral. Ensuite, il tint la dague invisible au-dessus de sa tête et grommela quelques phrases dans un langage inconnu. Il *raccommoda le trou* laissé dans son aura par l'extraction de l'objet et exhala de longs « Ah ».

– En quelle langue viens-tu de parler ? lui demanda Lance.

– J'ai parlé avec le Gardien. Le Gardien de l'âme. Je l'ai prié de prendre la dague pour qu'elle ne puisse plus blesser Elizabeth.

– Et l'a-t-il prise ? poursuivit Lance.

– Le Gardien a accédé à ma demande, répondit Philo dans le plus grand sérieux.

– Et qui est le Gardien ? interrogeai-je à mon tour.

– Le Gardien est notre Soi Parfait qui nous relie à la Fraternité et nous conduira à la paix, la santé et au bonheur.

Il descendait lentement les mains comme pour lisser l'aura invisible d'Elizabeth :

– Levez-vous à présent, Elizabeth, et ressentez le pouvoir du Gardien, ressentez la vie qui circule en vous.

Elle se mit debout.

– Comment te sens-tu ? s'informa Lance.

– Bien, ma foi.

– Marchez dans la pièce, commanda Philo.

Elizabeth s'exécuta. Après un moment, elle assura qu'elle se sentait réellement mieux.

– Tu te sentais déjà très bien, lui rappelai-je. Es-tu sûre que tu te sens encore mieux ?

– Je crois que oui. J'ai l'impression d'être plus légère et d'avoir un regain d'énergie.

Puis, regardant Philo :

– Cela signifie-t-il que ma maladie ne reviendra pas ?

– A moins que quelqu'un d'autre ne vous plante une autre dague, annonça-t-il.

– Comment une telle chose pourrait-elle arriver ?

– La première lame vous a été enfoncée il y a environ deux ans, par quelqu'un qui vous est très proche. Souvent, même ceux que l'on aime peuvent générer de la négativité, laquelle se matérialise dans le monde spirituel sous forme d'une dague ou autre objet mortel qui se flanque dans nos corps subtils et affecte notre corps physique.

– Insinuez-vous que je suis le responsable ? questionnai-je, le son de ma voix trahissant ma contrariété.

– Je suis persuadé qu'Elizabeth a beaucoup d'êtres chers. Je n'accuse personne en particulier, cependant elle doit découvrir d'où provient la dague ou bien elle court le risque d'en recevoir une autre. La négativité va bientôt montrer son visage à nouveau, il est important qu'elle sache la reconnaître de façon à l'éviter.

Le rejet que je ressentais vis-à-vis de Philo ne faisait qu'augmenter. Lance semblait s'en apercevoir :

– Nous avons promis de faire quelques visites. Je voudrais présenter Frère Philo à des amis mais nous reviendrons vers huit heures ce soir. Que penseriez-vous si nous invitions Wayne à se joindre à nous pour une bonne conversation ?

– Je suis sûr que Wayne sera fasciné, lançai-je narquois.

– Ça ne te ressemble pas d'être sarcastique, remarqua Elizabeth en me faisant les gros yeux.

Elle se retourna vers Philo et Lance et leur souhaita une bonne journée.

Quelques minutes plus tard, ils étaient partis mais je ne pouvais pas me débarrasser de la sensation que l'individu était un imposteur et qu'Elizabeth était tombée dans le panneau.

– C'est quelqu'un de très intéressant, commenta-t-elle, à peine ma pensée s'était-elle formée en moi. Elle continua à me faire part de ses impressions pendant que nous traversions le salon :

– Il est beau garçon, en plus. Va savoir, c'est peut être un acteur de grand talent qui s'ignore ?

« *Ça m'étonnerait* », murmurai-je intérieurement.

XIII

Pour l'amour de Philo

Quand nous fûmes dans la cuisine, je l'interrogeai :

– As-tu réellement senti une différence ou bien crois-tu que cette histoire de dague a engendré une réaction psychologique ?

Elle m'affirma qu'il s'était effectivement produit un changement et qu'elle ressentait un bien-être depuis que Philo la lui avait retirée. Je lui rappelai alors sa rémission intervenue lors de notre dernière rencontre avec Jean, sans oublier de lui signaler que la prétendue aide de Philo n'avait guère d'effet notable pour l'instant.

– De mon côté, m'opposa-t-elle, je ne comprends pas pourquoi tu es prêt à accepter tout ce que Jean enseigne mais que tu rejettes d'emblée ce que propose Frère Philo. Jean est venu nous enseigner des choses très captivantes et nous en avons tenu compte. Maintenant, une autre personne arrive et vient approfondir ces connaissances. Ne devrions-nous pas les considérer comme étant aussi valides ?

– Depuis le début, dès que Jean m'a parlé, tout ce qu'il m'a dit, non seulement m'est apparu plein de bon sens, mais de surcroît entre en résonance avec mon Etre intérieur. Avec Philo, j'expérimente exactement le contraire. Ses propos n'ont aucune logique, en ce qui me concerne, et ne font vibrer aucune des cordes de mon âme

– Ne serait-ce plutôt parce que tu ne l'écoutes pas avec l'esprit aussi ouvert ? affirma-t-elle un brin agressive. Il est probable qu'il existe dans le monde des tas de guides spirituels, comme Jean, appartenant vraisemblablement à la même Fraternité.

– Néanmoins, leurs enseignements sur la Fraternité, justement, et bien d'autres choses, sont en désaccord total. Philo parle d'une seule Fraternité alors que Jean mentionne celles de la lumière et des ténèbres. J'en suis persuadé : Philo n'a rien à voir avec la Fraternité de Jean. Il nous a gratifié d'une séance de charabia n'ayant produit aucun résultat marquant alors que Jean a fait des miracles indéniables, tant avec toi qu'avec moi.

– Sauf qu'à chaque fois que Jean m'a aidée, j'ai rechuté. Frère Philo affirme que retirer cette dague peut me guérir définitivement. Je suis persuadée que ça vaut la peine d'essayer.

Je poussai un soupir de frustration et d'impuissance :

– Mais si ce type est un envoyé des Frères Obscurs, il est capable de faire beaucoup de mal…

– Ne comprends-tu pas ? cria-t-elle, les yeux exorbités, que je veux rester en bonne santé, et Frère Philo m'offre l'espoir d'y parvenir. Pourquoi cherches-tu à m'en priver ?

– J'essaie seulement de t'aider et te protéger.

– Il se pourrait bien que tu sois à l'origine de tous mes problèmes, renchérit-elle. Tu n'arrêtes pas de m'assurer que j'ai des peurs et des sentiments négatifs que je refuse. Et toi : peut-être est-ce ta négativité inconsciente qui a produit cette dague ? Penses-y ! Après tout, nous avons eu quelques désaccords importants juste avant que je ne tombe malade.

Je ne pouvais pas croire que c'était ma femme que j'entendais…

– Mon cœur, nous avons eu des querelles, convins-je étonné par un tel propos, c'est vrai, mais nous avons toujours résolu nos problèmes. La seule chose dont je sois coupable, c'est de t'aimer comme un fou depuis que je t'ai rencontrée.

– Jean prétend que je t'ai torturé dans une autre vie, Es-tu bien sûr de ne pas entretenir au fond de toi quelques rancœurs à ce sujet ?

– Je n'en ai aucun souvenir, et même si c'était le cas, je t'ai pardonnée, dans cette vie-là, quand tu es devenue mon disciple.

– Qui dit qu'il ne te reste pas des scories au niveau inconscient ? De surcroit, j'ai aussi torturé Jean : il se peut très bien qu'il ne m'ait pas complètement absoute. Peut-être nous fait-il languir avec ces clés et que me donner de faux espoirs est sa façon de se venger. Peut-être n'y a-t-il pas de réponse finale et que ça continuera éternellement !

Elizabeth, les mains devant ses yeux, fondit en larmes et fit volte face. Immédiatement, je l'attrapai par les épaules et l'obligeai à me regarder.

– Ma chérie, pendant toute ta maladie tu t'es montrée forte et positive. Je ne t'ai jamais vue négative. Que se passe-t-il ?

Elle parut réussir à contrôler ses émotions pendant un moment.

– Quand Frère Philo a retiré l'arme, j'ai senti quelque chose d'étrange. Il pourrait bien avoir deux mille ans également, et être aussi puissant que Jean. L'opportunité m'est offerte d'une guérison permanente, et voilà que tu t'y opposes.

– Il ne te promet pas plus que Jean, juste une voie plus simple. La facilité n'est généralement pas le bon chemin, de plus elle est souvent source de déception.

– Je peux toujours essayer, il n'y a pas de risque. Je ne vais pas te laisser m'en empêcher, dit-elle en quittant la pièce.

Elle partit se réfigier dans la salle de bains et après avoir claqué la porte, y demeura enfermée pendant au moins trois quarts d'heure. Ensuite, elle se montra distante pour le reste de la journée. Je ne me suis jamais senti aussi seul qu'à ce moment-là.

Vers huit heures, le timbre de la porte d'entrée résonna. J'ouvris à mon vieil ami Wayne que j'avais appelé dans le courant de l'après midi. Il retira son chapeau de cow-boy et entra d'un pas tranquille :

– Tu peux m'en dire plus long à propos de ce gourou qui prétend avoir deux cents ans ? Lance raconte de drôles de trucs, je ne le croyais pas si naïf.

– Moi non plus…

Je ne pouvais pas éviter de me demander quelle serait la réaction de Wayne si je lui annonçais que je connaissais un homme vieux de deux mille ans. En tout cas, pour ma part, j'avais de sérieuses preuves pour étayer mes dires.

– Je suis impatient de discuter avec ce type, j'adore remettre à leur place les donneurs de leçons et les *monsieur-je-sais-tout*, ricana-t-il en retirant ses bottes.

– Vas-y doucement avec lui, au moins pour un temps, dis-je un ton plus bas et en regardant en direction de la chambre. Elizabeth semble l'avoir adopté et et elle se comporte curieusement aujourd'hui.

– Elle devrait être de bonne humeur puisqu'elle s'est remise à marcher… J'espère que c'est pour de bon, cette fois.

Je racontai à Wayne les péripéties et détails de la matinée et l'histoire de la dague que je lui avais déjà résumée au téléphone.

– On dirait que ce personnage est plein de ressources, convint-il. C'est un don que savoir s'attribuer le crédit d'un miracle qui a déjà eu lieu.

– C'est exactement ce que je pense. Mais il semble avoir un surprenant ascendant sur elle, c'est la première fois que je vois ça ! Ils se sont peut-être rencontrés dans une vie antérieure…

– Comme je dis toujours : tout est possible, mais il y a peu de choses que l'on sache avec certitude.

La sonnette de la porte se fit entendre encore une fois. Elizabeth sortit de la chambre pour se joindre à nous. J'allai ouvrir et je fus presque surpris de voir Lance, tout joyeux, toujours sobre, flanqué de Philo. Lance possède un grand talent pour ramener légèreté et bonne humeur dans toutes les situations :

– Nous revenons d'une croisière dans le parc, plaisanta-t-il, et nous avons rencontré deux minettes que nous avons impressionnées au plus haut point.

Puis, comme il se sentait chez lui, il alla au réfrigérateur prendre deux bières. Il en offrit une à Philo après nous en avoir proposé, ce que nous refusâmes.

Lance est seul depuis des années et brille dans l'art du flirt. Il a eu un nombre considérable de petites amies depuis son divorce, mais les relations ont toujours été de courte durée. Malgré tout, il ne désespère pas de mener à bien sa quête de la femme idéale, quête qu'il poursuit avec un plaisir non dissimulé

– Est-ce toi qui as fait *bonne impression* ou bien Frère Philo en a eu sa part ? ironisai-je au sujet de leurs conquêtes.

– Tu veux rire ? Nous formons une équipe d'enfer, tu n'as pas idée ! J'entretenais la conversation et Frère Philo les impressionnait avec ses conceptions révolutionnaires.

Lance faisait des grimaces à Frère Philo qui semblait d'humeur paisible.

– Quel genre de conceptions révolutionnaires ? interrogea-t-il

– Oh, il a dit des tas de choses sur les relations, mais quand il a commencé à parler de sexe, elles ont vraiment montré de l'intérêt, précisa Lance.

– Et qu'a-t-il dit à propos de sexe ? continua Wayne.

– Il leur a expliqué comment avoir un orgasme cent fois plus fort que ce qu'elles avaient jamais connu.

– J'aimerais bien entendre cette blague, ricana Wayne, célibataire lui aussi.

– Je ne suis pas sûr que j'ai envie de savoir, intervins-je.

– Parle pour toi, lança Elizabeth. La majorité l'emporte, c'est la règle.

– Il ne s'agit pas d'une blague. C'est du sérieux, insista Lance. Il leur a expliqué comment deux personnes, pendant l'acte d'amour, pouvaient méditer sur leur sacrum, ou centre sexuel, qui est relié à la montée de la Kundalini, et avoir une expérience plus hallucinante qu'avec n'importe quelle drogue.

– J'ai lu que stimuler la Kundalini peut s'avérer dangereux, remarquai-je en fronçant les sourcils.

– Pas quand vous savez ce que vous faites, riposta Philo sur un ton très éloigné du persiflage de Lance.

– Racontez-nous alors comment avoir cette expérience palpitante, interrogea Elizabeth.

– Vous le raconter n'a que peu de valeur, il faudrait que je vous montre, déclara Philo, la fixant d'un regard pénétrant qui la flatta tout en la mettant mal à l'aise

– Montrer signifie-t-il qu'il vous faudrait accomplir l'acte sexuel avec la personne pour lui enseigner ? assénai-je sèchement

– C'est exact, répondit Philo sérieusement.

– Qu'est-ce que je vous disais ? reprit Lance en riant. Je ne sais pas si ce type a un talent particulier pour draguer les filles mais je peux vous affirmer qu'après qu'il eût terminé de leur expliquer comment avoir des relations sexuelles plus épanouissantes, elles avaient vraiment envie de nous revoir.

– J'imagine que Philo ne peut pas être mauvais s'il peut t'aider à te trouver une petite amie, plaisanta Wayne à l'encontre de Lance, Dieu sait que tu en as besoin !

– Parle pour toi, rétorqua Lance, et appelle-le Frère Philo.

– Pourquoi, nom d'un chien, devrais-je faire une chose pareille ? réagit Wayne qui rejette toute forme d'autorité d'où qu'elle vienne.

– Parce que c'est le nom qu'il désire qu'on lui donne.

– Pour ma part, il est Philo, ce qui, de toute façon, n'est certainement pas son vrai nom. C'est comme ça que je l'appellerai et pas autrement. Cela vous convient-il, Philo ? lui demanda Wayne en le regardant droit dans les yeux.

Philo sourit d'un air paternaliste :

– Appelez-moi comme il vous plaira. La façon dont vous honorez le nom qui m'a été attribué par le Gardien est un reflet de votre Soi Intérieur.

– Eh bien, il se trouve que j'aime ce reflet, monsieur Philo, déclara Wayne.

– Comme vous voudrez.

Lance semblait un tantinet ennuyé :

– Je ne sais pas quel est ton problème, dit-il à Wayne. Frère Philo demande simplement qu'on l'appelle Frère Philo, c'est sa seule requête. Je l'ai présenté à des tas de gens à Los Angeles et personne ne semble avoir d'objection. Je ne sais pas si le problème vient du fait que nous sommes dans l'état conservateur d'Idaho ou s'il s'agit de vous, les gars.

– Il y a probablement des deux, confirma Wayne. Les gens, en Idaho, ont plus de bon sens que ceux de Californie, et nous, quoi qu'il en soit, n'appelons pas tout le monde *frère*, pas plus d'ailleurs que je n'appelle quiconque *Père* ou *Sa Sainteté*.

– Je ne sais pas si le mot frère peut être mis en parallèle avec Sa Sainteté, fis-je remarquer. Pour moi, cela relève plus du désir de se faire appeler *Monsieur Bill* au lieu de Bill tout court. Ça sonne un peu ridicule, à moins d'entrer dans le cadre d'un groupe qui fonctionne selon un protocole établi.

– J'ai l'impression que vous faites beaucoup d'histoire pour pas grand chose, les gars, s'exclama Elizabeth exaspérée. S'il veut qu'on l'appelle Frère Philo, appelons-le comme ça et passons à autre chose.

– Je ne pense pas que quiconque fasse une histoire, précisa Wayne, je ne tiens tout simplement pas à appeler quelqu'un *frère*, à moins d'avoir une bonne raison de le faire.

J'étais content que Wayne ait le mot de la fin car je ne voulais pas offenser Elizabeth en m'opposant à elle.

– Bien, avançai-je, on dirait que le thème est épuisé. Que l'on appelle Philo frère ou non, nous sommes curieux de connaître sa façon de penser et je sais que tous, ici, nous aimons parler philosophie, donc ce devrait être une soirée intéressante. Permettez-moi de donner le coup d'envoi en vous faisant part d'un nouveau projet que je vais entreprendre avec l'aide d'Elizabeth : je vais me lancer dans l'écriture.

– Il était temps que tu fasses quelque chose qui en vaille la peine, s'esclaffa Lance pour faire de l'esprit. A propos, vous ai-je dit que Frère Philo était l'auteur de plusieurs ouvrages ?

– Non, nous l'ignorions, reconnut Wayne exprimant une surprise teintée d'insolence.

Je pouvais discerner que Wayne éprouvait pour Philo des sentiments identiques à ceux que je ressentais moi-même.

– De quoi vos livres traitent-ils ? s'enquit Elizabeth, toujours impeccable dans son rôle d'hôtesse accueillante.

– Ils sont rédigés sous forme de journaux intimes, en vérité, précisa Philo. Je fais un journal dans lequel je note mes pensées régulièrement en plus des révélations que me fait le Gardien.

– Il a y des tas de gens qui le soutiennent et qui ne demandent qu'à le publier, ajouta Lance, mais Frère Philo est persuadé que ce n'est pas le bon moment.

– Chaque individu est un livre, lâcha Wayne. J'ai fait plusieurs tentative, mais je n'ai jamais pu aller jusqu'au bout.

Puis, se tournant vers moi, il continua :

– Alors, *Frère Joseph*, quel est le thème de ton livre ?

Je décochai un grand sourire à Wayne qui m'attribuait le titre convoité par Philo.

– Te rappelles-tu toutes nos conversations à propos de « *QUI ou QUE SOMMES-NOUS* ? »

– Bien-sûr.

– Il m'est venu l'idée que je pourrais écrire quelque chose à propos d'un personnage – quelqu'un comme moi – qui rencontre sur son chemin un guide spirituel qui parcourt la Terre depuis l'époque du Christ. Ce maître possède douze Clés de Connaissance mais, au lieu de les enseigner classiquement, il donne au personnage des indices pour l'aider. Il est confronté à une grande bataille avant d'arriver à bout de la première clé, énigme qu'il est obligé de résoudre pour pouvoir accéder à la deuxième, et ainsi de suite…

– Elizabeth figure-t-elle dans le livre ? interrogea Lance.

– En effet. Elle y souffre d'une grave maladie au moment où ils rencontrent le guide, or celui-ci promettra une complète guérison si le personnage principal trouve la solution des trois premières clés. Le voilà donc dans un état de stress terrible et obligé de fournir un effort important.

Je les laissai assimiler, puis je jetai à la cantonade :

– Que pensez-vous de l'idée de base ?

– Il y a un potentiel, nota Lance. La qualité de l'ouvrage dépendra beaucoup de l'intérêt des clés.

– Oui, dit Wayne à son tour. Les clés devront être plus que des clichés éculés comme Tout est Un, ou Seul l'Amour existe, ou autres trouvailles fumeuses du même ordre.

– Je suis tout à fait d'accord, opinai-je. Elles devront représenter un nouveau matériau, ou tout le moins un vieux matériau sous un nouvel éclairage. La première clé, par exemple, sera la réponse à « *QUI OU QUE SUIS-JE* ? » Comme tu te le rappelles, Wayne, nous avons déjà eu tous les deux un certain nombre d'échanges sur la question.

– Je me souviens que tu as fait quelques déductions plutôt inattendues... Que vont être la deuxième et la troisième clé ?

– Je ne sais pas encore. C'est un pont que je franchirai une fois l'ouvrage commencé. Je suis sûr que tu m'aideras lors de nos petits déjeuners.

– Frère Philo pourrait certainement te trouver cinquante clés, assura Lance. Ce mec n'est jamais à court d'idées. Tu devrais lui demander conseil.

– Je devrais pouvoir y arriver tout seul, le coupai-je.

– La réponse à la première est l'Amour, intervint Philo d'une manière inattendue.

Il s'établit un court silence...

– Vous avez dit que la question est « *QUI OU QUE SUIS-JE* ? » continua-t-il. La réponse est Amour. Dieu est Amour... Nous sommes des Dieux... Je suis Amour et vous aussi :

– Ça sonne bien, mais quelle partie de l'Amour est celle qui génère la pensée ? demanda Wayne. Il existe des pensées totalement dépourvues d'Amour. Si celui-ci était notre ingrédient essentiel, c'est à lui qu'il reviendrait de créer nos pensées, et je doute que celles-ci procèdent toutes de l'Amour. D'un autre côté, de belles pensées peuvent engendrer l'émotion de l'amour.

– Ça a l'air logique, dis-je impressionné par la vélocité intellectuelle de Wayne.

Philo joignit ses deux mains et d'un ton entendu :

– L'amour n'a pas besoin d'être logique, il est, tout simplement. Vous ne pouvez rien y changer.

Wayne, toujours partant pour une bonne discussion, contra :

– Mais la pensée est logique, elle, et si l'amour est notre cause première, il est créateur de la pensée. Or, même si vous avez raison, l'amour devrait revêtir une forme de logique.

– Plus vous essayerez d'expliquer l'amour ou désirerez lui substituer autre chose, plus vous vous enfoncerez dans la confusion, affirma Philo.

– Il est tout à fait vrai, reconnut Wayne, que si vous ne réfléchissez pas vous ne risquez pas de vous tromper. Je préfère continuer à penser et me permettre une petite erreur de temps à autre.

– Cela me convient parfaitement, ajoutai-je sur le ton de la plaisanterie, un peu de confusion de temps en temps, ça ne peut pas faire de mal.

– Je dois admettre, objecta Philo, que c'est la première fois que je rencontre des gens qui préfèrent le chaos à l'amour et deux d'un coup, qui plus est !

– Vous énoncez une contre-vérité, précisai-je en me penchant en avant, ce n'est pas que nous favorisions la confusion au regard de la non-confusion, mais nous préférons réfléchir plutôt que de suivre les platitudes ou directives de ceux qui prétendent faire autorité. Réfléchir révèle les choses que nous ignorons, lesquelles sont bien souvent source de confusion. Si vous vous contentez de vous focaliser sur l'émotion sans analyser, vous ne saurez jamais si vous êtes ou non dans le brouillard.

– Celui qui vit avec Amour est toujours dans la Lumière, asséna Philo, en fermant les yeux.

– Voilà exactement le genre de platitudes auxquelles Frère Joe se référait, ironisa Wayne. Avant même que nous ayons idée de ce dont vous parlez, nous devons définir ce qu'est l'amour. Qu'en pensez-vous, Philo ? Qu'est-ce que l'amour ?

– Vous ne pouvez pas comprendre ce qu'est l'amour en le définissant mais en étant amour, rétorqua Philo.

– Et je suppose que vous sentez que vous êtes cela ? interrogea Wayne.

– Je suis le *Cela* auquel vous vous référez comme étant amour, je ne peux pas être autre chose, annonça-t-il en souriant.

– Vous ne pouvez le définir, mais vous pensez que vous l'êtes. Et s'il y avait erreur sur le *Cela* ? Car si vous ne pouvez pas le définir, vous ne savez pas de quoi il s'agit auquel cas vous êtes un autre *Cela* que celui que vous imaginez. Peut-être le *Cela* que vous êtes n'est-il qu'ignorance béate ?

– Vous avez besoin d'aide, dit Philo après un moment, en portant sur Wayne un regard furibond.

– Je pense qu'il a raison, intervint Lance. J'ai toujours pensé qu'un bon psy pouvait faire le plus grand bien, Wayne, et j'ai des doutes à propos de Joe.

– C'est drôle, raillai-je, nous avons toujours pensé que c'était toi qui devait te faire soigner.

– Puisque vous êtes si intelligents, les gars, s'exclama Elizabeth en nous regardant Wayne et moi, pourquoi ne pas nous donner votre définition de l'amour ?

– Pour ma part, je dirais que l'amour est une énergie d'attraction, répondit Wayne en relevant le défi. Si vous aimez quelqu'un ou quelque chose vous êtes attiré.

– Je dirais que c'est exact, intervins-je à mon tour, mais j'ajouterai qu'il y a divers degrés et différentes sortes d'attrait et d'amour. Il existe une attirance égoïste du style fatal, qui ne demande qu'à posséder, et puis il y a une forme altruiste qui ne cherche qu'à partager.

– J'accepte cette définition, approuva Lance, mais l'amoureux altruiste ne cherche-t-il pas à réaliser son désir de partage ?

– C'est sans doute vrai, dis-je. La différence entre l'amoureux égoïste et l'amoureux altruiste est que le premier ne s'occupe que de ses propres désirs alors que le second est attentif aux désirs des deux, les siens et ceux de l'objet de son désir.

– Donc, l'amoureux généreux est celui qui fait preuve de bon sens au sujet de lui-même, avança Wayne.

– En effet, répondis-je, le véritable amour conduit toujours à faire usage de son intelligence.

Philo se mit debout et les bras levés vers le plafond, il déclara d'une voix retentissante :

– Pourquoi devez-vous toujours essayer de détruire l'amour avec vos définitions et vos tentatives dérisoires pour penser ?

D'une voix plus puissante encore, il affirma :

– L'amour est, tout simplement ! C'est un sentiment que vous devez vivre. Quand vous demeurez dans l'amour, vous réalisez qu'il est au-delà des mots. Si vous désirez vraiment savoir ce qu'est l'amour, je suis ici pour vous !

Philo se rassit et inclina la tête tandis que, stupéfaits, nous ne pûmes détourner notre regard de lui pendant au moins trente secondes.

– Eh bien, Frère Joseph, reprit Wayne s'avançant pour me tapoter le genou, j'en déduis que nous n'avons plus à réfléchir. La seule chose que nous ayons à faire est de nous tourner les pouces et jouir en présence de ce monsieur de l'extase de l'amour.

– Tu as raison, dis-je en riant.

Puis, après réflexion, l'idée me vint de mettre Philo à l'épreuve :

– Ainsi, vous prétendez que vous êtes ici pour nous donner de l'amour. Si j'acceptais cet amour que vous voulez m'offrir, que feriez-vous ?

– Vous êtes tous les deux comme de jeunes enfants indisciplinés qui veulent se nourrir de bonbons et refusent une alimentation équilibrée, réprimanda-t-il.

– Mais vous affirmez que vous êtes ici pour nous, le défiai-je. S'il n'y a rien que vous puissiez faire, alors par quoi s'illustre le fait que vous soyez ici pour nous ?

– Je suis ici afin de vous aider à progresser pour vivre dans l'amour, si tant est que vous en ayez envie.

– Quels sont les progrès dont vous parlez ? questionnai-je.

– Il est inutile que je vous explique car vous n'êtes pas prêts.

– Admettons que je le sois, quel serait le premier pas ?

Philo avait l'air légèrement ennuyé devant mon insistance, mais finalement il répliqua en lorgnant en direction d'Elizabeth :

– Le premier pas consiste à se tourner vers l'Amour Manifesté. L'amour qui réside en moi n'est qu'un point de départ. Vous devez vous incorporer à cet amour.

– Et comment fait-on ? intervint Wayne.

Les yeux de Philo se mirent à briller imperceptiblement comme si ses arguments avaient enfin convaincu :

– Pour acquérir la liberté totale de l'amour, il est nécessaire que vous mettiez vos idées rebelles de côté afin de ne plus vous assujettir qu'aux mots de l'amour. Si vous êtes d'accord pour le faire pendant un court laps de temps, alors, et seulement alors vous saurez que ce que je vous dis est la vérité. Vous pouvez être l'un de ceux qui ont fusionné dans l'amour. Comme je me suis soumis au Gardien et que vous vous soumettez à moi, nous nous soumettons tous à l'amour pour devenir Amour. Nous devenons alors ce qui est. « *JE SUIS CE QUE JE SUIS* », et cela est l'Amour.

– J'ai entendu dire que le nom de Dieu est « *JE DEVIENS* » plutôt que « *JE SUIS* », lui rétorquai-je.

– Comment puis-je devenir ce que je suis déjà ? demanda Philo. Si *JE SUIS* Amour, alors je ne peux pas le devenir. Où avez-vous entendu un tel non-sens ?

– Ce sera dans mon livre.

– Voilà une doctrine extrêmement dangereuse. L'essence de la théorie de la Fraternité est que nous sommes, tout simplement. Il n'y a rien à devenir, car nous sommes des dieux et un avec Dieu et tout est déjà présent à l'intérieur de nous. La seule chose à faire est de rester nous, ce que nous sommes. Si vous vous soumettiez totalement à mon ashram pendant quelques jours, vous discerneriez la vérité de mes paroles.

– Je ne pense pas, dis-je en secouant la tête, et toi Wayne ?

– Je ne soumets pas ma volonté à rien ni à personne, persista Wayne.

– Leur demandez-vous d'abandonner leur libre arbitre ? s'étonna Elizabeth.

Philo s'autorisa un petit rire :

– Grand Dieu, non ! je ne pourrais pas vous enlever votre libre arbitre même si je vous y forçais ! Comme toute chose dans votre soi intégral, votre libre arbitre « *EST* », simplement et ne peut pas disparaître. Tout ce que je vous demande est de me laisser l'opportunité de vous offrir un merveilleux cadeau. Permettez-moi de vous donner un exemple.

Imaginons que vous désiriez apprendre à faire du ski tout seul. Vous n'y arrivez pas et vous tombez sans arrêt. Finalement, vous rencontrez un instructeur chevronné qui accepte de vous donner des leçons à une condition : vous devez obéir à tout ce qu'il vous dit de faire pendant toute la durée du cours, jusqu'à son terme. Vous n'avez ensuite plus besoin des conseils d'un moniteur et vous utilisez votre propre libre arbitre pour skier avec plus de liberté qu'auparavant, qui sait, devenir moniteur si vous le désirez. Maintenant, laissez-moi vous poser une ou deux questions : avez-vous, pendant la durée ce cours, perdu votre liberté de choix ?

– Je ne pense pas, approuva Elizabeth, je suppose que je pourrais me retirer si je n'étais pas satisfaite.

– C'est exact. Mais, en supposant que vous alliez jusqu'au bout, ne croyez-vous pas vous vous sentiriez plus épanoui qu'auparavant maintenant que vous êtes capable de descendre des pentes qui vous étaient autrefois inaccessibles ?

– Probablement.

Philo fixa alors intensément Elizabeth :

– Même si vous vous soumettiez à moi en tant qu'instructeur, je pourrais vous mener à connaître un amour plus grand que tout ce dont vous avez pu faire l'expérience. Puis, après une courte période, votre indépendance tout comme votre joie de vivre en seraient décuplées.

– C'est trop beau pour être vrai, laissa-t-elle échapper en rougissant.

Elle se tut pendant un court instant, puis :

– Comment puis-je dire une chose pareille ? Rien n'est trop beau pour être vrai !

– Voilà comment il faut penser ! Et puis, un autre bénéfice que vous tirerez de mon enseignement : quand vous serez en mesure d'être un avec Tout l'Amour Qui Est, vous serez invulnérable à toute autre attaque de négativité pouvant ramener la dague spirituelle. Vous ne pourriez plus jamais retomber malade.

– Voilà qui est vraiment tentant ! dit-elle en souriant.

– Ça ressemble surtout à un écran de fumée bien commode pour contrôler l'esprit, intervins-je sans sourire.

– Vous avez décidément trop de peurs ! me lança Philo, réprobateur. Vous voyez des croque mitaines à tous les coins de rue… Mon but est de vous donner plus de liberté et non de vous en priver ! Comme je l'ai déjà dit votre libre arbitre est un cadeau divin. La crainte de le perdre facilite la matérialisation de cette peur.

– Et toi, Lance, tu as suivi ce cours ? s'enquit Elizabeth.

– C'est-à-dire… Je n'en suis pas sûr, remarqua ce dernier, regardant Philo. Tu m'as appris beaucoup de choses mais peut-on dire que j'ai suivi le cours ?

Philo eut un sourire.

– Tu suis le cours depuis l'instant où nous nous sommes rencontrés, mon frère. Toi, il te suffit d'être en présence du moniteur et de l'imiter pour apprendre à skier. C'est une autre méthode, mais un enseignement intense et court accroît considérablement le bénéfice de l'apprentissage… et c'est ce que je suggère maintenant. Je propose à tous ceux que cela intéresse de partager un stage de trois jours. Après cela, vous ressentirez ce que je ressens et vous verrez ce que je vois.

– Comment être sûrs que vous n'allez pas nous laver le cerveau ? le somma Wayne.

– Regardez Lance, il est toujours le Lance que vous avez connu, juste un peu plus lumineux.

– En tout cas, remarquai-je, je ne l'avais jamais vu avaler tout ce qu'on lui raconte pratiquement sans preuve !

– D'aucuns penseraient que c'est une bonne chose, et non le contraire… susurra Philo, tout doucement.

– D'aucuns peut-être, mais pas la majorité, résistai-je.

– Quoi qu'il en soit, voilà ce que je propose. Nous allons rester ici pendant quelques jours. Pensez-y ce soir et donnez-moi votre réponse demain. Nous pourrons alors commencer, si vous le décidez, quant à moi, je déclare que vous êtes prêts.

– Pour moi, assurai-je, c'est tout décidé, on verra ça une autre fois.

Philo se retourna vers Elizabeth :

– Et vous, quel est votre choix ?

– Je ne sais pas…

– Vous devez vous faire votre propre idée sans prendre l'avis de votre mari à tout bout de champ ! la rabroua-t-il sur un ton péremptoire. N'oubliez jamais ceci : l'exploration de l'amour ne peut vous apporter qu'un grand bonheur, voire même vous aider à vaincre la maladie, mais certainement rien de mauvais ne peut vous être révélé. Rappelez-vous que le malaise est réservé à celui qui vit mal à l'aise, ou pas à l'aise avec l'énergie de l'amour.

– Je vais y réfléchir, répondit-elle le regard baissé, sur un ton réservé.

– Tu ne parles pas sérieusement, l'interpellai-je, il brasse du vent ! Pour une raison que j'ignore, il cherche juste à nous avoir sous sa domination.

– Tu as besoin de te calmer, me fit remarquer Lance. Frère Philo essaie juste de t'enseigner à mieux jouir de ta liberté, non pas à te la prendre.

Je me levai :

– Je le sens dans mes tripes, ce type n'est pas clair. Il prépare quelque chose et va savoir pourquoi, il a des vues sur ma femme.

– Voudrais-tu baisser d'un ton ? me sermonna Elizabeth, je commence à me sentir gênée, à la fin !

Je regagnai mon siège.

– Détendons-nous tous et respirons profondément, déclara Philo, les bras écartés. Il n'y a pas d'urgence, nous pourrons décider demain calmement. A propos, vous êtes invité à suivre mon cour, Wayne ! Qu'en pensez-vous ?

– Je pense que vous racontez beaucoup de conneries, lui rétorqua-t-il, mais je suis curieux de voir ce que vous avez à offrir et comme je n'ai pas la moindre crainte de me départir de mon libre arbitre à votre profit, il se peut que je vienne histoire de voir de quoi il retourne.

– Très bien, c'est résolu. Nous commencerons à huit heures demain soir, déclara Philo sourire aux lèvres.

– Ne deviez-vous pas attendre la réponse d'Elizabeth ? opposai-je.

– Intérieurement, elle a déjà décidé. Elle se joindra à nous demain et je soupçonne que vous y serez aussi pour garder un œil sur elle, après tout vous êtes déjà sur place.

Je tentai de deviner à l'expression de son visage ce qu'Elizabeth ressentait, mais elle évitait mon regard. J'avais l'impression de jouer aux échecs avec ce type et il venait de me placer dans une position délicate. Il pensait être sur le point de me mettre échec et mat, mais je n'avais pas l'intention de me rendre aussi facilement. Je devais le battre pour sauver Elizabeth, quelque chose me disait qu'elle était en danger.

XIV

LA CONFRONTATION

Le reste de la soirée fut consacré à débattre de thèmes philosophiques et Philo s'evertua à vouloir nous démontrer que l'amour était la réponse à tout. Il défendait la théorie que nous n'avions nul besoin de nous poser de questions, il nous suffisait simplement de faire l'expérience de l'amour selon ses critères et toutes nos interrogations trouveraient automatiquement leur solution.

Après le départ de Wayne, Philo passa deux heures avec Elizabeth à lui expliquer les choses qu'il consignait dans son journal. En temps normal, ça ne m'aurait pas affecté le moins du monde, mais elle avait pour lui une attention inhabituelle et buvait ses moindres paroles, donnant l'impression qu'elle avait relégué Jean au second plan. Je ne parvenais pas à imaginer comment elle pouvait, ne serait-ce que l'espace d'un instant, ne pas se rendre compte qu'ils n'appartenaient pas à la même catégorie. Son manque de discernement me troublait au plus haut point et indiquait une régression de son état de conscience. Elle semblait être quelqu'un d'autre depuis l'arrivée de Philo.

Le jour suivant, je fus heureux de la décision de Lance d'aller présenter Philo à des amis. Pendant leur absence, je sentis qu'Elizabeth attendait le cours avec impatience. Je pris la décision d'y participer moi aussi dans la mesure où elle y serait et force m'est de reconnaître que mes motifs relevaient plus de ma méfiance à l'égard de cet homme que de l'intérêt que je portais à son enseignement.

Ils revinrent tous les deux en fin d'après-midi. Lance était tout excité à propos de deux autres filles dont ils avaient fait connaissance au *Ram Pub* où ils avaient fait une halte sur le chemin du retour. Pendant le dîner, nous nous appliquâmes à évoquer des sujets sans importance. La seule chose insolite fut la flatterie excessive de Philo pour Elizabeth. A l'entendre, elle avait préparé le repas le plus fin qu'il lui ait jamais été offert et puis, elle avait l'air si extraordinairement belle et rayonnante depuis qu'il avait retiré la dague de son dos. Son aura était maintenant dorée et vibrante alors qu'auparavant, elle avait des zones obscures de toutes parts. Je me sentis particulièrement nerveux lorsqu'il attira son attention sur le danger qu'un de ses proches pourrait déclencher le retour de la dague. Je savais que c'était une façon subtile de me mettre en cause, mais qu'il nierait si je lui en faisais la remarque.

A huit heures un quart environ, comme prévu, Wayne arriva :

– Oh ! là, là... C'est spectaculaire, les gars, vous êtes transfigurés ! lança-t-il à la cantonade, l'air railleur. Vous êtes lumineux, je dois avoir manqué le cours !

– J'ai bien peur que non, lui rétorquai-je. Nous t'avons attendu.

– J'ignore si c'est bon ou mauvais signe, mais on ne va pas tarder à le savoir, commenta-t-il.

Quelques minutes plus tard nous signalâmes à Philo que nous étions prêts à commencer. Il prit le temps de finir sa tasse de thé et ordonna à ma femme :

– Trouvez-nous cinq coussins et disposez-les au milieu, sur le sol.

Elizabeth s'exécuta et plaça les cinq coussins sur le tapis au centre de notre salle de séjour. Philo en prit un sur lequel il s'assit dans la position du lotus. Il nous invita ensuite à nous installer en cercle autour de lui, nous enjoignant alors de nous avancer davantage et d'ouvrir nos mains, paumes en l'air, ce que nous fîmes.

– Encore plus près, insista-t-il. Une partie de votre corps doit être en contact avec la circonférence de mon aura.... Voilà... Maintenant, si vous restez immobiles pendant quelque temps, vous allez ressentir une chaleur irradier jusqu'à vos mains.

Nous attendîmes. J'y mis beaucoup de bonne volonté. Je crus ressentir quelque chose, mais je n'aurais pas pu affirmer qu'il s'agissait vraiment de la chaleur en question ou d'un effet psychologique. J'étais dans cet état quand j'entendis soudain Lance s'exclamer :

– C'est extraordinaire ! J'ai les mains qui brûlent !

– Et vous, Elizabeth ? questionna Philo ?

– Je crois...

– Coupez-vous de tout ce qui peut vous distraire et concentrez-vous. Vous la sentirez augmenter. Maintenant, tout le monde reste silencieux pendant un moment.

Encore une fois, je décidai de donner à Philo une chance et je me concentrai. Je n'étais toujours pas convaincu de percevoir quelque chose qui sortît de l'ordinaire.

Philo reprit la parole :

– Maintenant, Elizabeth, dites-nous ce que vous sentez.

– Je suis sûre que j'ai plus chaud.

– Continuez à vous focaliser et vous aurez la même sensation que Lance. Ce que Lance et Elizabeth perçoivent est la radiation d'amour pur qui émane des Gardiens à travers moi vers tous ceux qui sont ouverts. Et vous, Joseph, que ressentez-vous ?

– Honnêtement, je n'en sais rien. Il est possible que je perçoive quelque chose mais c'est peut-être de l'auto-suggestion.

– Je crois que c'est une sensation physique, dit Wayne. Il me semble que je distingue une légère chaleur émanant du corps de Philo. Il n'y a rien de mystérieux là-dedans.

– Vous avez juste à vous ouvrir tous les deux, assura Lance. Aucune chaleur corporelle ne peut brûler à ce point. Je peux vous assurer que c'est à la limite du supportable ! Il est impossible pour un corps de produire une telle chaleur.

– A moins que tu sois sous influence, affirmai-je.

–Je ne crois pas, rétorqua Elizabeth. Je sais que je ne suis pas hypnotisée et je distingue une température inhabituelle. Je suggère que nous laissions à Philo une chance de démontrer ce qu'il veut prouver.

– Continuez à vous concentrer sur la chaleur, dit celui-ci. Quant à Joseph et Wayne, je vous conjure d'oublier vos blocages et de la laisser pénétrer votre soi intérieur de façon à ce que vous puissiez être un avec nous.

– Il a raison, approuva Lance. Je l'ai vu faire ça avec quarante personnes et il n'y en a pas eu une seule qui n'ait ressenti le feu de l'amour de Philo. Tous les deux, vous empêchez l'énergie de circuler harmonieusement. Détendez-vous, décontractez-vous, faites quelque chose !

– Je n'en ai rien à faire si un million de personnes ont vu Jésus mener la parade le jour de la fête nationale en Volkswagen, s'énerva Wayne, je ne le croirai pas jusqu'à ce que j'ai pu le confirmer personnellement.

– Et probablement qu'avec cette attitude vous passerez à côté du Second Avènement, dit Philo. Continuons. Concentrez-vous sur la chaleur et mettez vos pensées négatives en suspens pendant quelques instants.

– Sentez-vous la chaleur augmenter, Elizabeth ?

– Je pense que oui.

– Regardez-moi droit dans les yeux, ordonna-t-il.

Elle essaya mais cligna des paupières plusieurs fois.

– Ne détournez pas votre attention. Regardez-moi !

Dès lors qu'elle tenta de lui obéir, il se rapprocha d'elle jusqu'à ce que leurs visages ne soient plus qu'à moins d'un mètre l'un de l'autre. Il continuait de la fixer :

–Nos auras sont maintenant entremêlées. Tout comme les Gardiens remplissent la mienne du feu de leur amour, de la même manière, à mon tour, je remplis la vôtre du feu de mon amour.

Il tendit la main et toucha le front d'Elizabeth, puis d'une voix très emphatique :

– Sentez le feu de l'amour !

Après quoi, il la poussa en arrière d'un geste théâtral qui me rappela les *guérisseurs de la foi* que l'on voit à la télévision.

Alors Philo se leva, suivi de Lance, et se mit à psalmodier très fort :

– Le feu – le feu – le feu brûle en moi – il brûle – il brûle. Répétez avec moi ! tandis qu'il répétait encore et encore…

Lance se joignit à lui, puis Elizabeth. Avec Wayne, nous observions la scène, sceptiques. Puis, attrapant Elizabeth par les épaules et plongeant dans ses yeux, Philo hurlait :

– Sentez-vous la chaleur ?

– Oui, répondit-elle doucement.

– Parlez plus fort !

– Oui, je la sens.

– Êtes-vous prête à faire le pas suivant vers l'amour intégral ?

– Je crois, dit-elle.

– Vous devez être sûre ! répéta-t-il en élevant la voix encore une fois.

Il tourna la tête vers Lance et lui demanda :

– Lance, désires-tu t'engager dans l'amour total ?

– Tu sais que je te suis, confirma ce dernier, enthousiaste.

Philo s'adressa alors à Elizabeth :

– Et vous ?

– Oui, je le désire, dit-elle finalement.

– Et en réalisant votre engagement vous connaîtrez l'Amour Divin.

Tout le temps que dura cet échange, je me sentis très mal à l'aise et je fus tenté de m'interposer pour mettre fin à cette séance de suggestion. Deux choses me firent hésiter. La première, j'étais conscient qu'Elizabeth serait contrariée de mon intervention et la seconde, une force impressionnante autour de Philo produisait sur ma volonté une sorte de barrage, un affaiblissement de ma détermination. Des pouvoirs étaient en jeu qui ne pouvaient être contrés et neutralisés que par une force spirituelle de grande intensité. Je pressentais que cette même énergie agissait actuellement sur Wayne en forçant son consentement.

Philo se tourna alors vers mon ami :

– Et vous Frère Wayne ? Désirez-vous vous engager dans l'amour total ?

– J'imagine que ça ne peut pas faire de mal, dit-il, j'accepte.

– Il s'agit plus que d'accepter, répondit Philo. Il faut que vous prononciez un engagement d'amour divin.

– J'ai dit que j'acceptais.

– Mais j'ai besoin d'un oui très clair de votre part !

– O.K, la réponse est oui. Finissons-en, dit Wayne.

– Très bien, exprima Philo avec une évidente satisfaction dans la voix.

– A vous, Joseph. Désirez-vous compléter le cercle et prononcer votre serment ?

– Je suis déjà engagé, rétorquai-je.

Pour la première fois, Philo eut l'air un peu surpris :

– Avez-vous déjà parlé avec les Gardiens ?

– Je ne sais pas qui sont ces Gardiens, mais je suis déjà engagé dans l'amour divin.

– Si vous n'avez pas pris d'engagement directement auprès des Gardiens ou de l'un de leurs représentants, vous n'êtes pas, dans ce cas, pleinement impliqué dans l'amour divin.

– Je ne peux pas être plus impliqué que de la façon totale et entière qui est la mienne, j'ai un engagement personnel à remplir dont l'objectif est précisément l'amour divin, quoi que cela suppose ! argumentai-je.

– Alors dites-moi oui, m'ordonna Philo, car je suis le représentant de l'amour divin.

– Si je dis oui, à *quoi ou qui* suis-je en train de donner mon accord ? Qu'attendrez-vous de moi ?

Apparemment plus calme, il revint à la charge autrement :

– Rappelez-vous l'histoire du moniteur de ski. Un instructeur expérimenté n'est pas tenu d'expliquer tous les détails de son cours à l'avance. Cependant, la confiance de ses élèves est indispensable. Il vous suffit d'abandonner les bagages qui vous encombrent et de vous en remettre à moi. Tout le monde ici a fait une promesse, votre tour est venu.

– Je n'arrête pas de vous dire que j'ai déjà fait cette promesse !

– Mais, je peux discerner à votre aura, mon ami, que vous transportez depuis des années une grande quantité de négativité. Il est impératif que vous lâchiez prise et que vous laissiez les autres vous venir en aide. Vous êtes trop violemment indépendant ! Libérez-vous de cet individualisme et fusionnez dans l'énergie du groupe.

– Un brin d'indépendance est une bonne chose, insistai-je, campé sur mes positions.

Alors que je regardais en direction de Philo, je ressentis une Présence familière, la Présence dont j'avais fait la connaissance avec Jean dans la Nouvelle Jérusalem. Je m'évertuai à me synchroniser avec elle et je commençai à distinguer l'aura de Philo. J'eus la surprise de constater que la description qu'il venait de faire, me concernant, s'appliquait à lui. Au-dessus de sa tête apparut un lourd nuage obscur et, autour de son corps circulait une masse rouge, brune et d'un bleu passé laissant distinguer des zones noires. J'enregistrai instantanément que l'homme souffrait d'une véritable carence de compréhension à propos de l'amour spirituel, ainsi que je l'avais soupçonné. Des mots se formaient dans mon cœur et dans mon intellect disant : « *Ne doutez pas de ce que vous recevez et qui provient de la plus haute partie de vous-même.* »

Après un deuxième regard je remarquai un cordon gris bleu remontant depuis la partie inférieure de son dos pour s'étendre jusqu'à l'infini. Je présumai que c'était la corde d'argent mentionnée dans de nombreux ouvrages métaphysiques ainsi que dans la Bible.

Cette révélation me permit de lui répondre :

– Je pense, mon ami, que vous faites de moi un portrait qui vous conviendrait parfaitement.

Philo, confondu, s'immobilisa. J'avais l'impression très distincte qu'il ressentait une forte impulsion de me sauter à la gorge et qu'il y aurait volontiers cédé si cela avait pu l'aider à atteindre ses objectifs, mais il se contrôla et dans un calme maîtrisé, me répondit :

– L'Amour ne connaît pas l'obscurité, il la dissipe. Puisque vous ne désirez pas vous engager auprès d'une personne apte à vous enseigner, seriez-vous assez aimable de quitter ce cours et d'aller dans une autre pièce de façon à ce que nous puissions continuer ?

– Non, rétorquai-je. Pas tant qu'Elizabeth est ici en votre compagnie. Si elle désire se retirer avec moi, alors je vous laisserai tranquille pendant un moment encore, dans le cas contraire, je resterai auprès d'elle.

Elizabeth réagit :

– Tu es un peu sur-protecteur, mon cœur. Je crois que je suis capable de prendre soin de moi-même, Frère Philo ne me veut aucun mal.

– Je m'en moque, répliquai-je, si tu restes, je reste aussi.

– Alors, pourquoi ne fais-tu pas comme tout le monde ? intervint Lance. De cette façon, nous pourrons poursuivre le cours tel que prévu.

– Si mon engagement personnel d'amour n'est pas assez bon pour Philo, c'est un problème qu'il doit résoudre avec moi. C'est mon dernier mot. La balle est dans votre camp, Philo.

Il avait l'air contrarié.

– J'enseigne en temps normal en terrain amical. Ceux qui ne sont pas d'accord, si tel est le cas, s'en vont avant que nous ne passions à la phase suivante. Toutefois, étant donné que vous êtes chez vous, je ne peux pas vous forcer à partir. Nous allons donc reprendre mais je vais vous demander de me respecter en tant que professeur et de participer en gardant l'esprit ouvert. Si vous acceptez, vous verrez la sagesse dont je fais preuve.

– Je suis généralement d'un tempérament très coopératif, lui signalai-je.

– Très bien. Vous avez perturbé notre état d'esprit, mais nous allons recommencer.

Philo réitéra son programme consistant à nous amener à ressentir la chaleur et termina en exigeant un engagement de la part de Wayne, Lance et Elizabeth. En fin de compte, il revint à la charge :

– Joseph, êtes-vous maintenant prêt à faire une promesse d'engagement général d'amour et d'unité ?

– C'est bon, je pense que je peux faire ça.

– Bien. Nous allons donc avancer en assumant que vous êtes engagé à cent pour cent et suivre le guide vers de nouvelles aventures de connaissance et d'expérience.

Je décidai de me taire.

– Une des choses essentielles, enchaîna Philo, qui nous empêche d'expérimenter la plénitude de l'amour découle du fait qu'il existe un voile entre nous et notre véritable soi. Ce voile d'opacité se manifeste à nous de bien des façons et sur bien des niveaux. Sur les plans subjectifs, nous mettons l'amour à part en compagnie des préjugés, de la haine, de la jalousie, de la possessivité et des autres sentiments du même ordre. Cette attitude possède une contrepartie au niveau physique. C'est le même comportement dont nous faisons preuve pour dissimuler notre véritable moi derrière des vêtements négatifs sur le plan spirituel et sur le plan physique. L'habillement est le symbole de la tentative de l'humanité à camoufler ce qu'elle est réellement. La vérité est que le physiologique peut bénéficier de la guérison en éliminant les causes sur les plans spirituels et le spirituel peut, à son tour, se rétablir en pratiquant des corrections au niveau du physique. Sur ce dernier plan, le véritable travail est freiné par des idées préconçues et des résistances, néanmoins une fois ces obstacles écartés, il devient beaucoup plus facile de progresser à tous les autres échelons.

Je commençai à voir où il voulait en venir, mais je ne savais pas bien comment j'allais m'y prendre pour l'en empêcher.

– Votre premier pas, poursuivit Philo, est le plus important et le plus difficile. Vous devrez mettre de côté tous les préjugés qui sont les vôtres. Ensuite, la partie physique est très aisée et conduit à une délivrance agréable et inattendue, à la liberté d'explorer l'amour véritable.

Il se mit debout et déclara :

– Nous allons nous délester du symbole physique qui dissimule en son sein l'amour authentique.

Puis, il se dévêtit alors complètement. Se tenant devant nous totalement nu, il enchaîna :

– Vous voyez comme cela m'a été facile. Dans la mesure où nous sommes débarrassés de nos principes et idées préconçues, il ne nous coûte rien de nous défaire ce qui cache notre authenticité physique. Il ne m'a fallu qu'un effort minimum. De même, sur le plan spirituel cela nécessite très peu d'énergie pour découvrir une véritable plénitude d'amour. La raison pour laquelle j'ai demandé un engagement de votre part est que nous résistons tous à l'expérience en raison même de notre rigidité. Ce serment que vous avez fait vous permet d'écarter cette illusion et de mettre à nu aussi bien votre corps que votre âme. Vous avez donc fait la promesse de me suivre sur le chemin de l'amour et de déshabiller votre soi physique. Qu'en penses-tu Lance, es-tu prêt à faire face à ta promesse de vaincre tes préjugés ?

– Sûr ! s'exclama ce dernier, en se levant et se dévêtant sans la moindre réserve.

En plein milieu de sa séance de délestage, il interpela Wayne :

– Allez, joins-toi à nous. Tu n'es pas timide, n'est-ce pas ?

Wayne qui n'avait jamais eu la réputation d'être timoré, lança :

– Je ne vois pas vraiment un grand intérêt à tout ça, mais si Elizabeth ne se sent pas offensée, je suppose que je peux vous emboîter le pas, à titre expérimental.

– Considérez-vous qu'il y a là matière à être offensée ? demanda Philo à Elizabeth.

– Je ne crois pas.

Permission accordée, Wayne se mit à son tour à retirer ses vêtements.

Philo regarda Elizabeth fixement :

– C'est à vous maintenant de dénuder votre corps physique, symbole de votre premier pas pour libérer l'amour et vous dégager pour toujours de ce qui vous entrave.

Elle se tourna vers moi et je lui décochai un regard démontrant clairement mon désaccord.

– Ne cherchez pas d'approbation à l'extérieur, dit Philo. Regardez à l'intérieur de vous-même et ce qui s'y trouve ne demandera qu'à aller au devant du feu de l'amour. Sentez-vous le feu ?

– Oui, dit-elle.

– Êtes-vous à la recherche de L'Amour ?

– Oui.

– Donc dénudez votre véritable soi.

J'étais écœuré de cette tentative visant à contrôler ma femme, mais mon intuition m'ordonnait de ne pas interférer avec le libre arbitre d'Elizabeth.

– Si mon mari le fait, je le ferai aussi…

– Je ne vois aucun intérêt à ceci, déclarai-je, pour moi ce n'est qu'un subterfuge de domination et de bourrage de crâne.

– Ne sois pas ridicule, plaida Lance… J'ai participé à des groupes avec Frère Philo plusieurs fois et je t'affirme que ça n'a rien à voir avec ce que tu penses. Ce cours est une initiation à la libération.

– Tu peux te balader dans le centre commercial nu comme un ver si ça te chante, mais je n'ai aucune envie de prolonger cette comédie.

– Je trouve ça un peu stupide, moi aussi, lança Wayne, mais j'ai donné mon accord pour tenter l'expérience et voir si quelque chose d'intéressant se produisait. Qui sait ? Poursuivons, nous verrons bien.

J'étais surpris d'entendre mon ami Wayne s'exprimer de la sorte. Il est généralement encore plus récalcitrant que moi à toute forme de manifestation. Peut-être ne voyait-il pas la situation depuis cette perspective.

Philo s'adressa encore une fois à Elizabeth :

– Vous prêtez trop d'attention aux voix du dehors. Soyez attentive à ce qui se passe en vous et prenez votre décision. Je sais que vous aimez votre époux, mais vous ne devez pas laisser ses pensées gouverner votre vie.

– Je me sentirais plus à l'aise si Joe se déshabillait aussi, répondit-elle.

– Ouais… Quel est ton problème ? me jeta Lance. Je ne savais pas que tu étais si pudique.

– Vous m'avez tous vu tout nu à l'exception de Philo, donc ce n'est pas un problème. Vous pouvez penser que je suis vieux jeu, mais je considère que le corps de ma femme est destiné aux yeux de son mari uniquement, et même si elle n'était pas impliquée, je suis contre toute action dont le seul but est de s'approprier le pouvoir, comme cela semble être le cas.

Philo laissa échapper un ricanement semblable à celui d'un professeur en réponse à quelque remarque stupide d'un de ses étudiants. Puis, il ajouta :

– Mon pauvre ami, vous divaguez ! Vous avez vraiment un comportement arriéré… De toute la création, l'homme est le seul animal qui porte des vêtements. C'est parfait quand nous avons besoin de chaleur, mais pas quand c'est pour nous dissimuler. La première étape pour découvrir qui nous sommes dans le monde authentique de l'esprit est de révéler qui nous sommes dans le monde physique. Lorsque nous nous avérons capables d'abattre les barrières dont nos vêtements sont le symbole et d'être vrais dans nos rapports les uns aux autres, seulement alors pouvons-nous établir une relation plus élevée au plan spirituel. Notre but n'est pas celui de la luxure, nous ne cherchons pas non plus à dominer l'esprit de votre femme, seulement à établir un contact de plus haute qualité. Débarrassez-vous de vos peurs et de votre possessivité et soyez un avec nous.

– Je choisis de ne pas le faire et cela vient de mon soi intérieur.

– Mais, pourquoi ne pas essayer, juste cette fois ? Quel mal peut-il y avoir ? appuya Elizabeth. Si Philo nous fait découvrir quelque chose, nous aurons eu une expérience intéressante et sinon, il n'y a rien à perdre ! Je suis persuadée que ces types ont vu des femmes nues bien plus belles que moi !

– Ce qui est en jeu ici est beaucoup plus important que le fait de se déshabiller, dis-je. Ce type a un programme dont l'appropriation et la manipulation ne constituent qu'une première étape.

Philo gloussa :

– D'où vous vient cette paranoïa ? Je ne pourrais vous contrôler quand bien même je le voudrais ! Lance me suit depuis quelque temps déjà, et je serais incapable de le manœuvrer même si je le désirais. En vérité, vous avez des inhibitions au sujet de la nudité et il est important que vous regardiez ce préjugé en face si vous tenez à faire preuve d'honnêteté sur le plan physique.

– Et s'il avait raison ? En y réfléchissant, que pourrait-il y avoir de mauvais ? insista Elizabeth. Il ne s'agit pas d'une orgie !

– Très bonne déduction, ponctua Philo. Par ailleurs, n'oubliez pas que vous vous êtes engagée personnellement à suivre ce cours ! Si vous voulez honorer votre promesse, nous ferions mieux de poursuivre.

– Elle n'a pas promis de se déshabiller avec vous ! affirmai-je.

– Oh, mais si ! Elle a prononcé un vœu formel d'amour total et la première phase est une complète honnêteté. Pour être parfaitement sincères, nous devons révéler qui nous sommes au plan physique. Honorer sa promesse suppose qu'elle doit s'exécuter.

– Peut-être que j'ai donné ma parole…

– Mais pas à ce sujet ! m'entêtai-je. Tu n'as pas besoin de faire ça pour découvrir l'amour total, ça n'a aucun sens.

– Je déteste dire ceci, mais si vous vous obstinez à ne pas tenir votre serment, donc à briser la procédure, la dague va revenir avec la négativité et probablement votre maladie.

Elizabeth était sous le choc…

– Pourquoi dites-vous une telle chose ?

– Parce que rompre un engagement passé auprès d'un Maître Spirituel équivaut à briser le lien avec votre âme, et en l'absence de ce lien, votre maladie reviendra. Considérez les choses de ce point de vue : en terminant ce cours, vous assurez votre santé outre la découverte de la plénitude de l'amour. Par contre si vous n'allez pas jusqu'au bout vous pourriez bien retourner à votre état antérieur. Même si vous ne retirez rien de ce cours, vous n'avez rien à perdre et tout à gagner.

Là, c'en était trop !

– Ecoutez-moi bien ! Je ne sais pas très bien en quoi consiste votre objectif, mais j'ai décidé de mettre fin à vos jeux de pouvoir sur ma femme. Elizabeth et moi, nous allons nous retirer dans une autre pièce et vous laisser terminer votre séance d'amour. Vous nous préviendrez quand vous aurez fini.

J'attrapai la main d'Elizabeth et essayai de l'entraîner avec moi, mais elle résistait.

– Un instant ! objecta-t-elle. Tu prends des décisions à ma place. Philo pourrait bien avoir raison sur ce point : tu n'as pas à contrôler ma vie.

– Mais mon cœur, je croyais que tu commençais à y voir clair dans le jeu de ce type… J'avais l'impression que tu cherchais une porte de sortie.

– Même si je ne voulais pas participer, je ne veux pas non plus courir le risque de rechuter ! Je vais assurer ma sécurité en terminant ce cours. Puis, quand Philo repartira en Californie, nous ne le reverrons jamais et ce sera comme s'il ne s'était rien passé.

Elle éclata alors en sanglots :

– Ne comprends-tu donc pas que je ne veux pas que cette maladie revienne ?

Le moment était psychologiquement idéal, Philo l'attrapa par le bras :

– Voilà… Tout va bien… Je crois que vous avez besoin qu'on s'occupe de vous…

Il la tint serrée, tout contre lui pendant un long moment pour la réconforter.

Mon premier élan fut de le jeter dehors, mais je me retins et devant le spectacle de cet individu étreignant ma femme qui, quasiment envoûtée y prenait goût, je mis à réciter intérieurement une prière pour recevoir de l'aide. J'avais la sensation d'être pris au piège : si je tentais de la forcer, je pouvais me la mettre à dos et je risquais de la perdre. Je m'intériorisai davantage et ressentis une extraordinaire énergie spirituelle qui me fit basculer dans une sensation étrange et m'ouvrit les yeux sur une compréhension jusqu'alors inconnue.

Ce qui se produisit ne dura que deux ou trois secondes, toutefois, le contenu de l'information que j'en rapportai s'apparentait à la durée d'un film de deux heures : je me vis en chevalier du Temple, dans cette vie passée où j'avais été torturé par Elizabeth. J'étais attaché à un râtelier, dans la salle des supplices et, dans une pièce adjacente, Elizabeth, sous les traits du jeune inquisiteur qu'elle était alors conversait avec un certain Frère Philippi, une figure d'autorité au sein de l'église, devenu Philo dans la vie présente. Leur dialogue me fut ainsi révélé :

– Notre dernier sujet n'était pas un cas facile, affirmait Frère Philippi, mais juste avant de mourir il nous a fait savoir que ce chevalier est en possession des secrets que nous recherchons.

– Et comment saurai-je que j'ai trouvé ? demanda le jeune inquisiteur.

– Il sait très bien ce qu'on attend de lui. Contentez-vous de me communiquer tout ce qu'il vous révélera, pour aussi absurde que cela vous paraisse. Ne prenez pas sa vie tant que vous ne lui avez pas infligé toutes les souffrances nécessaires à lui faire dire tout ce qu'il sait.

– Nous lui avons déjà fait subir tant de douleurs… Croyez-vous vraiment qu'il soit besoin de poursuivre ?

– Ne vous avisez plus de discuter mes ordres, se fâcha Frère Philippi ! Rappelez-vous seulement ceci : ces chevaliers ont volé des objets et des écrits d'une valeur inestimable appartenant à l'église. Ils ne sont pas des voleurs comme les autres, ils ont dépossédé Dieu et nous devons faire tout ce qu'il faut pour rendre au Seigneur les objets du culte. Quelles que soient les souf-

frances que vous imposerez à ces chevaliers, elles sont un prix minime pour payer leurs crimes et rendre à l'église son intégrité. N'épargnez pas celui-ci : le fer rouge que nous allons lui appliquer est encore frais comparé aux feux de l'enfer que Dieu Tout-Puissant lui réserve pour l'éternité.

– Je ne doute pas de votre autorité, déclara le jeune inquisiteur. Je sais que vous parlez au nom du Pape qui lui-même s'exprime au nom de Dieu, je ferai ce que vous m'ordonnez, quoi qu'il m'en coûte.

– Souvenez-vous que vous ne devez révéler qu'à moi seul les informations que vous obtiendrez de lui et qui concerne l'église, lui confia Frère Philippi. Vous pouvez transmettre tout le reste aux représentants du Roi, mais s'il mentionne quoi que ce soit à propos de clochettes, d'écrits ou d'un calice, vous me réservez ce renseignement. Est-ce bien compris ?

– Oui.

Ensuite je découvris que frère Philippi était le fondateur d'une organisation secrète. Il la présentait comme un ordre confidentiel couvert par le Pape, ce qui lui donnait toute puissance et lui permettait de pratiquer sur les membres de ce groupe des techniques hypnotiques afin d'obtenir leur obéissance totale. Et pour le cas où l'un d'eux aurait pensé à le trahir, ils savait manier la peur : celle de la torture et celle de la menace des souffrances éternelles de l'enfer. Il me fut montré que, dans cette vie, Elizabeth, alors aux ordres de l'inquisition était une personne foncièrement bonne, mais qu'elle était impliquée dans cette organisation et avait été dupée par les méthodes de frère Philippi.

J'eus également la révélation que Wayne et Lance avait été tous deux chevaliers du Temple : le premier fut massacré ; le second y échappa en coopérant avec le Roi.

Puis, j'eus la vision d'autres vies, bien plus anciennes, où Elizabeth et moi avions déjà rencontré Philo de nombreuses fois, et rarement dans des situations agréables. Encore et toujours, il s'y appropriait l'autorité et l'utilisait pour se servir les autres. Il semblait attacher un intérêt tout particulier à briser la volonté de l'entité qui est actuellement Elizabeth.

Enfin, je revins vers le temps présent où me fut dévoilé que le pouvoir de Philo et de ses semblables diminuait inéluctablement car les gens, dans l'ensemble, devenaient plus indépendants. Je perçus que, dans le monde d'aujourd'hui, il ne s'appuyait plus sur une organisation quelconque ; il était devenu une autorité à part. En s'évertuant à détruire le libre arbitre de quelques âmes, il ambitionnait de consolider ses pouvoirs : s'il y parvenait avec ma femme, ce serait une victoire éclatante pour lui qui lui permettrait de devenir alors, assurément, un agent pleinement reconnu des Forces des Ténèbres.

A cet instant, la vision s'évanouit. Immédiatement, je m'avançai vers Elizabeth.

– Mon cœur, déclarai-je la saisissant par le bras et la tirant à moi, je sais qui est cet homme. Il s'appelait Frère Philippi et t'ordonnait de torturer les chevaliers du Temple et, encore une fois, il essaie de t'imposer sa volonté.

– Où as-tu été chercher pareille absurdité ? déclara-t-elle en s'éloignant de moi.

– Fais-moi confiance, juste cette fois. Il est Frère Philippi.

– Comment pourriez-vous savoir quoi que ce soit sur Frère Philippi ? intervint Philo.

A cet instant, je réalisai intuitivement qu'il savait parfaitement qui il était.

– Je sais qui vous êtes et ce que vous voulez, lui affirmai-je.

– Vous ne connaissez rien de moi et de la lumière que j'apporte, proféra-t-il d'un ton beaucoup plus posé que celui dont il avait usé quelques minutes plus tôt.

Wayne et Lance regardaient la scène, les yeux ronds.

– Si vous vous souvenez vraiment de moi, alors vous connaissez le secret de l'Arbre de Vie, enchaîna Philo, de même que la signification des clochettes. Dites-moi tout ce que vous savez et je libérerai votre femme de sa promesse.

– Je n'ai pas parlé à l'époque et je ne vous dirai rien maintenant.

– Êtes-vous vraiment la même entité que Frère Philippi ? Intervint Elizabeth, fortement ébranlée.

– Je ne sais pas qui est ce Frère Philippi, mentit Philo, mais dans des vies passées j'ai été le véritable gardien de l'Arbre de Vie et des clochettes que je suis censé retrouver dans cette existence. Si votre époux sait quoi que ce soit à leur sujet, il ferait bien de me le dire.

– Tout ce que vous avez le droit de savoir, l'informai-je, vous pourrez le lire dans mes futurs écrits. La seule chose que je vais vous dire est que je sais qui vous êtes. Vous n'avez pas obtenu ce que vous vouliez des chevaliers du Temple et vous ne l'aurez pas davantage aujourd'hui.

L'exaspération aidant, il avait du mal à contenir son impatience, mais bientôt il se maîtrisa.

– Vous avez mentionné que vous alliez écrire un livre sur un homme que vous avez rencontré, vieux de 2000 ans. Vous avez réellement rencontré quelqu'un, n'est-ce pas ?

– Je ne vous le dirais pas si c'était le cas.

– En voilà assez ! cria-t-il. Je me rends compte que vous n'avez pas la moindre intention de coopérer... Dans ce cas, je ne coopérerai pas non plus. Elizabeth ! Retirez vos vêtements immédiatement ou votre maladie va revenir.

– Ainsi, vous étiez Frère Philippi... répéta-t-elle, les yeux remplis de terreur.

– Qui j'étais n'a aucune importance ! répondit-il visiblement troublé. Vous avez donné votre parole et vous devez la respecter, sinon votre culpabilité amènera le châtiment avec le retour de votre maladie dans votre corps !

Menaçant, j'avançai vers lui :

– Elle n'a jamais promis de se déshabiller pour vous. Elle s'est engagée à aimer et c'est ce qu'elle a toujours fait. La seule promesse qu'elle doive tenir est d'aimer au mieux de ses possibilités et je sais que c'est exactement ce qu'elle fera toujours !

Sourd à mes remarques, il fixa Elizabeth en la défiant :

– Vous êtes apte à prendre vos propres décisions. Allez-vous vous joindre à nous dans l'honnêteté physique, oui ou non ?

– J'en doute. Si vous tenez à continuer ce cours, je vais accompagner mon mari dans une autre pièce, mais vous pouvez aussi partir et achever ailleurs. J'ai eu mon compte, j'en ai fini avec cet enseignement.

– Très bien, rétorqua-t-il. Il n'y a donc rien que je puisse faire pour vous aider. Cela ne me concerne plus. Vous allez rechuter très bientôt, c'est peut-être même une question d'heures. Je peux voir cette dague se planter en vous, à nouveau. Quand vous serez affaiblie, vous reviendrez vers moi, et vous devrez retirer vos vêtements pour recouvrer la santé.

– Je pense que le moment est venu pour vous de quitter notre toit, l'interrompis-je, glacial, vous venez d'atteindre le plus bas niveau imaginable.

Puis, j'enjambai ses frusques, les ramassai et les jetai à l'extérieur de la pièce.

– Je vais à la salle de bains. Lorsque j'en sortirai, je veux que vous et vos vêtements ayez disparu.

Comme je me dirigeai vers l'escalier, Lance s'efforça d'apaiser l'atmosphère :

– Attendez ! Juste une seconde… Je ne suis pas bien sûr de ce qui vient de se passer, je ne sais pas où est le problème, Joe. Nous sommes ici ensemble, Philo et moi. Il est plus qu'évident que les vibrations entre vous deux sont très mauvaises, alors voilà ce que je propose : passons la nuit ici et demain nous trouverons un autre endroit où loger jusqu'à notre départ. D'accord ?

– Je le ferai pour toi, Lance, parce que tu es mon ami mais je t'avertis : que ce type se tienne loin de ma femme !

Il conduisit Philo à la chambre d'amis, mais tandis que ce dernier traversait le pallier, il tourna la tête et jeta un regard à Elizabeth. Dans un sourire, sa bouche forma une courte phrase. Je crus lire sur ses lèvres : « *Vous êtes à moi.* »

Wayne s'était rhabillé et avait l'air un peu gêné, si tant est que ce soit possible ! Il en faut beaucoup pour l'intimider.

– Je dois reconnaître, commenta-t-il, que cette soirée s'est avérée plus divertissante qu'une orgie avec danseuses, champagne et tout ce qui s'ensuit. Il faut dire que Philo est un numéro. J'aimerais quand même connaître ses vrais motifs.

– Je peux te dire une chose en tout cas, ils n'ont pas grand chose à voir avec les enseignements de l'amour universel.

– Non, sûrement pas. Un grand nombre de prêcheurs et de disciples du Nouvel

Age utilisent l'amour pour leur propre bénéfice. Certaines choses ne changent décidément pas !

– Il y a beaucoup de charlatans, reconnus-je, mais il y a aussi quelques maîtres dignes de ce nom.

– C'est possible… Bien, je vais rentrer, conclut Wayne. Je te retrouve pour le petit déjeuner dimanche.

– J'y compte bien !

– Au fait, décocha Wayne mutin à Elizabeth, maintenant que tu m'as vu en costume d'Adam, j'espère que tes fantasmes ne vont pas nuire à ta relation avec Joe !

Elle avait retrouvé le sourire et un ton plus léger :

– Ça ne devrait pas poser trop de problèmes.

– C'est sûr, Wayne… enchaînai-je sur le même ton espiègle, ne t'en fais pas.

– Je voulais juste vous dire à quel point ça me préoccupait, c'est tout, dit-il tandis qu'il ouvrait la porte pour partir.

– Au moins Wayne n'a aucune malice, lui, confiai-je à Elizabeth. Mais, ce Philo, dès que je l'ai vu il m'a donné la chair de poule !

– Il me fait froid dans le dos encore maintenant, déclara-t-elle. Je ne comprends pas pourquoi je n'ai rien ressenti plus tôt.

– Il semblerait que tu as passé de nombreuses vies sous la coupe de ce type ! A la lumière de ce que nous savons maintenant, il est facile de voir pourquoi tu t'es laissée influencer.

– Probablement, reconnut-elle, mais je pense que j'aurais dû réagir bien avant. Heureusement que j'ai mon chevalier des temps modernes pour me venir en aide. Merci mon cœur.

Elle m'enlaça alors longuement et tendrement.

XV

Tentations

Nous nous retirâmes enfin dans notre chambre. Une fois couché, je restai immobile un long moment, méditant sur les sur les évènements de la soirée. Il y avait autour d'Elizabeth une atmosphère familière, différente de celle qui l'enveloppait depuis que notre *invité* avait fait son apparition : elle était redevenue la même tendre Elizabeth que j'avais toujours aimée.

– Je suis désolée, annonça-t-elle d'une manière inattendue, d'avoir cessé d'être, en présence de Philo, la personne que tu as épousée. J'ai longuement réfléchi à ces vies passées que Jean m'a fait voir. A présent, je réalise que Philo était Frère Philippi. Il me revient qu'il avait déjà un ascendant sur moi, par l'hypnose, technique dans laquelle il était passé maître. Dès notre présente rencontre, je suis tombée de nouveau sous sa coupe, exactement comme lorsqu'il a usé de son influence diabolique sur moi et sur d'autres aspirants pendant les assemblées secrètes, il y a des siècles. Aujourd'hui, tu as su me libérer de son emprise, comme tu l'as fait autrefois. Je me sens tellement stupide d'avoir à nouveau eu besoin de ton assistance, j'aurais dû être capable de plus de discernement.

– Il se pourrait que j'aie de l'influence de Philo sur toi une compréhension plus profonde que ce que tu perçois.

Je lui fis part des révélations qui m'avaient été faites.

– Vois-tu, il m'a été montré qu'il n'a pas seulement été Frère Philippi mais que nous nous sommes rencontrés de nombreuses fois au cours de plusieurs existences. D'une façon répétée, il a toujours désiré te dominer et, rappelle-toi qu'en ce temps-là il a presque atteint son objectif. Tu représentes un défi pour lui et c'est une attitude qu'il réitère vie après vie. J'ai la sensation qu'il veut te vaincre ou t'anéantir. Je ne suis pas persuadé qu'il ait définitivement tiré sa révérence.

– J'espère bien que si. Maintenant que je connais son identité, j'en ai des frissons.

Je devais bien reconnaître que l'idée d'avoir sous notre toit ce sinistre personnage ne me mettait pas très à l'aise, moi non plus.

– Me pardonneras-tu aussi de m'être éloignée de toi et d'avoir perdu le contact pendant tout ce temps ? dit-elle en se blotissant contre moi.

– Il n'y a rien à pardonner. Voilà comment je vois les choses : te souviens-tu du spectacle de cet hypnotiseur de foire ? Il avait convaincu un sujet que, même réveillé, celui-ci resterait sous le pouvoir de sa suggestion et que, chaque fois qu'il se gratterait la tête, le sujet se mettrait à caqueter et à battre des ailes.

Elizabeth était hilare rien que d'en évoquer l'idée !

– Sûr que je m'en souviens ! Dès que l'hypnotiseur se frottait le crâne, l'autre se levait et se prenait pour le roi de la basse-cour !

– Mais voici la partie intéressante : après que le sujet se fût ridiculisé, quand l'hypnotiseur lui demanda pourquoi il imitait le coq, te rappelles-tu ce qu'il répondit ?

– Il me semble qu'il a dit qu'il essayait simplement d'être drôle…

– Il s'est donc rendu ridicule à cause d'une suggestion subconsciente, mais comme il ne pouvait se souvenir de la véritable raison, il s'imagina que le caquètement était le fruit de son initiative. Les rires des gens présents le confortèrent dans l'idée qu'il était drôle. En réalité, il n'était pas lui-même tout en pensant être dans son état normal.

– Ainsi, je n'étais pas responsable d'être sous la domination de Philo ?

– En définitive, nous avons à répondre de toutes nos actions. Par exemple, le sujet n'aurait pas dû se comporter comme un poulet, même sous hypnose, si l'attitude en question avait été contraire à tous ses principes. Un individu peut être amené à faire des choses assez folles pour peu qu'elles n'aillent pas à l'encontre de son système de croyances. Philo parcourt le pays en enseignant l'amour, ce qui est une excellente chose, tout le monde en convient, en conséquence, sa technique hypnotique ne semble pas présenter matière à objection. Mais, à ton crédit, tu lui as résisté dès que tu t'es aperçue que quelque chose clochait.

– Oui, quand j'ai compris qu'il avait certainement été Frère Philippi, le charme s'est rompu. Une fois, tu as déjà essayé de m'hypnotiser et rappelle-toi que je ne m'étais pas montrée particulièrement sensible. Cette possession, cette transe, émanant de lui étaient beaucoup plus puissante que toutes les tentatives auxquelles je me suis prêtée. D'ailleurs, je suis toujours préoccupée par l'idée du retour d'une dague dans mon dos susceptible de ramener la maladie.

– Tu dois sortir cette idée de ton esprit.

Bien-entendu, plus elle s'y efforçait et plus l'idée l'obsédait.

– Que j'essaie de l'ignorer ou pas, cette pensée est présente avec force, comme si Philo était ici, avec moi !

– Nous allons donc devoir le faire partir, assurai-je.

– C'est mon vœu le plus cher, dit-elle en s'enfonçant dans le silence.

Au petit matin, des pas sur le palier me réveillèrent. Je crus tout d'abord que c'était quelqu'un qui allait à la salle de bains et je tentai de me rendormir. Il régnait néanmoins une atmosphère de malaise. Quelques minutes passèrent et je décidai de me lever pour voir qui était debout. Je descendis jusque dans l'entrée, allai dans la cuisine : il n'y avait personne. Puis, je remarquai de la lumière dans le salon et je m'y rendis. Etonné, je découvris Philo installé devant mon ordinateur. Je n'arrivais pas à croire au culot dont cet homme était capable !

– Nom d'un chien, mais que foutez-vous donc ici ?

Pris sur le vif, Philo bafouilla un prétexte :

– Rien du tout. Je ne pouvais pas dormir et j'ai décidé de me lever. J'ai vu que vous aviez un ordinateur et je me suis dit que ce serait une bonne idée de jouer un peu.

Il se leva alors du fauteuil et, bien qu'il se voulût discret, je remarquai qu'il mettait une disquette dans sa poche. A la réflexion que je lui en fis, il déclara en regardant le plancher :

– Oh... juste une disquette personnelle.

– Permettez que je vérifie ! ordonnai-je avec fermeté en tendant la main.

– Je ne pense pas devoir vous montrer quelque chose qui m'appartient...

– Oh, que si ! C'est la seule façon de voir si cet objet est vraiment à vous.

– Je ne crois pas... d'ailleurs je m'en vais.

Il tenta de sortir, passant près de moi comme si je n'existais pas. Le retenant par le bras, je lui ordonnai une nouvelle fois :

– Vous allez me montrer cette disquette ou je vais vous la prendre moi-même.

– Ne me touchez pas, lança-t-il en me repoussant, c'est compris ! Je vais débarrasser le plancher, o.k ?

– Pas avec cette disquette !

Il entreprit de me contourner. Je lui fis un croche-pied. Il trébucha et je coinçai sa tête entre mes jambes, en tenaille. Philo était surpris et furieux, il jurait et déversait des chapelets d'injures.

– Rendez-moi cette disquette et je vous libère.

– Vous n'avez aucun droit, elle m'appartient !

Pendant qu'il se débattait férocement pour se dégager de mon emprise, Lance apparut dans l'encadrement de la porte et cria à mon intention :

– Pour l'amour du ciel, que fais-tu à Frère Philo ?

– Il a subtilisé une de mes disquettes !

– Elle est à moi, hurla-t-il, aide-moi, Lance !

Ce dernier m'attrapa le bras et me le tordit :

– Allez, laisse-le ! m'ordonna-t-il.

– Seulement s'il accepte que je vérifie la disquette. Je suis certain qu'il a copié un de mes dossiers.

– Je suis sûr que Frère Philo ne s'y opposera pas, m'assura Lance en le regardant, n'est-ce pas ?

– O.k, c'est bon.

– Voilà, tu peux vérifier la disquette. Maintenant, lâche-le ! me conseilla Lance.

Contre mon gré, je desserrai mes jambes :

– Très bien, montrez-la moi !

Philo prit un moment pour se masser le cou et lentement alla chercher dans sa poche une disquette qui ne portait pas d'étiquette. Je savais que je possédais des disquettes vierges non identifiées, et je me dis que celle-ci pouvait bien être l'une d'entre elles. Je tendis la main :

Il fit mine de me la remettre mais, soudain, contre toute attente, il la brisa :

– Voilà ! Vous l'avez vue.

Lance n'en revenait pas :

– Pourquoi as-tu fait cela ?

– Parce qu'il est coupable, affirmai-je.

– Cette disquette contenait quelques-uns de mes écrits personnels qui ne doivent en aucun cas être révélés à quiconque, se défendit l'homme. Je ne pouvais pas permettre qu'ils tombent entre de mauvaises mains.

– Ce sont mes écrits personnels qu'elle contenait, m'exclamai-je, mais maintenant que vous l'avez détruite, comment pourrais-je le prouver ?

– Si Frère Philo dit que ce sont des documents privés, je dois le croire, dit Lance.

– Que se passe-t-il ici ? questionna Elizabeth en apparaissant à son tour :

– Une discussion amicale, m'empressai-je de répondre. Voudrais-tu faire le petit déjeuner de façon à ce que ces jeunes gens puissent s'en aller ?

– Certainement ! lança-t-elle avec de la curiosité dans la voix.

Tandis qu'Elizabeth était dans la cuisine et que Lance et Philo prenaient leur douche, j'examinai les dossiers sur mon ordinateur. Ainsi que je le constatai, la fenêtre ouverte sur l'écran de mon Mac contenait les principaux dossiers de notes à propos de Jean. La date d'accès était celle du jour, ce qui était bien la preuve que Philo l'avait consulté. « *Au moins, il n'emporte pas de copie, c'est toujours ça !* » pensai-je.

Pendant le petit déjeuner, nous traitâmes nos invités avec une franche cordialité. Lance s'organisa avec un ami pour loger chez lui et je les y conduisis. Dernier à quitter la voiture, Philo se retourna vers moi au moment où il allait sortir et murmura tout bas, le visage grimaçant :

– Je suis heureux de savoir que Jean est de retour ! Peut-être nous reverrons-nous prochainement.

– Je savais que vous aviez consulté ce dossier !

– Lu et mémorisé ! Je pense que ma route ne va pas tarder à me ramener vers Boise.

– Ces notes concernent une fiction que j'écris, dis-je pour faire diversion.

– Je n'en crois rien, s'écria-t-il jubilant en sortant de la voiture. A bientôt ! A propos, saluez Jean de la part de son vieil ami. Il saura de qui il s'agit.

Il riait sournoisement d'une façon inquiétante.

Je me sentais mal à l'aise sur le chemin qui me ramenait à la maison. J'attribuai cela à l'attitude de Philo mais quand j'ouvris la porte, je découvris le spectacle horrifiant d'Elizabeth assise sur une chaise, tremblant comme une feuille et sanglotante.

– Que se passe-t-il, mon cœur ?

– Je suis malade encore une fois. Je ne peux pas me lever !

– Ça ne durera pas. Je crois que tu as eu très peur, c'est tout.

– Mais je ne peux pas me lever ! C'est atroce je crois que je vais mourir.

Agenouillé près d'elle, je lui demandai de m'expliquer comment c'était arrivé. Elle hoquetait mais finit par se calmer :

– Quand tu es parti, je suis allée à la salle de bains et, dans le miroir, j'ai vu la dague.

– Que veux-tu dire ?

– Il y avait un poignard planté dans mon dos ! cria-t-elle de toutes ses forces, c'est vrai !

Je la pris dans mes bras et la berçai comme une enfant :

– Tout va rentrer dans l'ordre, ça va aller… Et ensuite que s'est-il passé ?

– Je me suis évanouie. Mon énergie a disparu instantanément… en une seconde.

Je la regardai droit dans les yeux et lui rappelai notre conversation sur l'hypnose et la façon de suggestionner les gens :

– Je pense que cet énergumène t'a influencée. Cette arme n'est pas réelle, c'est toi qui penses qu'elle l'est.

– Elle est véritable, je l'ai vue de mes yeux.

– Je sais que tu en es persuadée.

– C'est vrai ! Comment peux-tu ne pas me croire ?

Après avoir réfléchi soigneusement, je lui parlai doucement mais fermement :

– Je sais que c'est difficile pour toi, mais je te demande de m'écouter, s'il te plaît. Tu n'étais pas malade jusqu'à ce que tu aies vu la dague. Or, si elle était véritablement là, elle s'y trouvait avant que tu ne la découvres dans le miroir. Comment se fait-il que tu ne l'aies sentie qu'après l'avoir vue ?

– La seule chose que je sais est que je l'ai sentie dans mon dos après quoi une grande faiblesse s'est emparée de moi. Je sais que c'est arrivé, c'est tout ce que j'ai à dire.

– Il faut que tu réfléchisses bien à cette histoire, mon cœur. Voilà un autre cas où le mental doit contrôler les émotions. Ton intellect doit convaincre tes sentiments qu'ils sont victimes d'une méprise. Dans la mesure où tu penses que cette chose est vraie, elle a le pouvoir de la réalité.

– Je ne peux pas ! sanglotait-elle. J'ai vraiment vu le poignard, je le sens et je suis malade encore une fois. Ce que je pense n'a pas d'importance, il ne partira pas tout seul.

– Nous trouverons le moyen d'annihiler cette chose définitivement, affirmai-je.

– Je crois que je sais comment, annonça-t-elle une nuance d'espoir dans la voix.

– Et de quoi s'agit-il ?

– Si Philo retirait l'arme, je serais guérie et tout irait bien à nouveau.

Sa déclaration m'atteignit de plein fouet. Je savais intérieurement que toute assistance venant de lui ne pourrait qu'enfoncer ma femme plus profondément et la fourvoyer davantage.

Je la maintenais fermement :

– Je veux que tu m'écoutes. C'est dur à entendre mais voilà ce qui va se passer si nous faisons appel à Philo. Il va retirer cette dague imaginaire et tu ressentiras un soulagement éphémère. Puis, ton problème reviendra et, à chaque fois, tu devras demander son aide, encore et encore, jusqu'à ce que tu deviennes totalement dépendante de lui. En réalité, il n'y a pas de dague à retirer… Ne vois-tu pas que cette pensée négative a été introduite dans ton esprit et tu tombes dans le piège qu'il t'a tendue.

– Tu n'as pas idée de l'état dans lequel je me trouve, avoua-t-elle au milieu de son désespoir. Ma confiance a été ravivée plusieurs fois et je m'étais habituée à l'idée d'une guérison définitive. Et maintenant, regarde-moi ! Si c'est le sort qui m'attend, il aurait mieux valu que je meure et en terminer avec ce martyre. Après tout ce que j'ai vécu, je suis déterminée à récupérer ma santé et je suis certaine qu'il suffit pour ça de retirer ce poignard.

– Ma chérie, chacune de mes cellules me dit que nous ne devons pas appeler Philo ! Examine les souvenirs que tu as de lui dans cette vie passée et tu n'auras plus envie de le revoir à aucun prix. Je voudrais te rappeler que je dois voir Jean dans deux jours, je pense qu'il sera en mesure de nous aider. Je te demande de me promettre d'attendre au moins jusque là.

– N'oublie pas que Lance et Philo prennent l'avion jeudi pour retourner en Californie, il pourrait être trop tard alors.

– Est-il, selon toi, plus logique de faire confiance à Philo qui est l'ennemi juré du bien depuis d'innombrables existences plutôt qu'à Jean, serviteur inconditionnel de l'humanité depuis deux mille ans ?

– Pour moi ça n'entre pas en ligne de compte. J'ai peur et si je peux me défaire de cet objet, cette frayeur ainsi que ma maladie s'en iront.

J'étais exaspéré, cependant je faisais de mon mieux pour lui expliquer que Philo n'avait su que la remplir de terreur alors que Jean avait toujours apporté paix, amour et lumière et généré en nous des sentiments sacrés et spirituels. Je l'invitai à s'interroger sérieusement sur la personne à qui elle s'apprêtait à faire confiance et surtout à ne pas se laisser gagner par la panique.

– C'est facile pour toi, tu n'es pas malade !

– Je pense que ce serait plus facile pour moi si j'étais celui que la maladie frappe ! Tu ne sais pas à quel point je suis malheureux pour toi quand je te vois traverser de telles horreurs. Même si je désire plus que tout te voir guérie pour de bon, je ne crois pas que nous devons faire appel à cet homme. Attendons jeudi, je t'en prie. Si Jean n'a pas de réponse ou un sérieux espoir à nous offrir, je suis prêt à payer un billet d'avion pour que Philo revienne si nécessaire. Que penses-tu de ma proposition ?

– J'essaierai de tenir, mais j'ai l'impression que mon état empire à chaque instant.

– Nous n'avons pas dit le Cantique depuis trois ou quatre jours. Cela nous aiderait sûrement de le réciter maintenant... J'attrapai sa main. Dis-le avec moi.

Elle résista, tout d'abord, puis finit par se joindre à moi. Un profond soulagement nous envahit et je me rendis compte qu'Elizabeth y était sensible, elle aussi.

– Ce que je ressens, à cet instant, est qu'il est important que nous laissions l'amour s'exprimer chaque fois qu'il se présente à nous, et je ne crois pas que ni toi ni moi n'ayons eu cette impression avec Philo. Or, je sais que c'est le cas maintenant.

– Réciter le Cantique a en effet aidé à tempérer mes angoisses, reconnut-elle avec douceur.

Nous décidâmes de recommencer. Cette fois, elle y mit tout son cœur et laissa libre cours à l'énergie spirituelle. La sensation de paix qui s'empara alors de nous fut considérablement amplifiée, au point que nous le récitâmes une troisième fois. Puis, je la portai tendrement vers le divan et je m'assis en la gardant sur mes genoux. Nous restâmes ainsi pendant au moins dix minutes, dans l'énergie de paix qui dépasse toute compréhension.

Elizabeth rompit le silence :

– Lorsque l'on demeure quelque temps en dehors de cette extraordinaire sensation, on a presque tendance à oublier qu'elle existe, alors qu'il suffit *d'ouvrir le robinet*, elle est toujours là, disponible pour nous.

– Oui, c'est comme s'éloigner de l'Esprit de Dieu ; l'Esprit, Lui, ne s'éloigne jamais de nous.

– C'est tout à fait ça. Elle me serra plus fort, recueillant en moi la force qui lui faisait cruellement défaut.

– Voudrais-tu dire une prière pour moi ? m'implora-t-elle.

– Pour que tu guérisses ?

– Quelque chose de plus important. Je voudrais que Dieu m'aide à rester dans la lumière et l'amour véritables dans lesquels nous baignons à cet instant afin que je n'oublie pas et que je ne me laisse pas anéantir par la peur et la négativité. Quand bien même je devrais mourir bientôt, ce ne serait pas si mal de partir sereine comme je le suis maintenant.

– Enfin, je retrouve ma femme ! Je vais demander que tu arrêtes de passer d'un état à un autre, que tu restes en contact avec ta personnalité habituelle et normale, positive et aimante.

– Oui, c'est que je désire aussi… Maintenant, dis la prière.

Je demandai à Dieu de nous garder tous les deux dans Sa lumière et dans Son amour, insistant pour qu'Il nous donne le pouvoir de demeurer constamment sur la fréquence de Sa Présence et de l'immense paix qui en émane. Je priai aussi pour qu'Elizabeth retrouve sa santé d'une façon permanente et que nous soit révélé le chemin pour sortir des errements et de la peur.

Pendant que je priais, je sentis une présence spirituelle auprès de nous et il me vint à l'esprit que Jean était peut-être là. Les paroles que je prononçai étaient pleine d'inspiration et touchèrent l'âme d'Elizabeth. Nous pleurâmes tous les deux quand l'invocation prit fin, le cœur étreint par l'émotion.

Elle me confia qu'elle se sentait un peu plus forte.

– Crois-tu que tu pourrais te mettre debout ?

– Je vais essayer.

Je reculai et l'invitai à venir vers moi. Elle se leva, les yeux brillants d'espoir, et fit deux pas. A cet instant je vis le doute et la peur se peindre sur son visage et elle tomba.

– Quel est le problème ? J'étais sûr que tu allais y arriver.

– Moi aussi, me répondit-elle en larmes, mais au moment où j'ai commencé à marcher la pensée de la dague m'est venue et je n'ai pas pu la chasser de mon esprit. Je t'ai vu avec cette chose à la main. Mon mental me dit que tu ne me ferais jamais le moindre mal, et pourtant une part de moi a peur. Voilà que d'un seul coup je t'aime et j'ai peur de toi en même temps.

« L'arme véritable, pensai-je, sont les pensées que Philo lui a suggérées. » Mais ce n'était pas le moment d'en débattre. Je la relevai et la portai sur le divan à nouveau.

– Mon cœur, tu es déchirée entre l'amour et la peur. Je me souviens avoir lu dans la Bible que l'amour parfait est exempt de toute crainte. Je crois que la meilleure chose à faire actuellement est de nous consacrer l'un à l'autre. Dans nos meilleurs moments, je pense que notre amour est parfait et je sais qu'au fond de toi tu as la certitude que je ne te ferai jamais de mal. Restons serrés l'un contre l'autre, comme tout à l'heure, et laissons-nous aller à des souvenirs de pur bonheur.

L'idée semblait l'inspirer et nous restâmes ainsi, réfléchissant en silence pendant un bon quart d'heure.

Tout doucement, Elizabeth prit la parole :

– Dis-moi que Jean est apte à me rendre ma santé d'une façon durable…

– Je ne suis pas en mesure de prédire ce que Jean fera lors de notre prochaine rencontre, mais il m'a donné sa parole que tu serais guérie quand j'aurai les trois premières clés. Il a aussi indiqué que tu pourrais être délivrée avant, mais que cela dépendait de toi. Il a mentionné trois tentations que tu devrais vaincre avant de le revoir…

– En ce qui me concerne, c'est avec une douzaine que j'ai l'impression d'avoir eu à me battre !

– Je sais ce que tu veux dire, ces temps-ci on a vraiment la sensation que des épreuves en tous genres dégringolent sans discontinuer. Pourtant, en y réfléchissant, je dirais que ton docteur et sa négativité furent la première des tentations annoncées. Tu as été affaiblie, mais tu as vu juste et tes forces te sont revenues.

– Je ne serais pas étonnée que la deuxième ait quelque chose à voir avec Philo, ajouta-t-elle.

– C'est probable. Tu as été tentée de croire à son illusion, mais tu l'as percé à jour.

– Si la troisième est en cours, en quoi consiste-t-elle ? Je ne crois plus en sa duperie. Je sais qu'il était Frère Philippi autrefois et qu'il cherche à me reprendre sous sa coupe

– Néanmoins, tu continues à voir la dague, lui rappelai-je.

– En effet, mais je dois concéder qu'il s'agit probablement d'un effet secondaire de son contrôle mental. Le problème est que le fait de le réaliser ne m'aide pas. Je ne comprends pas : s'il s'agit d'une tentation importante, je devrais au moins avoir la connaissance de ce que je suis censée faire pour en sortir.

J'aurais tellement souhaité pouvoir lui venir en aide mais je n'avais pas la moindre idée, je me sentais totalement impuissant. J'essayai de la rassurer : il ne restait plus que deux jours avant ma rencontre avec Jean.

– Peux-tu tenir jusque là ?

– Je pense que oui, dit-elle les yeux humides, j'espère que oui.

– Je sais que tu le peux, affirmai-je en la tenant serrée tout contre moi.

Alors que je ne m'y attendais pas, le téléphone sonna. *« Curieux, pensai-je, les clients n'appellent pas à cette heure-ci habituellement... ! »* Je décrochai l'appareil, à l'autre bout, le silence. Après avoir attendu environ cinq secondes, je demandai :

– Y a-t-il quelqu'un ?

– C'est moi, Frère Joseph, votre nouveau meilleur ami.

– Philo ! Que diable voulez-vous ?

– A propos de diable... J'ai bien peur que votre épouse se sente quelque peu en enfer en ce moment ! Si je la laisse se débrouiller toute seule, elle va mourir. Je vous conseille de me laisser lui parler. Je vais faire mon possible pour la sauver de cette dague que vous lui envoyez constamment !

– Vous seul en êtes l'origine ! grondai-je.

– Vous pourriez en jurer ? Êtes-vous persuadé que votre mariage a toujours été parfait au point que vous n'avez jamais perçu ni pensées ni sentiments négatifs ? Vous savez très bien qu'il y a quelque chose de vrai dans ce que je vous dis en ce moment.

Une vague de souvenirs déferla en moi et je pris conscience de toutes les altercations et mésententes à s'être jamais produites entre nous. J'eus, en un éclair, la sensation effrayante qu'il avait peut-être raison, mais je la repoussai :

– Je vais raccrocher maintenant, merci de ne pas rappeler.

Après que j'eus reposé l'appareil, Elizabeth s'inquiéta de ce qui pouvait bien, cette fois, motiver Philo.

– Promets-moi que tu ne lui répondras pas s'il téléphone en mon absence, l'implorai-je.

– Et comment saurai-je qu'il s'agit de lui ?

– L'identification indique que l'appel provient de la maison de Bob. Il suffit de vérifier à chaque appel jusqu'à ce qu'il quitte la ville. S'il te plaît…

– Tu n'as pas besoin de t'inquiéter, qu'il ait le pouvoir de me guérir ou pas, je ne veux pas le revoir.

Il fallait que j'avance dans mon travail et je m'arrangeai pour que sa mère la conduise chez le médecin, cette fois encore. Celui-ci, préoccupé par la détérioration de son état, suggéra une hospitalisation qu'Elizabeth refusa. Dans la soirée, ses forces continuèrent à décliner. Pour aggraver la situation, l'indicateur téléphonique montrait que Philo avait appelé six fois.

Mon angoisse devant l'insistance de celui-ci était si grande que je décidai de réorganiser mon emploi du temps et je pris ma journée. L'avion pour Los Angeles décollait aux environs de six heures de l'après-midi et je fis en sorte de rester auprès d'Elizabeth jusqu'à ce moment-là.

Vers cinq heures, j'étais dans la cuisine occupé à préparer le dîner quand elle annonça :

– Le m'affaiblis d'une façon inquiétante depuis que tu as eu Philo au téléphone… Si tu n'obtiens pas une aide déterminante de la part de Jean, je ne sais pas ce que je vais faire. Pour être sincère avec toi, j'ai été très tentée d'appeler Philo pour lui demander de retirer la dague. Il m'arrive de penser que s'il se contentait de cela, nous n'aurions rien à craindre, après tout il rentre en Californie.

– Ma conviction est que si tu lui fais confiance, d'une manière ou d'une autre tu seras en danger de tomber sous sa totale dépendance et c'est une chose plus inquiétante encore que de te voir mourir de cette maladie.

– Mon bon sens me souffle que tu as raison, cependant mes émotions me poussent à vouloir qu'il vienne pour me soulager.

– Il doit s'agir de ta troisième tentation. Tu n'auras pas longtemps à attendre, je dois voir Jean dans peu de temps et nous aurons peut-être une réponse pour toi.

– Je l'espère sincèrement. Je ne suis pas infaillible sur le terrain de la tentation, reconnut-elle. A cet instant, je rêve d'une vie ordinaire, d'une santé ordinaire et de mourir de vieillesse, heureuse dans tes bras.

– J'ais parfois cette sensation, moi aussi. Pourtant, avec l'arrivée de Jean dans nos vies, il se pourrait bien que nous devions renoncer à la partie ordinaire de l'existence. J'ai l'intuition que même lorsque tu seras guérie, rien ne sera plus jamais ordinaire pour nous.

Elle ne répondit pas mais je pouvais sentir en elle comme un soupir.

Plus tard, ce soir-là, je l'embrassai avant de partir *chez Dennys* pour ce qui était mon plus important rendez-vous avec Jean, le plus impatiemment attendu. J'étais à mi-chemin quand en moi des mots commencèrent à prendre forme et je sentis qu'ils émanaient de Jean dont je connaissais maintenant la vibration. Le terme *vibration* peut avoir quelque chose d'étrange pour beaucoup de gens, mais j'ai appris que chaque âme possède une fréquence unique en elle-même, tout comme le sont nos visages, nos voix ou nos empreintes digitales. Celle de Jean m'était devenue familière au point de pouvoir le distinguer à ses méthodes au même titre que je le reconnaissais à son physique.

Il y avait d'autres fois cependant où la communication était plus subtile et il m'était alors difficile de savoir si le contact venait de lui ou s'il provenait de moi-même. La difficulté de cette expérience est comparable à celle qui consiste à discerner un visage de loin dans l'obscurité : vous croyez savoir de qui il s'agit, mais vous n'en êtes pas sûr. En l'occurrence, je n'avais aucun doute, c'était bien Jean..

La voix disait : *« Dirigez-vous vers une zone isolée et garez la voiture. »*

Il y avait, quelques rues plus loin, un parc peu fréquenté à cette heure. Je m'y dirigeai et m'arrêtai dans un périmètre où le trafic était presque nul. La déclaration qui s'ensuivit me paniqua littéralement, surtout après ce que je venais de traverser avec Philo. *« S'il vous plaît, retirez vos vêtements de façon à ce que rien d'artificiel ne soit en contact avec votre corps. »*

La pensée m'effleura que Philo était en train de me tendre un piège. J'avais beau être certain qu'il s'agissait bien de Jean, je me mis à hésiter. Je pensai intérieurement : *« Jean, est-ce réellement vous ? » « Oui, c'est moi. Si vous désirez me voir, il vous faudra suivre mes instructions. »*

Il ne me paraissait pas impossible, compte tenu des récents événements, que Philo puisse contrefaire la vibration de Jean et me jouer un mauvais tour. Peut-être le véritable Jean était-il tranquillement assis *chez Dennys* dans l'attente de mon arrivée. Et puis, pour quelle raison au monde Jean pourrait-il désirer que je me déshabille ? Cela était tellement insensé que j'en refoulai l'idée. *« Pour être sûr que c'est bien vous, Jean, je vais me rendre chez Dennys et voir par moi-même que vous n'y êtes pas. Dans ce cas, je n'aurai plus à douter. »*

La voix me répondit : *« Ceci n'est pas permis. Il y a une ouverture dont vous devez profiter maintenant ou bien vous ne me verrez pas cette semaine. Réfléchissez et prenez une décision, vous avez trois minutes.* »

Pendant la première minute, mon esprit se dispersa dans tous les sens, examinant toutes les possibilités, la voix appartenait-elle à Jean ou a Philo ? J'étais complètement désemparé. Dans ces conditions, je pourrais bien rentrer à la maison sans rien à offrir à Elizabeth et si je n'étais pas en mesure de lui rapporter quelque espoir, elle n'aurait plus qu'à mourir ou à se tourner vers Philo. Aucune des deux prospectives n'était envisageable.

Je plongeai mes yeux dans le ciel et hurlai :

– Jean, dites-moi encore que c'est vous ! Permettez-moi de sentir votre essence et vos vibrations pour que je sois sûr.

Pas de réponse. Rien. Rien du tout.

La deuxième minute était entamée et l'angoisse m'étreignait plus fort. J'avais une décision à prendre et si, je me trompais, Philo exercerait une nouvelle forme de pression sur ma femme ou sur moi.

Ma peur grandissante me ramena à l'instant où, lors d'une rencontre mémorable *chez Dennys*, Jean attendait de moi le mot-clé. Il s'était rendu au cabinet de toilette me laissant pour seule consigne que je devais lui donner ma réponse à son retour. Je me souvins que j'avais alors pris la bonne décision car je m'en étais remis à la partie la plus élevée de moi-même. J'en conclus que je devais faire la même chose cette fois encore. J'analysai les vibrations de Philo : leur fréquence était basse et violente. Je n'avais jamais ressenti aucun bien-être, aucune paix réelle en sa présence alors qu'avec Jean, c'était tout le contraire. Je tranchai pour ce que je savais avec certitude. J'avais la conviction que Jean pouvait communiquer avec moi au moyen de cette merveilleuse essence. Je n'avais, à l'inverse, aucune raison de croire que Philo en fût capable..

Je pris la décision de faire confiance à la communication que j'avais reçue et je renvoyai la pensée : « *D'accord, Jean. J'accepte que c'est vous. Je ne sais pas pourquoi vous me le demandez mais je vais me déshabiller.* » J'avais du mal à retirer mon pantalon dans l'habitacle réduit du véhicule. Tout en surveillant nerveusement les alentours, j'ouvris la porte pour bénéficier d'un peu plus d'espace et finir ce que j'avais commencé. Il ne me manquait plus que de me faire arrêter pour attentat à la pudeur ! Une fois que j'eus retiré tous mes vêtements, je m'engouffrai dans la voiture aussi vite que je le pus et lançai à haute voix :

– Voilà Jean, je suis tout nu !

« *Retirez votre montre* », prononça la voix.

« *Quand il dit tout, c'est tout !* » pensai-je en me délestant de ma montre que je posai sur le siège passager.

A l'instant où l'objet quitta ma main, j'eus l'impression déjà éprouvée de me dissoudre, et dans le même temps, une aspiration vers le bas me tirait vers le centre de la Terre à une vitesse vertigineuse. Ensuite, ce fut l'immersion dans une lumière puissante mais aucunement incommodante. Le temps pour mes yeux de s'habituer et je distinguai que s'élevait un dôme de pierre. Des centaines de patères étaient fixées aux murs, à chacune d'elles pendait une tunique d'une blancheur immaculée. Tandis que j'examinai mon nouvel environnement, la voix de Jean m'ordonna : *« Mettez votre Robe et rejoignez-moi dans la Grande Salle. »*

J'étais désorienté et en même temps j'étais habité par une sensation familière. Il n'avait pas dit de prendre *une robe* mais *ma robe*. Comment ? Je l'ignore, je savais cependant qu'une de ces tuniques m'appartenait. Je me dirigeai tout droit vers elle, la décrochai sans hésiter, c'était la mienne. Elle possédait une inscription ressemblant à des hiéroglyphes égyptiens dont je savais, par intution, qu'ils signifiaient Joseph.

J'enfilai le vêtement et, dans l'instant, une vibration hautement spirituelle me rappela l'expérience vécue dans la Nouvelle Jérusalem. J'eus alors une impression de *déjà-vu* comme jamais. Sans aucun doute, j'étais venu ici auparavant. C'était pourtant comme si je n'étais pas censé me rappeler. J'allai directement vers la Grande Salle et tout naturellement je rencontrai Jean juste à l'extérieur qui m'attendait sur un banc de cristal. Il m'invita en souriant :

– Asseyez-vous, mon vieil ami !

– Vous m'avez appelé comme ça à notre première rencontre. Je réalise finalement le véritable sens de vos paroles. Nous sommes de vieux amis, n'est-ce pas ?

– Plus vieux que vous ne pourriez jamais l'imaginer…

Une jeune fille d'une indicible beauté apparut devant nous une boisson dans chaque main :

– L'Ancien des Jours vous envoie cette essence en témoignage de son amitié.

– Si vous aimez le Gewurztraminer, attendez d'avoir bu ceci ! m'assura Jean, en prenant le verre qui lui était destiné.

Je saisis celui que la jeune fille me tendait et le contemplai. C'était une grande coupe de cristal remplie d'un liquide plus clair que la plus limpide des eaux. Je l'élevai à la hauteur de mes yeux et constatai que le récipient aussi bien que son contenu étaient d'une transparence telle que je pouvais à peine discerner qu'il y avait dans ma main un verre plein : je scrutai l'image d'un objet fantôme…

– C'est encore meilleur que beau, commenta Jean en portant le sien à ses lèvres avec un plaisir émouvant.

Suivant son exemple, je bus une gorgée. L'effet n'était en rien comparable à aucune autre chose que j'aurais pu déguster. Il n'existe pas de mots pour le décrire, mais ce qui s'en rapproche le plus serait la sensation de milliers de bulles s'éveillant dans votre bouche, sauf qu'au lieu de s'appliquer à une perception corporelle, cet intense pétillement stimulait directement l'esprit.

– Oh ! C'est extraordinaire ! m'exclamai-je, de quoi s'agit-il ?

– De ce breuvage, m'expliqua Jean, est née l'ancienne légende de l'Elixir des Dieux.

– Je ne suis pas surpris, ce nectar est tout simplement fantastique ! Je ne me suis jamais senti aussi vivant. Je suis persuadé que si Elizabeth pouvait y goûter, elle serait guérie instantanément.

– C'est juste, confirma-t-il. Si elle pouvait l'absorber ici avec nous, elle recouvrerait la santé aussitôt.

– Eh bien, pour l'amour du Ciel, faisons-la venir maintenant et donnons-lui le reste de mon verre !

– Je regrette énormément, ajouta-t-il attristé, mais ce n'est pas en mon pouvoir.

– Parfois, j'ai le sentiment que les pouvoirs, quels qu'ils soient, jouent avec Elizabeth et moi, commentai-je le cœur lourd.

– Je suis réellement désolé pour vous, mon ami. Souvenez-vous que j'ai autrefois perdu mon épouse parce qu'il n'était pas dans mes aptitudes de la protéger. Je sais très exactement comment vous pouvez vous sentir et davantage encore. Voyez-vous, il existe encore une chance de sauver votre femme alors que j'ai accompagné la mienne jusqu'aux portes de la mort. Ce qui est encore plus difficile, en ce qui me concerne, est qu'elle est actuellement incarnée sur Terre et mariée à un homme dont elle est profondément éprise et avec qui elle a trois enfants. Elle m'a oublié, mais moi pas.

Vous devez comprendre, néanmoins, que la vie est ainsi. Une plus grande longévité exige immanquablement le sacrifice de nombreuses choses dans leur forme passée. Or, en suivant ce chemin que j'ai choisi, j'ai dû laisser derrière moi la personne dont je pensais qu'elle était mon âme-sœur ainsi que de nombreux amis et connaissances. En retour, j'ai beaucoup de nouveaux amis à un niveau supérieur. En fin de compte, je reviendrai sur la Terre en tant que simple mortel et peut-être alors trouverai-je une nouvelle âme-sœur.

– Pourquoi dites-vous peut-être ?

– Je rêve de retrouver ma précédente épouse que j'aimais profondément mais j'ai bien peur qu'elle se soit attachée très fortement à ce nouvel homme de sa vie. En réalité, selon nos critères, il n'est pas si nouveau que cela : elle est avec lui depuis maintenant trois vies. Je crains de devoir faire un autre choix lorsque j'assumerai à nouveau une forme mortelle. Il me faudra laisser partir l'entité que je croyais être mon âme-sœur, mais je ne me suis pas encore adapté à cette réalité. Voilà, mon ami, j'espère que vous vous rendez compte à quel point je suis de tout cœur avec vous, non point en raison de quelque théorie spirituelle sinon d'une initiation douloureuse.

Les confidences de Jean m'amenèrent à me connecter à son essence et apprécier son immense tristesse, au-delà même de celle dont je faisais l'expérience auprès d'Elizabeth.

– Je suis navré, dis-je avec douceur, je n'avais jamais réalisé véritablement ce que vous avez traversé.

– En devenant un avec moi et avec le Christ vous devrez prendre le bon et le mauvais, mais la richesse à devenir un est telle qu'elle recèle sa propre récompense.

– Insinuez-vous que vous avez fait avec le Christ un parcours semblable à celui que je fais au travers de vous ?

– Et au-delà… sourit Jean. Je suis *une crème* comparé à Celui que vous appelez le Christ. Son essence comporte des aspect positifs et des aspects négatifs beaucoup plus forts que ceux que vous avez reçus de moi. Les sacrifices qu'Il a faits pour le bénéfice du monde vont beaucoup plus loin que ce que je peux vous communiquer, toutefois la joie que Son Esprit expérimente par l'intermédiaire de Ses conquêtes spirituelles implique une plénitude qu'il est difficile de conserver plus de quelques secondes. Le moment viendra bientôt où vous Le connaîtrez aussi bien que moi. Quand vous aurez fusionné avec mon essence, à travers moi, vous fusionnerez avec la Sienne.

– Vous me donnez l'impression que j'en suis à l'école maternelle.

– C'est le cas, confirma-t-il. Maintenant finissez votre verre. Même s'il existe de nombreuses sources d'inquiétude et de chagrin dans votre vie, il vous sera impossible, quoi que vous fassiez, de ressentir autre chose que plénitude et joie une fois que vous aurez terminé votre boisson.

Je fis comme lui et bus le reste du prodigieux liquide. A mon grand étonnement, je me sentais d'humeur exceptionnelle. A titre de vérification, j'évoquai la maladie d'Elizabeth, Philo, mes problèmes financiers, mais rien n'avait la faculté de me distraire de la joie dans laquelle je baignais. Indubitablement, c'était une sensation rarissime. J'interrogeai Jean :

– Mais quel peut bien être ce breuvage ?

– Dévas, me révéla-t-il.

– Dévas ?

– En effet. De l'essence liquide de déva mélangée à de l'eau très pure.

– Les dévas ne sont-ils pas censés être une forme de vie de type métaphysique ?

– Oui, dit Jean. La vie telle que nous la connaissons sur Terre en tant qu'êtres humains se situe sur l'arc d'évolution, alors que la vie dévique est une forme de vie descendante plutôt qu'ascendante. Les nouvelles vies déviques ne sont pas éloignées de leur pure essence spirituelle et peuvent apporter un renouveau spirituel et un accroissement des forces physiques aux vieilles vies ascendantes telles que les nôtres. Seul l'Ancien des Jours a accès à l'essence pure et sacrée des dévas. Considérez-vous parmi les rares personnes qui ont eu le privilège d'y avoir goûté.

– J'ignorais totalement l'existence de ces choses et pourtant l'effet m'est familier. Ai-je participé à ce rite auparavant ?

– N'avez-vous pas reconnu spontanément votre tunique ?

– Oui. Je suis sûr que je suis déjà venu ici et que j'ai déjà porté cette robe de nombreuses fois.

– Vous avez raison et vous avez bu l'élixir dans le passé, comme votre intuition vous l'a signalé.

– Il y a autre chose que je brûle de vous demander, balbutiai-je. La dernière fois, j'ai été transporté à une grande distance avec mes vêtements, cette fois-ci vous m'avez fait me déshabiller. Quelle en est la raison et, à ce propos, où sommes-nous ?

Jean se leva et m'offrit sa main.

– Venez. Permettez-moi de vous faire visiter les lieux et ensuite je répondrai à toutes vos questions, ou toutes celles que nous aurons le temps d'examiner, devrais-je dire.

Je suivis Jean à l'intérieur de la Grande Salle, pressentant que j'allais assister à la réunion la plus passionnante et la plus insolite depuis le jour de notre première rencontre.

XVI

SHAMBALLA

L'endroit dans lequel nous nous trouvions, m'expliqua Jean, était une immense retraite souterraine où séjourne la Fraternité de la Lumière. Il s'agit de lieux vastes et agencés en une quantité de pièces et de corridors, il ne m'est malheureusement pas permis de fournir plus que les détails suivants : une immense salle au centre, appelée le Grand Auditorium, peut recevoir 144 000 hommes et 144 000 femmes, soit 288 000 personnes ensemble. Attenants au Grand Auditorium, douze grands halls ouvrant eux-mêmes sur de nombreuses salles plus petites à vocation pédagogique, bureaux et appartements. Pas d'éclairage tel que nous le connaissons sur la Terre, mais chaque pièce irradiait d'une lumière issue d'un processus naturel venant des murs eux-mêmes.

Des espaces ouverts, des jardins magnifiques, de la végétation dont le but était de revitaliser les habitants lorsqu'ils avaient besoin d'une pause après le mystérieux travail qu'ils accomplissaient ici : nous étions dans une sorte de paradis ne connaissant pas la nuit.

Au moment de ma visite, les personnes présentes ne remplissaient pas la totalité du Grand Auditorium, il y en avait néanmoins plusieurs milliers, pour autant que je pus l'estimer car il est vrai que ma visite de la résidence ne fut que partielle. Tous portaient des tuniques blanches semblables à la mienne. Je ne savais pas alors s'ils étaient natifs de la Terre, comme c'était mon cas, des habitants permanents ou encore une combinaison des deux. Finalement, après quelques heures qui me servirent à faire revivre de vieilles mémoires plutôt qu'à en créer de nouvelles, Jean m'entraîna vers un petit salon d'environ quinze mètres carrés apparemment dépourvu de sièges et au centre duquel trônaient deux énormes cristaux.

– Prenez un siège, m'intima Jean en souriant.

– Vous devez plaisanter ! rétorquai-je, constatant la nudité du lieu en matière d'ameublement.

– Cette pièce n'évoque-t-elle rien de familier ? Réfléchissez un peu et la mémoire vous reviendra.

Je jetai un regard autour de moi :

– Ce salon ne m'est effectivement pas inconnu. Il me rappelle un studio ou un bureau dans lequel j'aurais passé une vie entière mais dont tout souvenir m'est inaccessible.

– Vous êtes sur la bonne voie, maintenant trouvez votre siège !

Je suivis ses injonctions, cherchant autour de moi et j'essayai d'imaginer où pouvaient bien se cacher les chaises, mais je ne recevais aucune indication. Il y avait certainement quelque chose que je devais me rappeler et je fermai les yeux pour tenter de me relier à ce que j'avais à découvrir. J'eus une forte pulsion, une invitation à m'asseoir ; ma première réaction me disait que c'était ridicule, cependant la sensation puissante, comme une réminiscence, m'amena à conclure que je devais tout simplement m'asseoir sur un siège invisible pour que celui-ci apparaisse…

– Pourquoi ne pas tenter l'expérience, faire confiance et voir ce qui se passera ? commenta Jean quelque peu amusé.

J'amorçai plusieurs fois la posture. Il ne se passa rien du tout. Je craignais de tomber sur le coccyx en allant au bout de mon geste.

– Vous ne pourrez pas avoir la confirmation de votre intuition tant que vous ne lâchez pas prise totalement.

Je fis une nouvelle tentative, les yeux fermés, en me laissant aller et, à cet instant, je me sentis enveloppé, pris en charge par une force. En rouvrant les yeux, je constatai que j'étais apparemment assis dans les airs :

– Hé ! Mais c'est fabuleux !

– Vous pouvez vous allonger si vous le désirez, m'expliqua Jean.

Un tantinet inquiet, je m'étendis et découvris que je reposais toujours sur cette énergie invisible. Une merveilleuse sensation de relaxation m'envahit et je me pris à regretter que mon lit ne fût pas aussi confortable !

Jean s'assit près de moi sans marquer la moindre hésitation :

– Parfait. Maintenant, il va falloir faire appel à toutes vos facultés et donner le meilleur de vous-même, nous avons beaucoup de travail et peu de temps.

– Par quoi commençons-nous ?

– Tout d'abord, vous étiez curieux de savoir pourquoi vous avez été amené jusqu'ici tout nu. Ceci est une retraite sacrée pour la Fraternité et, à ce titre, il n'est pas autorisé d'y introduire quoi que ce soit de matériel venant de la surface et qui aurait été pollué par l'énergie astrale. La robe dont vous êtes habillé n'a jamais quitté les lieux, et lorsque vous la portez, toute l'énergie négative entourant votre corps physique se trouve neutralisée. Ainsi, nous conservons dans la périphérie de ce domaine une fréquence spirituelle de haut niveau, ce qui en fait une demeure confortable pour l'Ancien des Jours et ses associés.

– S'agit-il donc de la mythique Shamballa ?

– Shamballa existe sur différents niveaux. Celle-ci est une des extensions souterraines les plus basses de la cité légendaire. Mon vieil ami Shakespeare a écrit la vérité en disant qu'il existe plus de choses dans les Cieux et sur la Terre que la philosophie ne peut en rêver. Je n'ai pas l'autorisation de vous révéler beaucoup de choses à l'exception de celle-ci : l'intérieur de la Terre est une contrée inconnue où à la fois La Fraternité de la Lumière comme celle des Frères Obscurs ont élu domicile. Nous sommes, dans cette zone, en toute sécurité et nous n'avons pas à nous inquiéter de l'intrusion de l'humanité avant un certain temps.

– Vous avez fait référence à l'Ancien des Jours... N'est-il pas mentionné dans la Bible ?

– En effet, dans le Livre de Daniel au chapitre sept : « *Voici, venant sur les nuées du ciel, comme un Fils d'homme. Il s'avança jusqu'à l'Ancien et fut conduit en sa présence. A lui, fut conféré empire, honneur et royaume et tous peuples, nations et langues le servirent. Son empire est un empire éternel qui ne passera point, et son royaume ne sera point détruit.* » Vous noterez que le Christ, ou Fils de l'homme, est venu rendre visite à l'Ancien et lui présenter son royaume. La raison de ceci réside dans le fait que l'entité est encore plus élevée dans l'échelle d'évolution que ne l'est le Christ. Cet être supérieur est celui auquel on se réfère souvent dans la terminologie chrétienne comme au Père.

C'est donc bien du Père dont il est question, le titre Ancien est une erreur de traduction. Dans la langue chaldéenne d'origine, ce vocable impliquait une personne qui transfère sa charge et son autorité d'une génération à une autre. L'ironie veut que ce contresens Ancien (au lieu de Père) soit, de surcroît, un des ses véritables titres : l'Ancien des Jours fut l'un de ses noms longtemps avant qu'aucune partie de la Bible ne fût rédigée. Les traducteurs de la Bible du Roi Jacques restituèrent la version littérale de Son nom d'une manière inexacte et se mirent d'accord sur un choix qui finalement se révèle approprié.

– Il est donc appelé l'Ancien des Jours en raison de Son très vieil âge ? demandai-je.

– Nous sommes tous très âgés, mais ce nom provient surtout du fait qu'Il demeure sur la Terre depuis plus longtemps que toute autre entité consciente. Il fut le premier Adam de cette planète.

– Le premier Adam ? Y en aurait-il eu plus d'un ? J'ai toujours eu l'impression que l'histoire d'Adam et Eve était symbolique.

– Encore une fois, indiqua Jean, la réponse est oui et non. S'il est vrai que l'histoire d'Adam et Eve est symbolique, elle représente également la vérité. Adam figure la première personne ou couple homme-femme d'une nouvelle ère de l'évolution humaine. Il a existé beaucoup d'Adam dans l'histoire de la Terre. L'Ancien des Jours, cependant, est véritablement le premier homme qui devint conscient de lui-même dans un corps physique mortel, il y a de cela dix huit millions d'années.

De nombreux éléments de l'histoire de l'humanité sur la Terre sont inconnus de la science traditionnelle. J'ajouterai tout de même ceci : la science a décelé que la vie humaine est plus ancienne de millions d'années que ce qu'elle tenait pour vrai il y a encore peu de temps. Au cours des années à venir, la datation de l'humanité se fera de plus en plus précise. Il pourra se passer du temps avant que l'on ne trouve des évidences que des êtres intelligents résidaient sur la Terre il y a tant d'années car les habitations des premiers hommes gisent depuis longtemps dans les profondeurs des océans. Le dernier Adam, celui de l'histoire d'Adam et Eve, vécut dans ce qui est actuellement les États-Unis et cette entité est celle que l'on appelle maintenant le Christ. Il est intéressant de noter que Christ est appelé le dernier Adam dans la Première Epître aux Corinthiens, chapitre quinze.

Je me grattai la tête, perplexe :

– Ce que vous me racontez n'a rien à voir avec mes vieilles leçons de catéchisme ! Les religieux qui furent mes professeurs tomberaient à la renverse en apprenant que l'homme habite la planète depuis plus de dix-huit millions d'années, sans mentionner que Christ est le dernier d'une série de nombreux Adam.

– Il y a quantités de vérités qui dérangeraient les dévots, non seulement chrétiens, mais de la grande majorité des autres religions.

– Lorsque vous évoquez de nombreux Adam, que voulez-vous dire ? interrogeai-je.

– Un Adam est le premier être, ou groupes d'êtres, dans une nouvelle étape d'évolution. Dans une vie passée, il y a environ six mille ans, le Christ fut le premier né avec certains attributs physiques. Mais il fut aussi un Adam dans sa vie à Jérusalem, il y a deux mille ans. Cependant, dans cette dernière vie, au lieu de représenter un pas en avant dans l'évolution physique, Il fut le premier homme à donner forme à la nouvelle conscience spirituelle qui devrait finalement imprégner la Terre. Il est donc le premier Adam physiquement et spirituellement.

– Est-ce là une partie de la raison pour laquelle Christ est appelé le premier né ?

– C'est la raison majeure, confirma Jean, de même que celle pour laquelle certains l'ont appelé le Père et le Fils. Le Premier né, ou le premier Adam, d'une nouvelle conscience ou phase d'évolution est un être en harmonie avec le but divin dont la mission est de pouvoir montrer l'exemple et donner de nouveaux enseignements de la manière la plus pure possible en guidant ceux qui viendront après lui. Imaginez les dommages qui s'ensuivraient si quelqu'un comme Adolf Hitler devenait l'Adam de la nouvelle étape dans l'échelle de évolution. D'ailleurs, en connexion avec les Frères Obscurs, il a tenté de créer la lignée suivante des processus de transformation physique. En devenant le Père de tels êtres, il chercha à empêcher la naissance de la conscience du Christ et son développement sur la Terre. Il avait l'intention de devenir un Adam physique pour débouter l'Adam spirituel. Cette correspondance se donne dans nos vies, individuellement, lorsque la personnalité essaie de faire échec à la dominante esprit ou âme.

Jean interrompit son exposé et me regarda curieusement :

– Pourquoi souriez-vous ? s'étonna-t-il.

– J'essayais juste d'imaginer la réaction d'une congrégation traditionnelle si quelque prêcheur lui présentait de tels arguments dans le cadre d'un sermon hebdomadaire.

– Sans nul doute, la réaction promettrait d'être intéressante ! reconnut-il en souriant à son tour. Bien. Je dois maintenant réorienter nos pensées et prendre soin de nos affaires. J'ai perçu que vous avez rencontré notre vieil ennemi. Je crois qu'il se fait appeler maintenant Frère Philo.

Je dévisageai Jean :

– Comment avez-vous su ? Nos mains ne doivent-elles pas être en contact pour vous permettre d'accéder à ma banque mémorielle ?

– En devenant un dans l'Esprit, le toucher cesse d'être nécessaire. La phrase « *Rien n'est trop beau pour être vrai* » vous évoque-t-elle quelque chose ?

– Alors, elle venait bien de vous…

– Oui, mais je dois confesser que je l'ai empruntée à Josué. Lorsque l'étudiant et le maître deviennent un, se relier est un peu comme capter une fréquence sur une radio. Une fois que le réglage est précis, la réception est claire et authentique.

– Je ne comprends pas très bien, dis-je, comment se fait la mise au point. Il semblerait que je me connecte avec vous de la manière appropriée mais je n'ai pas idée de la façon dont les choses se font.

– De mon côté, je connais le processus, c'est pourquoi je peux vous percevoir mieux que vous ne me percevez, lança Jean en se levant. Avez-vous résolu le dernier indice de la première clé ? C'est le pouvoir qui déclenche la connexion.

– La semaine que je viens de passer ne fut pas idéale pour solutionner des énigmes, j'y ai cependant réfléchi.

– Et je distingue que vous n'avez pas encore la réponse. Vous souvenez-vous de l'indice ?

– Je crois que c'est : *Décision* plus le mot-clé égalent conscience et conscience plus *Décision* égalent le mot-clé.

– Je voudrais que vous y pensiez tandis que nous continuons notre conversation. Dans un lieu spirituel comme celui-ci, et compte tenu que vous avez absorbé l'élixir et que vous portez la robe, vous devriez être en mesure de découvrir la réponse. Je vais élaborer un peu. Quel est l'élément qui doit être appliqué ou ajouté à la décision pour la rendre consciente d'elle-même ou vous rendre conscient d'une décision ? Après quoi, lorsque vous prenez une décision en conscience, quel est l'élément que vous appliquez à la décision pour lui donner vie et pouvoir ? Réfléchissez-y pendant que nous continuons.

– Je ferai de mon mieux, consentis-je.

– Je me suis relié à vous ces jours derniers et je suis au courant de votre rencontre avec Philo. Il est malheureux qu'il ait mis la main sur vos fichiers informatiques et qu'il soupçonne que nous sommes en contact. Au moins, vous l'avez empêché de partir avec la disquette.

– Il a tout de même affirmé qu'il a lu mes dossiers et qu'il sait pour ce qui vous concerne… Il m'a même chargé de vous saluer.

– Il bluffe, en partie, commenta Jean. Il a juste eu le temps de jeter un coup d'œil à vos notes sur moi et il présume que, parce que nous avons travaillé ensemble dans des vies passées, nous sommes appelés à nous rencontrer dans celle-ci. Je vous ai fait venir dans la Shamballa souterraine pour éviter que les Frères Obscurs n'aient vent de notre conversation. Ce sanctuaire est inviolable, il est le plus sûr de la Terre. Nous sommes ici totalement à l'abri de toute forme d'intervention et d'observation de leur part. Philo en sera quitte pour imaginer les détails et tirer ses propres conclusions lorsque vos livres sortiront, mais d'ici-là, nous aimerions que lui et ses acolytes en sachent le moins possible sur nos échanges.

Je me mis debout et vidai mon cœur :

– Franchement, j'ai détesté le type à la seconde même où mon regard s'est porté sur lui. D'ailleurs, tout ce qui s'est passé après n'a fait que confirmer ma première impression.

– La première impression d'une personne, lorsque l'on accède à son âme, confirma Jean en hochant la tête, est souvent très fiable. Nous devrions toujours y prêter foi.

– Ce qui a attiré mon attention chez lui c'est qu'il semblait toujours exprimer de belles choses. Il parlait beaucoup d'amour, de lumière, de faire tomber les barrières. Il est étrange, cependant, que je ne garde pas de ses dires un souvenir fort. Tout ce qui sortait de sa bouche n'était qu'un ramassis nébuleux joliment emballé. A l'inverse, lorsque c'est vous qui m'enseignez, je médite sur vos paroles et plus j'y réfléchis, plus j'en découvre la profondeur.

– Votre observation est fondée. Les Frères Obscurs et leurs agents sont incapables de rassembler des adeptes en inculquant leur véritable philosophie sous peine de se voir immédiatement rejetés par la totalité de l'humanité, à la seule exception des êtres les plus impitoyables. Ils plagient les enseignements les plus célèbres de la Fraternité de la Lumière pour les introduire sous forme de concepts accrocheurs et de phrases attrayantes dans leurs propres doctrines. Cette mixture de Lumière et d'Obscurité fait passer la fausseté parsemée de vérité sans difficulté auprès de la moyenne des gens. Les Etres Obscurs, après avoir fait digérer toutes les formes de pensées erronées et égoïstes qu'ils ont en réserve, retirent doucement les éléments positifs jusqu'au moment où l'étudiant reçoit la vision sans équivoque du côté qui est désormais le sien. Il est bien difficile, après s'être leurré et être allé aussi loin sur ce chemin, de revenir en arrière et tout recommencer sur le sentier de la Lumière.

Fort heureusement, de grands efforts sont déployés par la Fraternité de la Lumière pour ramener ces pauvres âmes au point de départ et une fois le choix clairement mis en évidence, la plupart finissent par trouver le chemin du retour. Quelques-unes, malgré tout, se laissent imprégner de chimère à telle enseigne qu'elles prennent l'option de demeurer du Côté Sombre. C'est donc à ce moment, une fois choisie cette alternative en pleines conscience et réalisation, que commence la véritable vie d'un Frère Obscur, ce dernier sachant incontestablement qui il est se dédie à son seul intérêt. Il rejette complètement toute forme d'amour et de lumière venant de l'âme et le pouvoir du Soi Supérieur se retire lentement de lui jusqu'à la disparition de la moindre lueur. Les paroles de Josué sont alors réalisées : *« Si la lumière qui est en toi se transformait en obscurité, comme celle-ci serait immense ! »*

– Philo est donc un Frère Obscur ? interrogeai-je avec intérêt

– Oui. Philo a pris sa décision lors de cette vie où il nous a persécutés, vous et moi. Dans cette même vie, Elizabeth, quant à elle, a discerné sans équivoque les deux possibilités et a choisi de revenir dans la Lumière, ce à quoi elle doit son salut. Le Frère de Lumière que vous êtes l'assistez dans sa guérison, mais le chemin est ardu à cause de la dette qu'elle a accumulée dans cette vie passée où elle a inconsidérément travaillé pour les Forces des Ténèbres. Ils sont nombreux comme elle a avoir œuvré pour le mal en pensant faire le bien. Ce qui l'a sauvée jusqu'ici sont les intentions pures que son cœur recèle. Quand la puissance de la bonne intention est plus forte que le pouvoir de l'ego, on retrouve généralement la route vers la véritable destination, même si cette dernière est laborieuse.

– Jusqu'à quel point Philo est-il dangereux ?

– Dans la hiérarchie des Frères Obscurs, il occupe un des rangs les plus bas. Néanmoins, il est constamment en quête de solutions pour plaire à sa Fraternité qu'il appelle les Gardiens. Il n'y a pas grand chose à craindre de lui à cette époque-ci, toutefois, si les frères les plus puissants se rendent compte qu'il a l'occasion de *planter une dague* – c'est un terme que l'on emploie pour désigner ce genre de travail – ils apporteront à Philo le soutien et l'aide dont ils disposent. Ses connaissances et son pouvoir se sont avérés insuffisants pour matérialiser la dague à Elizabeth, malgré cela des Frères Obscurs de l'infra monde ont vu là une fantastique opportunité pour me discréditer et probablement vous détourner de votre travail d'écriture. Ils ont donc aidé Philo a mystifier Elizabeth.

– Vous avez fait mention de trois tentations qu'elle devait vaincre avant de vous revoir.

– C'est vrai. Laquelle croyez-vous qu'elle traverse actuellement ?

– Je suppose qu'il s'agit de la troisième. Je pense que la première fut la confrontation avec le médecin et la deuxième, la tentative de Philo pour contrôler son mental. Nous avons déduit, elle et moi, qu'elle en était à la troisième et pourtant nous ne voyons pas clairement en quoi celle-ci consiste. J'aimerais également savoir pourquoi elle doit supporter tout cela.

Jean garda le silence, se calant dans son siège invisible avant de répondre :

– Plusieurs fois, dans le passé, je veux dire avant cette vie, elle a été abusée par les Frères Obscurs. La raison pour laquelle elle doit passer ces trois épreuves réside dans le fait qu'elle devra fixer son esprit sur la Lumière à un tel degré qu'elle aura l'occasion de livrer une authentique bataille pour neutraliser toutes les dagues que les Frères Obscurs voudront lui planter dans le futur.

– J'en déduis que même ainsi, la partie n'est pas gagnée, intervins-je.

– Très peu de choses sont sûres dans l'univers. Si l'Ancien des Jours ou le Christ me donnaient leur parole sur un point précis, je saurais qu'il n'y a pas de doute, mais en dehors de la parole d'un Frère de la Lumière ou une confirmation à travers l'Esprit de Dieu, il n'existe que de très rares certitudes. Le libre arbitre et les limitations de la condition humaine font que le jeu de la vie est très compliqué à évaluer avec cent pour cent de chances de réussite. Nous pouvons prédire que l'humanité en général va continuer d'évoluer avec toutefois des régressions sporadiques.

– Il n'est donc pas assuré que les clés de la connaissance seront présentées avec succès à l'humanité ?

– Ça, mon frère, est une chose certaine car elle a été décrétée par l'Ancien des Jours. Le cadre temporel et le messager sont, en échange, deux choses à propos desquelles il n'y a pas de certitude. Vous avez une chance d'être ce messager, cependant plusieurs facteurs, parmi lesquels votre libre arbitre, pourraient saboter la mission. Si, par exemple, vous deviez échouer dans cette vie, nous pourrions soit trouver un autre émissaire ou bien essayer à nouveau avec vous lors d'une vie future dans laquelle vous feriez montre d'un peu plus de sagesse.

– Passionnant ! m'exclamai-je, tandis que je m'enfonçai dans mon fauteuil invisible. Maintenant, pour revenir à Elizabeth : pourriez-vous m'éclairer un peu sur sa troisième tentation et les moyens pour elle d'en venir à bout ?

– La troisième tentation à laquelle elle doit faire face est la plus difficile de toutes, affirma-t-il en croisant les jambes dans la position du lotus. Dans les deux autres, vous avez pu lui apporter une aide directe, mais celle-ci, elle doit la traverser toute seule en recherchant les réponses intérieurement.

– Nous avons l'un comme l'autre cherché des réponses intérieures à nous en rendre fous, et nous ne sommes pas plus avancés ! Ces deux derniers jours nous avons récité le Cantique des 144 000 religieusement. S'il est vrai que notre esprit en ressort plus fort, il n'empêche que l'état d'Elizabeth continue de se détériorer.

– Si vous l'aviez pratiqué de cette manière et en vous concentrant sur les paroles avant l'arrivée de Philo, Elizabeth aurait peut-être eu assez de force d'esprit pour détecter sans votre aide les vibrations inharmonieuses. Si vous aviez mis en pratique le mot-clé que nous cherchons et qui accompagne la décision, les trois tentations n'auraient pas été des tentations. Voilà un autre indice pour vous. Réjouissez-vous car le fait d'avoir dit le Cantique avec autant de ferveur donnera à Elizabeth une détermination spirituelle plus grande pour faire face à sa dernière tentation.

Je sentais le bien-fondé de sa déclaration et résolus de me montrer plus diligent à l'avenir. Je revins à ma question :

– En quoi consiste donc la troisième tentation ?

– Elle comprend deux volets. Vous souvenez-vous quand je vous ai forcé à me donner le mot-clé sous peine de mettre un terme à notre relation ?

– Je n'avais jamais ressenti une pression telle que ce jour-là !

– Quel fut le point charnière qui vous a amené à me le donner ?

– Lorsque le mot-clé m'est apparu tout d'abord, je me suis fait l'effet d'être le témoin intérieur de ce que je présume être l'Esprit de Dieu que vous venez de mentionner. Ensuite, quand j'ai commencé à utiliser le mental rationnel et mes émotions et que je me suis mis à l'analyser, le doute s'est installé en moi. Au centre de ma lutte pour vous donner le mot-clé, toutes sortes d'idées assaillaient mon esprit mais soudain une pensée s'est imposée dominant tout le reste : « *Quelle est la chose que tu connais et en laquelle tu as totalement confiance ?* » Alors, j'ai su que la seule chose qui ne m'avait jamais failli est la petite voix intérieure tranquille et silencieuse et, à ce moment j'ai décidé de m'en remettre à elle au-delà de toute autre considération et je vous ai donné le mot.

Les yeux de mon ami pétillaient de joie :

– Jusqu'à quel point pensez-vous que nous devrions nous appuyer sur cette révélation spirituelle que nous appelons l'Esprit de Dieu ?

– Je ne suis pas sûr de comprendre où vous voulez en venir... J'imagine que nous sommes censés avoir en elle une foi totale ?

– Jusqu'à la mort si nécessaire ?

– Je pense que oui.

– Là se situe le véritable test pour un disciple, affirma Jean. Il ou elle doit être désireux de suivre la voix intérieure au prix de sa vie ou de quelque chose de tout aussi précieux.

– Existe-t-il autre chose d'aussi précieux que la vie ?

– Certaines personnes préfèreraient mourir que d'avouer qu'elles ont tort, dit Jean. Dans des circonstances données, ravaler son orgueil est un sacrifice plus douloureux que celui de sa vie physique.

– Elizabeth pourrait-elle avoir à traverser une telle épreuve ?

– Elle devra démontrer la volonté qu'elle en est capable. Laissez-moi vous citer les mots du Maître à ce propos : « *Qui veut en effet sauver sa vie la perdra, mais qui perdra sa vie à cause de moi la trouvera. Que servira-t-il donc à l'homme de gagner le monde entier s'il ruine sa propre vie ? Ou que pourra donner l'homme en échange de sa propre vie ?* » (Mathieu 16:25-26). Quel est, selon vous, le sens de ces versets ?

– Je ne crois pas que Christ se référait à une situation classique dans laquelle la vie serait en danger, il me semble plutôt qu'Il enseignait ici un principe. Il impliquerait que si nous cherchons à sauver notre vie physique ou placer la valeur de celle-ci au-dessus de celle de l'âme, nous perdrions alors l'une et l'autre. Si nous sommes capables de sacrifier notre vie au Christ, d'une certaine façon nous sauverons alors notre vie et notre âme. Peut-être renaîtrons-nous dans une meilleure situation ?

– Vous êtes très proche de la vérité. Perdre sa vie pour le Christ signifie avoir foi et confiance en la voix intérieure, même si cela veut dire la mort ou la matérialisation de vos pires craintes. C'est une tentation des plus difficiles, mais tout disciple qui reçoit la confiance de la Fraternité doit la traverser tôt ou tard.

– Suis-je déjà passé par là ?

– Oui, en effet, c'est Elizabeth qui en a été l'instrument lorsque vous étiez un chevalier. Puis, il y a eu également d'autres fois.

– Ne puis-je vraiment rien faire pour l'aider ? Vous devez réaliser qu'elle est dans un état de grand épuisement !

– Sur le plan physique, c'est toute seule qu'elle devra faire face à la tentation. La seule chose que vous pouvez faire pour elle est la même que celle que je vous ai offerte lorsque vous m'avez donné le mot-clé.

– Si mes souvenirs sont exacts, vous êtes allé vous rafraîchir en m'abandonnant face à moi-même.

Gentiment, Jean me corrigea :

– Vous faites erreur, mon ami. Je me suis rendu au cabinet de toilette pour me mettre en méditation et en prière afin de vous faire parvenir le message de faire confiance à votre voix intérieure. Je n'avais pas l'autorisation de vous l'envoyer sous forme de mots que votre mental aurait pu capter. La seule façon était d'adresser le message à votre âme. Heureusement vous avez écouté votre soi intérieur et répondu correctement. Le tour d'Elizabeth est maintenant venu et vous devrez faire la concernant ce que j'ai fait pour vous.

– Quand cela va-t-il se passer ?

– Plus tôt que vous ne le pensez. Je sais que vous êtes inquiet pour elle mais il est primordial que nous poursuivions notre leçon. S'il vous plaît, essayez de rester avec moi car si vous découvrez la réponse juste, le pouvoir qui s'ensuivra sera beaucoup plus fort et vous permettra d'apporter une aide accrue à votre épouse. Soyez attentif, je vais vous reformuler l'indice : *La décision* plus le nouveau mot-clé égalent la conscience et la conscience plus *la décision* égalent ou génèrent le mot-clé.

– C'est un indice très déroutant. La décision combinée avec X créé la conscience et la conscience combinée avec la décision génère X. Cela résonne comme si nous concevions quelque chose qui est déjà créé.

– On pourrait le penser, ajouta Jean.

– On dirait que nous avons ici trois éléments : décision, conscience et X, ou le mot-clé. Est-il envisageable que nous soyons dans l'illusion qu'il y en ait trois alors qu'en réalité il s'agit de quatre ou davantage ?

– C'est possible.

– Je vais prendre cette réponse pour une affirmation. J'aurais tendance à penser que le concept que vous nommez *décision* existe sur plusieurs niveaux ou octaves comme les notes de la gamme. Est-ce correct ?

– Vous êtes sur la bonne voie, affirma Jean. Je suis impressionné, vous redevenez tel qu'en vous-même, grâce à votre tunique de méditation et à toutes ces commodités spirituelles. Quelle fut donc la première décision ?

– Il est vrai que j'ai la sensation de penser plus clairement, assurai-je. J'ai beaucoup réfléchi à propos du commencement de toute chose et il y a de quoi devenir fou, pourtant ma conclusion est que la première décision ne peut avoir été qu'une seule chose.

– Et de quelle chose s'agirait-il ?

– Eh bien, j'ai essayé de m'imaginer Dieu enfant, si l'on peut dire, dérivant dans le néant. S'Il existe hors du temps et de l'espace, aucune décision telle que correspondant au sens que nous donnons à ce mot n'est alors possible. Pour que je puisse comprendre le principe, il faudrait que je sache quelles deux choses (ou davantage) existaient avant la création car pour qu'il y ait lieu de décider il est nécessaire d'avoir au moins deux éléments sur lesquels exercer un choix.

– Finement raisonné, me complimenta Jean. Seulement, avant que la création telle que nous la connaissons ne prenne place, deux choses ont toujours existé face à la *Décision* de Dieu. La *Décision* est éternelle car ces deux facteurs ont toujours été, sont et seront présents avec Dieu de même qu'avec nous-mêmes.

– Tout ce qui me vient est le Père, le Fils et le Saint Esprit, Dieu étant le Père. Mais c'est probablement trop simpliste pour être correct.

– Nébuleux plutôt que simpliste, précisa Jean. Permettez-moi de vous rappeler une grande vérité que j'ai déjà évoquée. Quand Dieu a créé les semences de toute vie dans l'univers, Il ne s'est pas divisé Lui-même comme semblent le croire certaines religions occidentales et comme le pensent les adeptes du Nouvel Age. Il S'est plutôt réfléchi infiniment. En conclusion, vous et moi sommes de véritables reflets de l'image de Dieu : à l'intérieur de chacun de nous se trouvent tous les attributs, le potentiel et les mémoires de Dieu Lui-même. A cet instant, en cette occasion exceptionnelle, tandis que vous visitez cet Espace, possibilité vous est donnée de retourner, en tant que reflet de Dieu, au temps d'avant la Création. Aimeriez-vous en faire l'expérience ?

– Une certaine partie de moi en serait enchantée… mais je dois avouer que cela me semble quelque peu effrayant.

Jean me tranquillisa :

– Vous ne ressentirez aucune peur, mais si c'était le cas vous pouvez faire cesser le processus à tout moment.

Je me sentais nerveux mais ma curiosité l'emporta :

– Comment dois-je m'y prendre ?

Jean se dirigea vers les deux énormes cristaux disposés au centre de la pièce :

– Je suis sûr que vous avez remarqué ces pierres.

– Elles ont indiscutablement éveillé mon intérêt.

– Elles amplifient naturellement les pouvoirs latents qui sont en vous. Il vous suffit de placer une main sur chacune d'elles et de diriger vos pensées. Lorsque vous les sentirez devenir plus précises, vous focaliserez l'énergie vers l'objectif souhaité. Chaque utilisation que vous en faites affaiblit temporairement votre force vitale, il est donc recommandé d'être modéré.

– Et vers quel objectif dois-je les guider ?

– Tout d'abord vers le commencement de l'existence, puis vers le temps d'avant le début de la vie. Ainsi vous recouvrerez le souvenir des deux choses qui se sont toujours trouvées et se trouveront toujours face à la *Décision* qui est Dieu, à l'image de qui nous sommes faits.

Je laissai mon siège invisible et m'avançai vers les deux cristaux. L'idée de les manier m'angoissait :

– Êtes-vous sûr que je ne vais pas m'évaporer ou me dissoudre ?

– En fait, leur puissance est telle qu'y apposer la main ferait courir un grand danger à quiconque ne se serait pas préparé par un effort spirituel soutenu et vigoureux pendant plusieurs vies. Cependant, actuellement vous ne risquez rien. Si le moindre problème venait à surgir, j'en serais immédiatement averti et je vous aiderais à vous libérer.

Ces pierres sont des milliers de fois plus puissantes que l'ordinateur le plus puissant du monde. D'un point de vue inférieur, on pourrait les considérer comme des ordinateurs géants. Vous avez déja utilisé ces cristaux dans le passé : lorsque vous entrerez en contact avec eux, vous saurez que faire, vous retrouverez les sensations familières.

Aussitôt que je posai une main sur chacun d'eux, je sus intuitivement que j'étais censé me concentrer sur l'espace sombre qui les séparait. Je le fis et immédiatement j'eus une étrange sensation d'unité avec la Vie, de toute part, et la compréhension du cosmos était à ma disposition. En dépit de la certitude que la connaissance universelle était accescible dans ma conscience supérieure, étrangement, je savais que je ne pourrais restituer que la seule réponse à la question que j'avais générée dans mon état d'être humain habituel.

Je me concentrai sur le retour à la source et je vis tous les reflets de Dieu commencer à se rassembler en un seul point, en une sorte d'implosion, l'opposé du Big Bang. En cet instant de conscience tous les mystères de la création du début à la fin se firent jour devant moi, pourtant, le fondement de l'expérience fut la seule chose dont je pus me souvenir après coup. Je ne pus ramener avec moi toute cette unité. L'élément que je me rappelai était partie intégrante de l'essence de Dieu avant la création. Dieu existe de toute éternité en tant que *Décision* car il y a toujours eu deux choses entre lesquelles décider. J'essayai de toutes mes forces de m'y connecter afin de les rapporter avec moi dans la conscience moins élevée. Je demeurai quelques minutes en état de recueillement. Soudain, Jean intervint :

– Êtes vous revenu ?

Je m'éloignai des cristaux :

– Oui, je crois. Eh bien ! Tout ce que je peux dire est que le mystère de la Divinité est incommensurable…

Jean, dans son éternel sourire me demanda si j'avais trouvé ma réponse.

– Il me semble que oui mais l'idée de tout ce que je n'ai pas pu rapporter me rend fou… J'ai vu une infinité de vies, une éternité de formes, des millions de civilisations, de systèmes solaires et de galaxies, mais tout ce que je parviens à me rappeler est que je les ai vus !

– C'est toujours la perception la plus impressionnante qui subsiste d'une telle épopée. Qu'avez-vous discerné des deux points qui font que la *Décision* est éternelle?

– Ce fut une sensation très insolite, ou peut-être une non-sensation, que même s'il y eut un temps où la décision a existé sans la création, j'ai eu l'intuition qu'il se trouvait des univers au-delà et avant la création telle que nous la connaissons… Et pourtant, je n'ai pas plus d'information que cela. J'ai ressenti sans aucun doute que Dieu, ou la *Décision*, existait dans un point au-delà et antérieurement au temps et à l'espace. Avant se profilaient deux possibilités : celle de *Quelque Chose* et celle de *Rien du Tou*t, soit la Création ou la Non-Création.

Tout à coup, une phrase inspirée s'insurgea en moi : *« C'était la décision Être ou ne pas être. Là est la question ! »* Je jetai à Jean un regard soupçonneux :

– Avez-vous dit que vous connaissiez Shakespeare ?

– Oui, je l'ai dit.

– Comment se fait-il que j'ai l'impression que Shakespeare était ici avec nous et que j'ai vu ce que je viens de voir ?

Jean laissa planer un doute, mais il y avait dans ses yeux un regard entendu :

– Peut-être avez-vous raison, peut-être pas. Et à part cela, avez-vous découvert autre chose ?

Mon intuition m'avertissait que Jean ne tenait pas à me suivre sur ce terrain-là.

– L'interaction de ces deux éventualités, poursuivis-je, sustente éternellement, sans commencement ni fin, la *Grande Décision Unique* entre l'une et l'autre. En tant que reflets de Dieu, vous et moi, comme toute autre vie, sommes des extensions de la vie de Dieu par notre décision continuelle de créer ou de ne pas créer. En tant que progéniture de Dieu, la principale décision qui s'offre à nous est toujours : *Etre ou ne pas être*… Hé, mais c'est fabuleux !

– C'est le mot, admit Jean, mais il serait plus juste d'utiliser la formulation suivante : *devenir ou ne pas devenir*. Shakespeare a préféré utiliser une formule plus accrocheuse. Vous allez devoir maintenant faire usage de votre conscience humaine ordinaire pour trouver le mot-clé. *Décision* plus le mot-clé égalent conscience, de quel mot s'agit-il ?

– Selon ce que je crois, pendant une éternité la possibilité de Création ou de Non-Création fut la *Décision* de Dieu. Dieu a atteint la Conscience, d'après la vague compréhension que nous en avons, quand Il S'est focalisé sur la décision de création.

– Voilà qui est fondamentalement correct approuva Jean, sauf que le mot que nous recherchons n'est pas *focaliser* sinon un autre dont le sens est très similaire.

– Dieu a pensé à la création.

– Non, vous vous éloignez… Focaliser était plus près que penser.

– Dieu a porté Son attention sur la création.

– C'est le mot !

– *Attention* ?

– Oui. Maintenant, remplissez les blancs et réfléchissez-y.

– *Décision* plus *attention* égalent conscience... Autrement dit la conscience a été créée en portant attention à la décision prise. J'ai la sensation que le pouvoir de décision est éternel et que lorsque la *Décision* de ce qui va *ÊTRE*, ou *DEVENIR* est prise, la trinité de Décision-Conscience-Attention se manifeste instantanément. Je perçois que cette Trinité est La Grande Vie que nous appelons Dieu.

– C'est juste, maintenant appliquez le mot à la deuxième partie.

– Je vais essayer. *Conscience* plus *Décision* égalent *Attention*. Jusqu'ici cela ne me disait pas grand chose. J'en conclus ceci : au commencement, était La Grande Décision. Après que la Décision eût été prise de créer, Dieu S'est réfléchi Lui-Même sur un nombre infini de copies, chacune étant une unité de décision à l'état latent devant manifester le choix *être ou ne pas être*. Tandis que chaque unité se focalisait sur un aspect de la création, l'attention basculait vers un ordre inférieur, ceci étant la cause des différences entre les reflets, différences qui les rendent uniques et séparés de chaque autre point. Je sais au fond de moi que cette réponse est correcte. J'ai rapporté de quoi être en mesure de le voir clairement.

– Je vois ça, déclara Jean, pour une fois vous avez tout à fait raison. Je n'aurais pas pu l'exprimer mieux. Les disciples, dans leur majorité, ne parviennent qu'à restituer une seule information importante. On dirait que vous avez eu un aperçu plus étendu. Vous devez maintenant réfléchir à cette expérience régulièrement pendant les tout prochains jours : voilà qui vous aidera à conserver une part de connaissance présente à l'esprit en permanence.

– Ce qui m'a aidé à rapporter ce renseignement est probablement le fait que je pensais aux clés en scrutant l'espace entre les cristaux. La chose extraordinaire est que pendant une micro-seconde j'ai eu une vision globale des trente-six clés ainsi que de leur solution en profondeur, malheureusement je ne peux absolument pas me rappeler quoi que ce soit à l'exception de l'illumination à propos du mot-clé.

– Savez-vous ce que cela signifie ?

– Quoi donc ?

– Dans la mesure où vous avez retrouvé cette indication, cela veut dire qu'elle vous est destinée. Aucune connaissance majeure ne sera jamais portée à votre conscience si vous n'êtes censé y accéder. Vous pouvez toujours essayer de transmettre à quelqu'un des connaissances non autorisées de la façon la plus intelligible, il ne pourra pas les retenir jusqu'au moment où il sera prêt pour ce privilège. Même lorsque vous écrirez en vous efforçant de rendre les enseignements aussi lumineux que le soleil à midi, vous constaterez que beaucoup seront incapables de les comprendre. Quiconque les lira avec un esprit ouvert, cependant, en recevra un bénéfice à la mesure de son niveau de conscience et son stade d'évolution.

– La vérité transparaît sous chacune de vos paroles. J'aimerais vous dire… Il y quelque chose d'extraordinaire à me trouver en cet endroit, vêtu de cette robe. Toute vérité semble si évidente ici qu'il m'est impossible d'imaginer comment deux résidents pourraient avoir le moindre différend.

– Il n'y a en effet aucun conflit dans le sens où vous l'entendez. La vérité sur les sujets terrestres ordinaires est perçue si fortement par l'âme que toute résistance s'avèrerait inutile, pour paraphraser les dialogues de *Star Trek*.

– Ainsi, les controverses habituelles sur des sujets comme l'avortement, la peine de mort et la politique n'existent pas ici ?

– Non. Il peut y avoir des désaccords à des niveaux plus élevés qui se situent au-delà de la compréhension d'une personne ordinaire, mais cela ne concerne pas les habitants de la Terre.

Je notai mentalement d'interroger Jean plus tard sur la nature des divergences pouvant exister sur les plans supérieurs, tout en l'interrogeant sur la peine de mort :

– C'est un sujet de débat brûlant depuis déjà longtemps. Comment se peut-il que tout le monde ici ait, sur cette question, le même point de vue ?

– Tout d'abord, il faut savoir que nul n'est admis à aucun niveau de Shamballa s'il n'est sensible à la voix intérieure de l'âme et, dans le monde de l'âme, il n'existe qu'unité. La qualité principale que ceux qui sont en contact avec l'âme ont en commun est leur désir d'accepter la réalité ou la vérité sans discrimination. La plupart des gens de la Terre ont des idées bien arrêtées, lesquelles ne sont d'ailleurs pas les leurs propres mais leur ont été dictées par quelque autorité extérieure. Qui que ce soit répondant à un tel mode de fonctionnement et convaincu du bien fondé de la peine de mort est incapable d'accepter un enseignement lui démontrant qu'il a tort. D'un autre côté, celui qui est persuadé de l'inanité d'une telle sentence aura tout autant de difficulté à reconnaître qu'il peut se tromper. La seule manière de faire des progrès réels dans l'évolution spirituelle est celle qui consiste à accepter le changement, quand bien même ce dernier représenterait une remise en question totale de tout son système de croyances. Seul un authentique disciple en est capable.

– J'ai eu dans ma vie des discussions sans fin à propos de la religion ou de la politique et il est incontestable que les gens, dans leur grande majorité, n'ont aucun désir d'apporter la moindre modification à leur mode de pensées, quelle que soit la clarté de la vérité qui leur est présentée.

– Cet obstacle, témoigna Jean, est la caractéristique humaine la plus fâcheuse avec laquelle les maîtres de la race ont à faire face et c'est une des raisons qui me font tant apprécier mes visites à Shamballa et à la Nouvelle Jérusalem !

Admettons que deux résidents de ces lieux et deux autres représentants de l'humanité en général se retrouvent devant la situation suivante : un mortel a tué en toute conscience et connaissance une personne innocente. Le voilà arrêté et soudain il se sent désolé d'avoir agit comme il l'a fait. Il plaide pour sa vie. Devrait-on lui appliquer la peine de mort ? Le motif pour lequel deux personnes ordinaires vont discuter *ad libitum* sur le sort à réserver au tueur est que, l'un comme l'autre, ont pour unique référence un cliché instantané de la cause et de l'effet dans la vie de la personne en question aussi bien que de la vie en général.

Ici, à Shamballa, deux résidents ne se contenteraient pas de contempler une photo figée. Elles auraient à leur disposition la vision de l'existence toute entière de la personne, avec la connaissance du motif du crime, de l'effet de celui-ci sur les victimes ainsi que des résultats des différents châtiments possibles sur le frère obstiné. La conscience à laquelle je me réfère ne se terminerait pas avec l'exécution de la personne sur la Terre, elle impliquerait le prolongement de la punition dans les vies futures à partir de cet instant. En raison de ces projections, les actions les plus justes et propices à mener sont sans ambiguïté, et quiconque ayant dépassé le stade des idées reçues et des préjugés est capable de les admettre. Nombreux parmi ceux qui se répandent en débats passionnés sur ce thème seraient stupéfaits, s'ils pouvaient venir ici, de voir les conséquences à venir de ce qu'ils prônent. Ce serait pour eux un immense soulagement que de constater les pouvoirs limités dont ils disposent dans l'accomplissement de leurs petits désirs en découvrant les désastres que leur ignorance pourrait déclencher.

– L'humanité atteindra-t-elle jamais le stade de l'unité où chacun sera à l'écoute de la voix intérieure ? demandai-je.

– Le jour où le plus grand nombre aura accès à cette étape est encore éloigné, mais proche est celui où certains verront la réussite de cette réalisation. En cela réside l'un des buts de ce que vous devez faire connaître au monde. Le prochain grand saut dans l'évolution humaine dépend de l'établissement de groupes de personnes aptes à se relier par le contact de l'âme pour devenir UN, telle est la Volonté de Dieu sur la Terre comme au Ciel. Il est essentiel de comprendre que la véritable unité s'effectue non pas en abandonnant son individualité mais par l'expansion de la conscience et de la sensibilité spirituelle afin que la vérité devienne claire pour tous.

Après quelques instants de silence, Jean reprit la parole :

– Permettez-moi de vous donner un exemple de la qualité d'évolution que génère l'unité. Aux États-Unis, il y a encore une génération de cela, tirer pour se faire la main sur un chat errant n'avait rien d'exceptionnel. Une personne aurait-elle élevé des critiques à l'encontre de quelqu'un pour avoir agi de la sorte, il se serait toujours trouvé un individu dans un groupe pour alléguer qu'il n'y avait pas de quoi en faire une histoire car, après tout, il ne s'agissait que d'un *stupide chat sans importance*. De nos jours, le groupe est composé de gens assez sensibles, pour la plupart, pour s'accorder à reconnaître que c'est un signe d'aliénation que de tirer sur un chat juste pour s'entraîner ! Le groupe en question n'a pas perdu son essence ou sa personnalité pour avoir émis un avis unanime sur le sujet : la nouvelle génération est simplement plus éclairée sur la valeur des autres formes de vies.

La peur de perdre une partie de son individualité est un des obstacles majeurs empêchant d'accéder à l'unité, bien que cette appréhension repose sur l'illusion ainsi qu'il le fut démontré quand le Sud perdit son pouvoir de domination sur les esclaves. A l'heure actuelle, la nation est unie dans l'abolition de cette pratique pour le plus grand bénéfice de tous. Seules quelques âmes perverses pensent encore que le pays a perdu un acquis irremplaçable.

Par ailleurs, les Frères Obscurs, qui eux recherchent l'unité par la suppression du libre arbitre participent d'une autre intention. Encore une fois, ils tentent de projeter l'image de quelque chose de bon et désirable en utilisant une méthode absolument contestable. L'unité extérieure obtenue par la force n'engendre pas l'harmonie intérieure.

Anticipant sur la suite, je posai la question qui me brûlait les lèvres :

– En ai-je enfin terminé avec la première clé ?

La réponse de Jean, maintenant très familière tomba :

– Oui et non.

– J'aurais dû m'y attendre. Laissez-moi deviner... La réponse est oui parce que j'ai trouvé les mots-clés et non, parce que...

– Oui vous avez les mots-clés, me coupa Jean en souriant, de même qu'une compréhension élémentaire. Vous en avez terminé dans la mesure où nous pouvons maintenant passer à la deuxième clé. Mais, la réponse est non jusqu'à ce que vous ayez complètement assimilé la connaissance de ce qu'est la décision et de qui vous êtes. L'Ancien des Jours, Lui-même, contemple le sens intégral de la *Décision* et de son pouvoir. Vous constaterez que plus vous méditez sur les enseignement tels que nous les avons évoqués, plus vous vous en trouverez éclairé. Outre cela, plus vous avancerez dans la résolution des autres clés, plus le discernement de qui vous êtes sera rehaussé.

– Je sens la vérité en chacune de vos paroles, *a fortiori* lorsque je me reporte à l'impression que m'a fait vivre l'expérience des cristaux. Je sais qu'appréhender qui nous sommes est une entreprise de dimension quasi abyssale.

Puis, je me dis que je faisais enfin de réels progrès qui me conduiraient en direction de la troisième clé, celle qui doterait Elizabeth d'une guérison permanente.

– Quand allez-vous me communiquer les premiers indices de la deuxième clé ?

– Nous pouvons commencer tout de suite si vous êtes prêt, mais que penseriez-vous de faire une courte pause auparavant ?

– Cela me ferait du bien, répondis-je en me mettant debout.

Je reconnus que l'aventure avec les cristaux avaient été passionnante mais m'avait tout de même un peu fatigué.

– Quelle est la véritable histoire de ces cristaux ? demandai-je.

– Leurs noms bibliques sont Urim et Thummim. Tous les Urim et les Thummim sont reliés entre eux. Celui-ci, devant nous, est connecté à un ensemble qui se trouve dans les quartiers privés de l'Ancien des Jours, lequel est à son tour en résonance avec des êtres encore plus élevés dans d'autres systèmes et planètes. La relation universelle est le facteur qui leur donne un fantastique pouvoir de révélation.

– Le Grand Prêtre à l'époque de Moïse ne possédait-il pas déjà un Urim et Thummim ?

– Si, mais ils étaient plus petits et moins puissants que ceux de Shamballa, me confia Jean. Néanmoins, ils permirent de recevoir des information destinées aux Israélites. De plus, chaque être humain possède un minuscule duplicata de Urim et Thummim dans sa tête pouvant être activé par l'ouverture de ce que l'on appelle le troisième œil, ou centre Ajna. Lorsqu'une activation adéquate s'effectue chez un individu, la personne peut devenir un authentique prophète et recevoir des communications depuis les sphères les plus hautes.

– Extrêmement intéressant. Il y a autre chose que je voudrais savoir, pourrais-je les utiliser encore une fois ?

– Allez-y si vous pensez en avoir la force. Mais, je vous déconseille de poser une question majeure, car vous avez besoin d'économiser votre énergie.

J'allai appliquer mes mains sur les cristaux une fois encore. Ma demande était relative à l'Ancien des Jours. Je voulais tout savoir sur Lui, d'où Il venait, à quoi Il ressemblait et le niveau d'intelligence qui était le Sien.

Tout en me pénétrant de l'idée, il m'apparut qu'il était préférable de limiter mes exigences et que je recevrais tout ce dont j'avais besoin le moment venu. Le vocable *Ancien* s'appliquait à Lui, je le sentais, à un degré beaucoup plus profond que je l'avais tout d'abord imaginé. Non seulement Il était le Premier Adam, il y a dix huit millions d'années mais, avant cela, Il avait été le premier homme au monde. Lui et plusieurs autres ont vécu sur cette Terre pendant une longue période en tant qu'êtres extra planétaires et ont passé des milliers d'années à la préparer pour l'homme ainsi qu'à édifier la cité de Shamballa sur deux niveaux. Une partie de leur construction résidait en cette demeure souterraine ainsi qu'en d'autres centres situés sous la terre eux-aussi. L'autre niveau consistait en une ville faite d'un matériau raffiné invisible à l'homme à la surface de la Terre. Avant de venir ici, Il avait vécu plus d'un millier de vies dans d'autres univers jusqu'à ce qu'Il ait dépassé toutes les limitations d'ordre physique. Ensuite, Il devint ce qu'il convient d'appeler un Serviteur Solaire et vécut encore deux cents autres existences oscillant entre étudiant avancé et professeur.

J'exprimai le désir de Le voir tel qu'Il est maintenant. A la seconde où j'eus cette aspiration, je Le vis me tournant le dos, près de Ses cristaux, dans son bureau. Tout en Lui me surprit à commencer par Son âge. Je m'attendais, je ne sais pour quelle raison, à un vieillard barbu, mais, bien que je Le voyais de dos, je savais que c'était un homme jeune, d'une vingtaine d'années. Sa chevelure était châtain clair et parsemée de cheveux blancs, mi-longue, un peu comme on a coutume de le voir sur les portraits consacrés à Dieu dans toutes sortes de livres. Sa silhouette était assez mince et plus grande que la moyenne, Son apparence majestueuse. J'avais l'impression qu'Il mesurait un peu plus de deux mètres, mais peut-être était-ce dû au fait qu'Il était seul dans la pièce et que je n'avais personne d'autre à qui Le comparer.

J'étais intrigué quant à la raison pour laquelle Il ne m'était pas montré de face et je désirais voir Son visage. Je vis alors partiellement Ses profils droit et gauche. Un message se forma alors dans mon esprit : *« Moïse lui-même n'a pas vu Mon visage, êtes-vous plus important que lui ? »*

Je tombai à la renverse, abasourdi. J'était juste curieux, je n'avais pas la moindre intention de me comparer à Moïse. J'espérais ne pas avoir offensé ce grand Être.

– Que s'est-il passé ? interrogea Jean. Qu'avez-vous demandé à voir ?

– Je ne voulais rien d'autre que voir le visage de l'Ancien des Jours, répondis-je tout penaud en me relevant.

– Où avez-vous été chercher pareille idée ?

– Je ne sais pas, je voulais savoir à quoi Il ressemble.

– J'étais loin d'imaginer que vous aviez cette intention sinon je vous aurais prévenu !

– Prévenu à propos de quoi ?

– Que tant que l'on est dans son corps physique mortel, on n'a pas le droit de voir Son visage.

– Pourquoi pas ?

– Parce que Le voir alors que vous êtes dans votre corps physique signifierait votre mort.

D'abominables images de créatures extra-terrestres défilèrent en moi :

– J'espère que vous n'allez pas me dire qu'Il ressemble à un lézard ou autre chose d'aussi sympathique ?

– Non, mon ami, affirma Jean dans un sourire. Il a le plus beau visage de toute la création, mais si vous deviez Le regarder dans les yeux, le rayonnement spirituel serait trop puissant pour vous.

– Il m'a fait parvenir un message intéressant... Il m'a demandé si j'estimais être plus important que Moïse, compte tenu que Moïse lui-même n'a jamais pu Le voir de face.

Jean secoua la tête en signe d'assentiment :

– Il se référait à un récit qui figure à juste titre dans le Livre de l'Exode au chapitre trente trois. Dieu n'a pas laissé Moïse contempler Son visage et il est expliqué au verset vingt que nul ne pouvait Le voir et demeurer vivant. Toutefois, si vous lisez le récit dans son intégralité, vous comprendrez que Moïse L'a vu de dos seulement.

Je corroborai qu'il m'était arrivé la même chose :

– Il semblait extraordinairement beau et jeune !

– L'un de Ses noms, me révéla Jean, est l'Eternelle Jeunesse. Et cependant, pour de nombreux nouveaux résidents de Shamballa, Il enseigne sous les traits d'un vieillard compatible à l'énergie des étudiants. Ils ne sont pas tous parfaits et beaucoup sont trop timorés pour accepter comme supérieur un être à l'apparence juvénile. Il faut ajouter que seul un véritable immortel, ou bien une personne délivrée de ses contraintes corporelles peut contempler cette entité face à face.

Il m'en avait dit juste assez pour m'amener au comble de la curiosité :

– D'ailleurs, pourriez-vous m'expliquer qui sont les gens qui vivent ici ?

– Ils sont une poignée de résidents de la Terre qui ont vaincu la mort au point qu'ils ont transformé la fréquence de leur corps physique, lequel est transfiguré. Ces êtres, tels le Christ ou le Bouddha peuvent voir le visage de l'Ancien des Jours. Les autres sont des disciples humains en visite ici en état de rêve. Ils reçoivent des cours pour les aider à assumer correctement leur mission sur la Terre. Un autre groupe se compose d'immortels venus d'un système planétaire extérieur à celui-ci en compagnie de l'Ancien des Jours. Une dernière communauté regroupe des visiteurs temporaires en provenance d'autres univers. Shamballa est régie par un programme d'échanges intergalactiques. Un professeur pourra être envoyé sur Sirius pour un temps et, à son tour, un Sirian viendra ici. Une fois l'échange terminé, le professeur transmettra les enseignements sujets de son voyage.

– Comment vit-on sur Sirius ? demandai-je taquin.

– Ne m'embarquez pas sur cette voie ! Il faut avancer pour vous donner des éléments d'introduction à la deuxième clé. Centrons-nous sur cette tâche ou nous n'aurons plus le temps.

La deuxième clé de connaissance concerne le Principe de la Voie du Milieu. Le Grand Maître dans ce domaine fut bien-entendu le Bouddha. Il réalisa ce principe après avoir, dans sa vie, expérimenté les deux extrêmes. Tout d'abord, le confort et la richesse et plus tard, l'extrême pauvreté et les privations. Pendant sa période de dénuement, on dit qu'il se nourrissait de quelques grains de riz dans sa quête de l'illumination quand la réponse lui est soudain apparue. Le chemin de l'illumination n'est ni l'excès ni la privation, mais il se situe quelque part entre les deux points du balancement du pendule.

Le véritable enseignement du Bouddha sur la Voie du Milieu a été perdu, et ce même en Orient. Pourtant nombreux sont ceux d'entre nous qui en possèdent l'empreinte intérieure... Ainsi la question que nous allons examiner est : *« QU'EST-CE QUE LA VOIE DU MILIEU ? »*

Jean marqua une pause pour me laisser assimiler ses paroles, puis reprit :

– Le mot-clé, concernant le premier principe de connaissance, était une phrase d'importance capitale et nous avons ici encore un mot-clé séquentiel. Pour être en mesure de méditer sur ce principe, il pourrait s'avérer utile pour vous de lire la vie et les enseignements du Bouddha. Ils vous seront une grande source d'inspiration, quelle qu'ait pu être votre éducation religieuse de base.

Après avoir réfléchi à ce que je venais d'entendre, je luis fis remarquer à quel point il était intéressant que le personnage biblique qu'il était introduisît maintenant un *protagoniste extérieur* de cette dimension :

– De quelle manière Bouddha intervient-il dans le même paysage que Moïse, Jésus ou les autres prophètes ? Quels sont les éléments de comparaison ?

– Durant les six mille ans écoulés, m'expliqua Jean, Moïse, Bouddha et Christ ont été les trois plus grands professeurs. Ce sont les plus grands car c'est au travers des révélations qu'ils ont perçues, qu'ils ont propagé en termes chrétiens les deux premiers aspects de la Trinité de Dieu : Le Père, le Fils et le Saint Esprit. Ensemble, Moïse et Bouddha représentèrent le Saint Esprit et une description plus appropriée de la qualité de la Lumière. Le Bouddha a souvent utilisé le mot illumination ou éveil pour s'y référer.

Des quantités d'étudiants et professeurs en métaphysique ont associé Bouddha avec l'aspect de la Lumière, ignorant Moïse dans leur équation. Ils ne tiennent pas compte du fait que Moïse est celui qui a préparé la voie en introduisant les lois qui sont le fondement de la civilisation d'aujourd'hui, lois qui ont obligé l'humanité en évolution à utiliser la lumière intellectuellement afin de faire la différence entre le bien et le mal, le vrai et le faux. Autrement dit, Moïse a forcé la race humaine à avancer vers une civilisation plus éclairée tandis que Bouddha nous a conduit vers une philosophie intérieure plus éclairante. Moïse représente la lumière extérieure et Bouddha la lumière intérieure.

Notre société contemporaine correspond à l'influence de ces deux grands hommes. La civilisation occidentale qui correspond à Moïse extériorise sa lumière au moyen de la science, de la technologie, du sens des affaires et des structures légales. Ainsi, en comparant les grandes villes de l'Est à celles de l'Ouest, telles New-York ou Paris, nous constatons que la lumière physique extérieure de celles de l'Ouest est plus brillante.

D'un autre côté, l'intelligence de l'Est a porté plus d'attention à la Lumière Intérieure. Peu de gens à l'Est ont jamais cru que Dieu avait créé le monde en six jours de vingt quatre heures et ont toujours considéré la Terre comme un endroit très ancien. La plupart des gens de l'Est ont accepté que la réincarnation est une doctrine véridique et logique et ils ont refusé de considérer Dieu comme une entité vengeresse qui prendrait plaisir à expédier ses propres enfants vers le feu de l'enfer. Les dévots de l'Est ont reçu de nombreux bénéfices de la méditation et n'oublions pas que les arts martiaux en sont originaires.

Le temps est maintenant venu où les lumières extérieure et intérieure vont fusionner pour créer une lumière unifiée. L'Occident exporte les bénéfices de la technologie et des affaires vers l'Est tandis que l'Est, à son tour, contribue en présentant à l'Occident le meilleur de ses enseignements cachés.

Le Christ, qui a voyagé abondamment en Orient pendant les années *manquantes*, représente l'aspect Fils, désigné ici précisément par le mot *Amour*. Il a donc dévoilé le véritable sens de l'Amour spirituel au monde. Cette planète a encore un long chemin à parcourir pour comprendre et mettre en application les enseignements à la fois du Christ et du Bouddha. Le monde a appris de Moïse tout ce qu'il pouvait et nous approchons d'un temps où les lois pratiques évolueront vers des niveaux plus élevés.

– Vous ne dites rien du troisième aspect, pouvez-vous m'en révéler davantage ?

– Beaucoup plus, en effet. Dans la transition de l'âge des Poissons à celui du Verseau, cet aspect final sera révélé. De nombreux disciples comprennent que l'aspect Père représente le pouvoir, mais il existe un autre mot-clé qui doit être révélé et intégré. Ce mot-clé sera bientôt divulgué mais la compréhension qu'il implique prendra mille ans pour être assimilée.

– La première clé a nécessité beaucoup plus de temps que je ne l'aurais imaginé. En sera-t-il de même pour chacune d'elles ?

– La durée pour appréhender les bases de chaque clé est variable. Vous avez, avec la première appris beaucoup sur le principe intuitif qui vous était avant cela inconnu, la plupart des autres ne représentera pas autant d'effort. Les futures clés s'en trouveront facilitées.

– Je dois reconnaître que cette séance a été absolument captivante, dis-je. Vous avez presque réussi à me faire oublier les problèmes qu'Elizabeth est en train de traverser, mais pas tout à fait, cependant. Si nous avons terminé, je devrais probablement rentrer auprès d'elle. Ma plus grande préoccupation est de revenir avec quelque chose qui lui rendra espoir. Vous m'avez annoncé qu'il se prépare une tentation qu'elle doit vaincre toute seule sans l'aide de ma présence physique. Que puis-je faire pour l'y préparer ?

– Vous avez déjà fait tout ce qui était en votre pouvoir car l'heure de sa tentation est arrivée.

– Que voulez-vous dire ?

– Vous sentez-vous assez solide pour utiliser les cristaux une fois de plus ?

– Je me sens assez fatigué, mais s'il s'agit de soutenir Elizabeth, je trouverai la force.

– Approchons des cristaux , moi d'un côté et vous, de l'autre, m'instruisit Jean. Si, au cours de ce qui va suivre, vous sentez que vous perdez trop d'énergie vous devez vous retirer. Je n'avais pas prévu que vous alliez faire une incursion dans l'intimité de l'Ancien des Jours et vous affaiblir à ce point. J'espérais que vous auriez des ressources d'énergie vitale plus importantes pour affronter ce moment. Je vais me joindre à vous et vous faire profiter de toute la force dont je peux disposer.

– Je ne comprends pas. Pourquoi ai-je besoin de toute cette énergie ? interrogeai-je, inquiet.

– Touchez les cristaux avec moi et vous verrez.

Chacun de son côté, nous avançâmes vers eux. Tandis que je m'ajustais à la vibration, je commençai à percevoir Elizabeth à la maison dan son fauteuil roulant. L'image était plus réelle que celle de la télévision ou d'un hologramme et la réception aussi précise que si nous avions été à ses côtés. Mon cœur était déchiré en la voyant diriger son fauteuil vers la porte d'entrée et attraper la poignée dans une tentative désespérée pour se mettre debout. Elle réussit à se soulever de quelques centimètres, ses mains tremblaient et elle retomba dans son siège. Puis elle commença à sangloter en m'appelant : *« Joseph, Joseph, Joseph… Vas-tu bientôt revenir ? As-tu quelque chose pour me soulager ? Jean t'a-t-il donné une solution magique pour que mes forces reviennent ? S'il te plaît, mon Dieu, fais qu'il trouve le moyen de m'aider ! »*

J'étais si bouleversé que je m'éloignai des cristaux en gémissant :

– Mon cœur, je suis là pour t'aider…

– Ne reculez pas, avertit Jean, ou vous pourriez rompre la connexion.

Je replaçai mes mains sur les pierres. La présence d'Elizabeth était à ce point réelle que j'avais l'impression de me trouver auprès d'elle.

– Vous devez maintenant vous préparer mentalement pour ce qui va se passer, m'intima Jean, et ne pas bouger d'où vous vous trouvez. Si vous désirez apporter un appui spirituel à Elizabeth au moment où elle en a besoin, il est temps de mettre en application la leçon du dernier mot-clé et de focaliser votre attention plus intensément sur l'objectif à atteindre !

Juste au moment où je me demandais ce pour quoi j'avais à me préparer, j'entendis sonner le timbre de l'entrée. Le judas est trop haut pour qu'Elizabeth puisse voir depuis son fauteuil, aussi se rend-elle généralement à la fenêtre du salon pour observer de qui il s'agit avant d'aller ouvrir. Elle amorça un mouvement vers la fenêtre mais elle était si épuisée qu'elle décida d'ouvrir sans vérifier.

C'était Philo. Nous reçûmes un choc, l'un et l'autre, car nous avions présumé qu'il était à bord de l'avion faisant route vers la Californie. Elizabeth recula dans sa chaise et il s'en fallut de peu que je n'en fasse autant.

– Accrochez-vous aux cristaux, me lança Jean.

– Le maudit salopard... ! hurlai-je, et, à l'intention de Jean : Vous devez me laisser partir immédiatement ! Faites-moi rentrer à la maison pour que je puisse la protéger...

– C'est sa tentation, me rappela Jean, et vous ne pouvez pas être là physiquement pour la secourir. Il existe certaines choses qu'elle doit résoudre toute seule.

– Mais je ne peux pas assister à ce qui se passe à la manière d'un fantôme et la laisser se débrouiller avec ce forcené !

– Vous le devez, insista Jean. L'unique façon de l'aider est de centrer toute votre attention et toute votre force dans sa direction, et pour l'amour du Ciel, ne perdez pas le contact avec les cristaux !

– Vous m'en demandez trop... Je ne peux pas simplement regarder cet énergumène détruire ma femme.

– Ce n'est pas moi qui vous le demande. L'âme d'Elizabeth vous appelle au secours. Maintenant portez toute votre attention, par le canal des cristaux, à la façon de guider votre épouse et peut-être pourra-t-elle en ressortir entière.

La pensée me vint que jamais Jean ne m'avait laissé tomber dans cette vie, et probablement pas non plus dans d'autres, et instantanément je me rassurai et décidai de lui faire confiance, fixant mon attention sur ce qui se passait dans mon salon. Je vis Philo pousser la porte et entrer. Apparemment il était venu tout seul, Lance n'était pas là.

– J'ai annulé mon vol afin de retirer cette fameuse dague et vous rendre la santé, annonça-t-il à Elizabeth comme s'il s'agissait d'une nouvelle parfaitement anodine.

Mon cœur sombrait. Je me sentais si faible que je ne crois pas que j'aurais eu assez de force pour aider une mouche à se sortir d'une toile d'araignée. Mon unique désir était de lâcher les cristaux et courir à la maison pour jeter Philo dehors. J'eus presque la sensation que c'était ce que j'aurais dû faire si j'avais été un homme pour de bon, puis mon mental se rappela que l'unique chance que j'avais de lui venir en aide était de rester collé aux cristaux et de mettre en pratique le peu de connaissance que j'avais acquise. Comme je me résolus à suivre les conseils de Jean, je réalisai que j'étais entré dans un combat inimaginable et qui ne ressemblait en rien à ce que j'avais pu voir, entendre ou connaître, un combat qu'Elizabeth et moi étions dans l'obligation de gagner.

XVII

La dernière tentation

Je regardai en silence Elizabeth répondre à Philo :

– Je sais très bien qui vous êtes, Frère Philippi ! lui lança-t-elle. Vous m'avez obligée à torturer et à tuer et vous êtes pour moi la cause de plus de calamités que les chevaliers du Temple dont j'étais censée obtenir des aveux. Je porte en moi la croix d'une grande culpabilité sous la forme de cette maladie. Pour quelle raison vous ferais-je confiance maintenant ?

Philo s'assit sur le divan et lui répliqua avec douceur :

– Pour les mêmes raisons qui vous ont poussée à le faire jadis.

– Et de quelles raisons parlez-vous ?

– Du pouvoir dont vous pourrez jouir grâce à moi, énonça-t-il en se laissant tomber sur le divan sans la moindre gêne. Je vais vous expliquer. Il y a deux façons de voir l'équation qu'est l'expérience de la vie. L'ignorant les appelle le bien et le mal, la lumière et les ténèbres, mais les frontières ne sont pas aussi tranchées. Avant que vous ne me jugiez, je voudrais vous poser une question. Selon la formule consacrée, on vous affirme que tout est pour le mieux dans le meilleur des mondes possibles, Toutefois, en tant qu'être humain, vous vous trouvez dans l'état déplorable qui est le vôtre en ce moment, clouée dans un fauteuil en compagnie de douleurs abominables. Quel bénéfice tirez-vous de tout cet amour fraternel alors que votre univers tout entier n'est qu'un enfer ?

– Quand on choisit la voie juste, les solutions ne se présentent pas forcément tout de suite, mais au bout du compte, les choses s'améliorent.

– Au bout du compte, à la fin des temps… alors nous sentirons le parfum des roses !

Il se mit à rire bruyamment, sa voix se fit claironnante :

– La Fraternité de Lumière imbécile qui a le culot de se prétendre inconditionnellement désintéressée vous prêche que les bonnes choses viendront dans un futur qui en fait n'arrive jamais. Eh bien, nous y sommes dans le futur : autrefois, votre époux, Jean et d'autres ont énormément enduré dans la quête de ce bien illusoire. Celui-ci les ignore toujours et les voilà condamnés à souffrir davantage, aujourd'hui qui est le futur de cette époque ! Quant à vous… Regardez-vous ! Votre santé a toujours été excellente jusqu'à ce que vous décidiez de suivre votre mari. Lorsque vous l'avez sauvé dans cette vie passée en basculant de son côté, vous avez attiré sur vous-même des afflictions indescriptibles. Si vous n'aviez pas changé de bord, vous n'auriez jamais eu la moindre maladie !

– Vous mentez ! hurla-t-elle.

– Je suis la preuve vivante de ce que j'avance, riait Philo à gorge déployée, la tête rejetée en arrière. Regardez-moi ! Ma vitalité et ma santé sont à toute épreuve et je ne me souviens même plus à quelle vie remonte mon dernier rhume. J'ai fait beaucoup plus de mal, comme le monde a coutume de dire, que vous ne pourriez le concevoir dans vos pires cauchemars. Expliquez-moi alors pourquoi c'est vous qui êtes dans ce fauteuil pendant que je peux courir sur les plages de Californie, le vent dans les cheveux !

Il prenait de toute évidence un malin plaisir à retourner le couteau dans la plaie.

– Je ne sais pas… répondit faiblement Elizabeth.

– C'est injuste, n'est-ce pas ? minauda-t-il dans un sourire que j'aurais aimé écraser d'un coup de poing.

La scène qui se déroulait sous mes yeux faisait monter en moi une rage grandissante, je pressentais cependant qu'il était indispensable que je reste attentif à ce qui allait se dire avant de pouvoir être utile à quelque chose.

– Peut-être n'est-ce que justice. Je mérite sans doute ce qui m'arrive comme conséquence des tourments que j'ai infligés à ces chevaliers, conclut-elle après un moment de réflexion.

– Voilà une déclaration particulièrement stupide ! proclama-t-il, autoritaire. Vous savez, en fin de compte, il y a deux groupes d'individus. Le premier est celui qui se nomme Fraternité de la Lumière, à la recherche d'un monde spirituel et d'une essence qui n'existent même pas. Dans la quête de cette illusion, ils endurent des souffrances vie après vie et finissent sous la domination du second groupe auquel j'appartiens. Certains nous appellent Frères Obscurs, nous préférons les Gardiens. Nous ne sommes pas plus obscurs que lumineux, nous sommes, tout simplement. Nous sommes les grands *JE SUIS* dont la destinée est de diriger la Terre. Comme je vous l'ai dit, au bout de l'évolution il n'y a que deux groupes : les gens intelligents et les gens stupides. Fort heureusement, je me trouve du bon côté.

– Je ne m'aventurerais pas à dire que vous êtes intelligent. Après tout, le bien triomphe toujours du mal. Où serez-vous à ce moment-là ?

– Ce n'est qu'une superstition, rétorqua-t-il, un discours que l'on entend inlassablement mais que l'on peut rarement constater. Tout d'abord : le bien et le mal, c'est une question de point de vue. Ce qui prévaut est toujours ce que l'on appelle le bien en fin de compte. Croyez-vous que si Hitler avait remporté la guerre on se référerait à lui aujourd'hui comme à un être maléfique ? Bien-sûr que non. S'il avait gagné, ce sont les Churchill et les Roosevelt qui seraient les méchants de l'histoire pour avoir provoqué une guerre dont le résultat a coûté des millions de vies allemandes !

Philo se pencha vers Elizabeth :

– Maintenant permettez-moi de vous donner cet important conseil en matière d'éveil, *mademoiselle je suis parfaite* : ceux qui gagnent à la fin sont ceux qui ont le pouvoir. Avez-vous déjà élevé des poulets ?

– Mon père en élevait quand j'étais petite fille.

– Les coqs du poulailler sont un bon exemple de ce que j'explique, précisa-t-il. Si vous avez douze coqs au milieu de sept cents poules, vous constaterez qu'ils veulent tous être le chef et qu'ils se battent régulièrement pour ce privilège. Or, parmi ces douze coqs, il se peut qu'il s'en trouve quelques-uns plutôt gentils et doux, mais il y a aussi ceux qui sont agressifs et prêts à tout. D'après vous, lesquels feront la loi ?

– J'imagine que vous allez affirmer que ce sont ceux qui sont prêts à tout ?

– Si vous aviez un élevage de poulets, vous sauriez que c'est un fait. Ce n'est pas seulement une question de survie, mais les plus forts et les plus puissants ont une existence beaucoup plus agréable. Que préféreriez-vous être ? Le chapon sympathique aux bonnes manières et plein d'amour toujours servi le dernier ou le coq agressif et dominateur, celui qui dirige la basse-cour et obtient ce qu'il désire ?

– On ne peut pas toujours tout avoir, à moins de ne faire aucun cas du droit des autres !

Philo haussa les épaules :

– Le droit des autres n'a rien à voir la-dedans ! asséna-t-il d'un ton impérieux et d'une voix dictatoriale. Il n'existe qu'un seul droit dans cet univers et c'est celui de prendre soin de vous, c'est d'ailleurs aussi votre devoir, afin d'accéder au sommet du pouvoir. C'est le seul moyen pour acquérir la vie la plus confortable, destinée à ceux qui sont capables de s'en donner les moyens. Si chacun prend soin de ses propres intérêts, alors le monde prend soin de lui-même.

– Ainsi, selon vous, la force fait office de loi ?

– La force est la loi, affirma-t-il. Laissez-moi vous confier un secret : vous êtes l'univers ainsi que tout ce que vous percevez. C'est tout ce qu'il y a ou aura à tout jamais. Tel est le principe de base des Gardiens et la règle selon laquelle nous vivons.

– Et comment pouvez-vous vivre sur la base d'un tel principe ?

– Je vais vous donner un exemple. Admettons que vous ayez la possibilité de sauver la vie de tous les gens qui vivent en Australie en sacrifiant la vôtre. Et pourtant, dans votre univers, c'est comme si l'Australie n'existait pas : vous n'y connaissez personne, vous n'y avez aucun intérêt financier, vous ne buvez même pas de la bière australienne. Si l'Australie disparaissait de la carte du monde, cela ne changerait rien à votre histoire ou à votre bonheur. Tout continuerait exactement comme par le passé. Dans de telles circonstances, pensez-vous qu'il serait bon de donner votre vie pour eux ?

– A condition d'en avoir le courage, je pense que ce serait une bonne chose, en effet. Il est indéniable que des millions de vies ont beaucoup plus de valeur que la mienne.

– C'est ce que vos frères bien pensants veulent que vous imaginiez. Toutes ces croyances ridicules ne font que développer votre sens du sacrifice en leur donnant plus d'emprise sur vous. La réalité des Gardiens dirait que si l'Australie ne représente aucun bénéfice particulier pour votre vie, elle n'a aucune existence dans votre univers et il n'est pas de votre intérêt personnel de la sauver. Vous ne chercheriez à la protéger que dans la mesure où cela vous rapporterai quelque chose.

– Nous sommes tous interconnectés, lui opposa Elizabeth, il y va donc forcément de notre intérêt de les soutenir.

J'étais fier d'elle et de la manière dont elle défendait ce qui est juste.

– MENSONGE ! beugla-t-il.

Il se leva et se mit à marcher de long en large, semblable à un fauve en cage :

– C'est là qu'intervient la grande division entre les Gardiens et les stupides. Selon eux, nous sommes reliés et ils cherchent dans cette *parenté* des bénéfices irrationnels. Nous savons que chacun est son propre univers. Nous sommes ce que nous sommes et *JE SUIS CE QUE JE SUIS.* Nous ne devenons rien de plus que ce que nous sommes déjà. Nous sommes, un point c'est tout, et les êtres intelligents en tirent le meilleur parti, lequel consiste à organiser pour soi-même un monde agréable. Au départ, ce concept est une réalité dure à accepter et à vivre car vous devez parfois réussir à être indifférent, c'est indispensable lorsqu'il s'agit de torture, comme dans le cas des chevaliers par exemple. Dans le but de faciliter mon existence, j'ai dû recueillir des informations essentielles de la part des Templiers. Ainsi, pour rehausser mon confort, j'ai appris à ignorer leurs cris et leur angoisse. Mais vous ne vous imaginerez jamais ce qu'il y a de comique là-dedans…

– Quoi ? demanda-t-elle, une expression de dégoût sur le visage.

– J'ai réalisé que lorsque je faisais ce qui était juste pour mon univers, j'en arrivais à savourer la douleur indispensable que j'infligeais.

– J'étais parmi ceux qui exécutaient ces basses œuvres pour vous, riposta Elizabeth, mais certainement pas à des fins personnelles. Je croyais travailler pour Dieu et pour le Pape. Je n'ai jamais retiré le moindre plaisir des épreuves que j'ai causées à autrui et le simple fait d'y penser me meurtrit encore aujourd'hui.

Elle hochait la tête à l'évocation de ces mémoires.

– Et savez-vous pourquoi ces souvenirs vous heurtent, et pas moi ? défia Philo pontifiant. Parce que j'ai accepté qui je suis et vous non. Ma décision de placer mon intérêt au-dessus de celui des autres a mis fin à tout conflit intérieur. Une fois ce grand choix effectué, il n'y a plus ni bien ni mal, ni culpabilité, un seul chemin à prendre : celui qui enrichit votre univers personnel car il n'y a rien d'autre.

– Votre voie m'a l'air bien égoïste…

– Regardez les choses en face, madame ! criait Philo en se penchant vers le visage d'Elizabeth. Seul soi importe. Faites-moi une faveur et fermez les yeux un instant. Cela ne peut pas vous faire de mal.

Après une légère hésitation, elle s'exécuta.

– Maintenant, dites-moi, ressentez-vous un autre univers à l'extérieur de votre conscience individuelle ?

– Le vôtre, répliqua-t-elle.

– Vous entendez ma voix, mais vous ne partagez pas ma conscience. Pensez à cela tandis que vous êtes assise là, les yeux clos. L'autre conscience extérieure à la vôtre peut exister ou pas, cela n'a pas d'importance. A l'intérieur de votre histoire, vous êtes tout ce qui est et si quelque chose ne vous procure pas d'enrichissement en terme de plaisir ou de qualité de conscience, rien ne vous oblige à lui donner suite.

– Donc, conclut Elizabeth en rouvrant les paupières, à moins d'en retirer un profit personnel, la seule chose qui me reste à faire est de passer mon chemin et de laisser sombrer tout le continent australien.

– Il s'agit là d'un exemple extrême, mais pensez-y. Si l'Australie disparaissait sous les eaux et que vous n'en sachiez rien, cela n'aurait aucun impact sur vous, tout comme si rien ne s'était passé. Considérez ceci : pendant que nous parlons, quelque part dans l'univers, un système stellaire s'est transformé en supernova, entraînant la destruction de milliards de vies. En ressentons-nous quelque tristesse ? Non. Cela n'a aucun effet sur notre conscience et nous continuons à vivre de notre mieux dans le système que nous avons créé. Oubliez l'idée que vous obtiendrez quelque mystérieux avantage en sacrifiant votre vie pour les autres. Si vous ne parvenez pas à voir, sentir ou utiliser le profit, alors il n'y en a pas et, si tel est le cas, pourquoi donner de vous-même ? Vous avez raison, c'est égoïste, mais finalement l'individualisme est la seule motivation apte à améliorer votre vie. Rien d'autre ne compte.

– Je ne vous crois pas, répétait Elizabeth, en secouant la tête en signe de dénégation.

– Oh, mais si, ma petite acolyte ! Et vous le savez au fond de vous. Dans le monde d'aujourd'hui, les gens adorent pratiquer l'égoïsme : il ne leur faut pas grand chose pour laisser le principe du soi diriger leur petit monde, bien qu'ils se glorifient d'être autre chose que ce qu'ils sont en réalité. Les masses se vantent d'avoir de la compassion. Les Gardiens, pour cette raison, leur prêchent le message classique de l'amour et de la solidarité dont elles raffolent pour apaiser leur sentiment d'ignorance et de culpabilité. Nous dispensons les paroles qu'elles ont envie d'entendre, toutefois nous leur donnons ce qu'elles veulent véritablement. Puis, après une longue période d'hypocrisie, certains s'éveillent à ce qui est.

– Et qu'est-ce qui est ?

– Une seule chose : le soi. Lorsque cette réalisation vient à vous, la décision de poursuivre dans la voie unique est alors facile à prendre et à partir de là, vous faites ce qu'il faut pour avancer. Tout est simple. Plus de jugements moraux. Le chemin est celui de son propre intérêt. Toute décision future est alors réduite à une seule équation : agir dans votre propre intérêt. Dans cette vie où j'ai été votre professeur en tant que Frère Philippi, il s'en est fallu de presque rien pour que vous n'empruntiez la voie unique. Malheureusement l'ignare qu'est votre époux actuel s'est immiscé dans mes projets et a retardé votre adhésion à la Fraternité.

– Quelle différence y-a-t-il pour vous que j'entre dans la Fraternité ou non ? Cela n'a aucune incidence sur votre existence.

– Oh, mais si, ma douce Scarlett... Bien-sûr que si ! grimaça ouvertement Philo. A la lueur de ce que je vous ai raconté, il est clair que je peux tirer bénéfice de vous ou je ne gaspillerais pas mon énergie en votre compagnie. Voici comment ça se passe : l'un des avantages consistant à être un membre à part entière de la Fraternité est qu'un adepte peut acquérir le pouvoir de prolonger sa vie, sa santé et sa puissance indéfiniment. Outre le contrôle que nous exerçons sur les foules, nous drainons de l'énergie de nos disciples immédiats et à travers eux.

Elizabeth l'interrompit :

– Et je suppose que Lance est un disciple immédiat ?

– Exact. Grâce à lui et à d'autres bienfaiteurs faciles à convaincre, je peux me nourrir de leur vitalité sans même qu'ils s'en aperçoivent.

A ce stade de ses révélations, j'étais tout bonnement captivé. Je ressentais comme un authentique privilège d'entendre un Frère Obscur expliquer et décrire le véritable fonctionnement de son ordre. Au travers du cristal, certitude m'était donnée que cette information était rarement divulguée et que le simple fait d'en être le témoin mettait en danger la vie d'Elizabeth.

– Vous êtes différente de Lance, poursuivit Philo. Ce dernier aura besoin de plusieurs vies de tutorat avant d'être prêt à prendre la grande décision du Soi, mais vous, vous avez balancé entre les deux voies depuis un certain temps déjà. Vous êtes toujours hésitante et vous n'avez pas encore vraiment résolu quel va être votre chemin final. Maintenant votre alternative est claire : c'est la voie du pouvoir, comme je l'ai fait, avec une longévité inédite, plaisir et vigueur, ou bien celle de l'illusion, soit le sacrifice pour un rêve qui ne se réalisera jamais. J'aime à l'appeler la voie de la stupidité.

– Vous ne m'avez toujours pas dit ce que vous aviez à y gagner si je choisissais votre côté.

– On pourrait parler d'effet pyramidal, système de vente très à la mode depuis quelques années. Au bas de la chaîne, vous avez des gens qui achètent le produit et ces gens sont nécessaires : ils sont le « pain et le beurre » du système. Ils ressemblent à Lance et autres adeptes inconditionnels qui me permettent, ainsi qu'à la Fraternité, d'avancer. Dans le cas où les affaires commencent à prendre de l'ampleur, vous avez besoin de déléguer vos pouvoirs et de prendre des directeurs pour vous seconder. Un bon directeur adjoint vaut de nombreux consommateurs, et il en faut une certaine quantité pour que tout marche bien. J'ai investi plusieurs vies avec vous, je vous ai préparée pour ce travail et lorsque vous avez quitté la voie, vous avez laissé un vide que je n'ai pas encore réussi à combler. Néanmoins, toute la préparation et l'entraînement que je vous ai donnés sont toujours intacts. Si vous deviez choisir le bon chemin, même après tout ce temps, toute la connaissance que je vous ai inculquée vous reviendrait et vous seriez ainsi un tremplin pour moi dans mon ascension vers des échelons plus élevés de pouvoir.

Les paroles de Philo déclenchèrent en moi un profond malaise :

– Ce type est véritablement une sorte de vampire, commentai-je à Jean.

– C'est ce qu'il est, en effet, approuva ce dernier. Les mythes et légendes retransmis au cours des âges ne sont que des distorsions de la vérité. Les Frères Obscurs ne boivent pas de sang mais ils dérobent la vie dont le sang est un symbole. Concentrez-vous maintenant sur votre femme. Préparez-vous à faire contrepoids en adressant à Elizabeth votre force d'âme pour l'assister et l'aider à traverser cette crise. Syntonisez-vous sur la fréquence de la situation et vous saurez à quel moment agir.

Je m'efforçai de suivre les conseils de Jean. C'était difficile car il m'était insupportable de rester là, sans bouger. Il aurait été tellement plus simple d'aller sur place et de jeter Philo dehors. Mais, j'acquiesçai en reportant mon attention sur ce qui se disait.

Elizabeth marqua un temps pour digérer ce qu'elle venait d'entendre et reprit la parole :

– Donc, vous avez besoin de moi ! C'est très bien, mais vous devez être complètement fou pour oser imaginer que je vais adhérer à votre culte juste pour combler vos vœux mégalomanes d'accéder à un poste supérieur…

– Je ne pense rien de tel, ma chère. Si vous étiez désireuse de vous joindre à nous uniquement pour m'aider dans mon ascension, cela serait l'illustration du fait que vous n'êtes pas prête. Je veux que vous entriez sur la voie par égocentrisme, comme l'ont fait tous les autres frères avant vous. Nous pouvons prédire que vous serez très utile et très douée.

– Navrée de vous décevoir, déclara-t-elle, je ne me joindrai pas à vous. Bien, je crois que notre conversation est terminée. Voudriez-vous vous retirer ?

– Je ne crois pas que vous désiriez me voir partir, répondit-il arrogant et sûr de lui.

– Et pourquoi ne saurais-je pas ce que je veux ? lança-t-elle en le bravant.

– Parce que je sais ce que vous ressentez : vous êtes épuisée. Vous êtes tellement fatiguée que vous avez l'impression que vous êtes aux portes de la mort.

– Nous devons tous mourir un jour ou l'autre, répliqua Elizabeth.

– Mais vous n'y êtes pas prête. Vous avez des espérances et des rêves que vous n'avez même pas encore partagés avec votre mari.

– Il m'aidera, comme toujours et je retrouverai mes forces et ma santé.

– Vous croyez que ce Jean va faire quelque chose pour vous, n'est-ce pas ?

– C'est possible.

– Il joue avec vous, s'écria-t-il en éclatant de rire. C'est ce que font les gens stupides… Oh ! Pardon, je voulais dire les Frères de la Lumière. Je n'avais pas l'intention d'être discourtois. Cette bande d'illuminés rêvent encore et toujours et ils ne font jamais rien. C'est une des différences fondamentales entre nous. Nous faisons face et eux non. A propos, la seule origine de votre nouvelle rechute est la négativité de votre époux. La dague vous est revenue à cause de lui. Et, si je puis m'exprimer ainsi, elle est plantée encore plus fermement que la dernière fois et elle exécute son travail mortifère.

– Vous avez abusé mon imagination. J'ai décidé de l'ignorer et elle partira. Bientôt je recouvrerai la santé, contra Elizabeth fermement.

– Vous vous leurrez.

Il attrapa un miroir qui traînait sur la table basse et, marchant dans sa direction, il le brandit face à elle :

– Tenez, regardez vous-même !

Elle plaça sa main devant ses yeux en guise de protection :

– Partez !

– Je vous ai dit de jeter un coup d'œil ! commanda-t-il d'une voix retentissante.

– Je n'ai pas à le faire, l'arme n'est pas réelle.

– Dans ce cas, de quoi avez-vous peur ? Allez, regardez !

Elizabeth baissa lentement la main et ne put éviter un rapide regard dans le miroir. Elle hurla.

– Regardez encore ! cria Philo, lui empoignant les cheveux pour lui tirer la tête en arrière et l'obliger à faire face à son image. Si vous voulez que la maudite chose vous soit retirée, vous devez prendre conscience du problème. Allez-y, contemplez une bonne foi !

Je ressentais une terrible empathie pour Elizabeth en voyant qu'elle ne pouvait pas résister à l'impulsion de lancer un autre regard.

Elle était visiblement très secouée :

– La dague… elle est plus grande qu'avant !

– Evidemment ! Et tandis que nous discutons elle grandit encore et elle s'enfonce davantage. Je suis persuadé que vous vous sentez encore plus affaiblie qu'il y a quelques minutes… comme si votre vie était sur le point de vous quitter sans que vous puissiez y remédier.

Elizabeth, à bout, se mit à pleurer et, en repoussant le miroir :

– Qu'essayez-vous de me faire ? Quelle sorte de plaisir éprouvez-vous donc à me détruire ainsi ?

– Je suis ici pour vous aider et retirer l'instrument que les erreurs de votre époux ont ramené jusqu'à vous.

– Je ne vous crois pas !

– Pensez-vous que vous êtes en train de mourir ?

– Et si c'était le cas, qu'y pourriez-vous ?

– J'ai la possibilité de vous rendre la vie. Voilà, laissez-moi l'enlever.

– Partez ! supplia-t-elle.

– Mais, vous ne voulez pas réellement que je m'en aille. Je sais que vous désirez que je vous en débarrasse et que tout rentre dans l'ordre.

– Non ! Je ne veux rien qui vienne de vous !

– Bien sûr que si ! dit-il en l'attrapant de force et en faisant le geste d'extraire le poignard. Voilà qui est mieux… Maintenant, vous allez sentir votre force revenir.

– Je ne suis pour vous qu'un sujet de divertissement ! Allez, partez ou je vais appeler la police !

– Pourquoi n'essayez-vous pas de sortir de votre fauteuil et d'aller jusqu'au téléphone, pour voir ?

– Je ne vous donnerais pas cette satisfaction, même si je le pouvais.

– Si, vous allez me la donner ! assura-t-il en renversant le fauteuil d'Elizabeth sur le plancher.

Devant ce spectacle désolant, j'eus beaucoup de mal à rester assez immobile pour ne pas interrompre la liaison avec le cristal. Je me calmai et, avec répugnance, je continuai d'observer la scène. Quelle ne fut pas ma surprise, à cet instant, de voir Elizabeth se lever et donner à Philo une gifle bien sonnée.

– Vous allez sortir d'ici tout de suite ! criaa-elle au comble de la fureur.

– Regardez-vous ! rétorqua celui-ci, vous êtes debout.

Elle ne semblait pas, jusqu'alors, réaliser ce qu'elle faisait :

– Oui. On dirait que je suis sur pied… balbutia-t-elle, désarsonnée.

– Sans aucun doute. Marchez, allez-y !

Sa colère semblait se dissiper pendant qu'elle amorçait quelques pas flageolants…

– Vous avez certainement fait quelque chose, reconnut-elle, je me sens plus robuste.

– Continuez, vos forces vont revenir.

Elle suivit son conseil et fit le tour de la salle de séjour, avec plus d'assurance.

– D'accord, convint-elle. Vous m'avez probablement aidée, maintenant vous pouvez partir.

– Les choses ne sont pas aussi simples, répliqua-t-il. Vous oubliez que je n'appartiens pas à quelque stupide fraternité philanthropique. Je vous ai rendu votre vitalité et j'exige quelque chose en retour. Tel est le code selon lequel nous vivons.

Elizabeth s'arrêta, s'assit et l'interrogea :

– Et qu'attendez-vous de moi ?

– Voici le marché : je veux que vous rentriez dans le rang. Je vous ai perdue au

Moyen-Age, mais je suis venu reprendre ce qui m'appartient. Tout ce que vous avez à faire est de dédier votre vie exclusivement au bénéfice du soi, une partie m'étant consacrée, dans la mesure ou sans moi vous n'avez pas de soi. En conclusion, lorsque vous m'aidez, vous vous aidez aussi.

– Soyez plus clair, dit-elle, les yeux remplis de méfiance.

– Ce que je veux dire est tout simplement que j'ai tout pouvoir sur vous. Vous prenez un engagement auprès de moi et je vous permettrai de mener une longue existence et de jouir d'une excellente santé. En cas de refus, vous mourrez.

– Ainsi que je l'ai déjà dit, nous mourrons tous tôt ou tard, assura Elizabeth.

– Pas comme vous allez le faire ! Si vous n'acceptez pas le marché que je vous offre, je ferai en sorte que la lame retourne se planter en vous et il ne faudra pas plus de quelques heures pour faire de vous un légume vivant. Vous demeurerez probablement ainsi pendant plusieurs mois, paralysée, dans un état de souffrance qui vous conduira jusqu'à la mort.

– Quand bien même vous vous arrangeriez pour me faire ce qu'il y a de pire, Joseph saura m'aider. Il reçoit, en ce moment précis, des informations pour ma guérison.

– Vous n'y croyez pas beaucoup ! insinua Philo.

– J'ai foi en mon époux.

Il éclata d'un rire revêche :

– J'ignore pourquoi. Peut-être vous êtes-vous sentie un peu mieux deux ou trois fois, et pourtant vous avez toujours rechuté. Je vous ai prévenue : les Frères de Lumière, comme vous les appelez, vivent dans le monde de l'utopie. Les choses iront toujours mieux demain, pour aujourd'hui vous êtes malade, pauvre et vous vous sacrifiez. Cela n'en finit jamais. Voilà pourquoi le chemin des Gardiens est de loin préférable. Avec nous, les résultats que vous obtenez sont immédiats : vous êtes guérie maintenant et vous le demeurez. Non seulement vous pouvez avoir une vie longue, saine et prospère mais également les fondations ont été établies pour nous prolonger vraisemblablement de centaines d'années.

– Vous rêvez !

– Le retour de votre bien être est-il un rêve ? Je pense que vous connaissez la réponse.

– Je veux bien admettre l'éventualité que vous représentiez un certain type de pouvoirs et que je sois égoïste de temps à autre, mais je ne crois pas que je pourrais délibérément vivre sur la base de cet unique critère et je ne veux pas m'associer aux forces des ténèbres !

– Obscurité, lumière, ce sont des termes ambigus. Quel que soit le nom que vous donniez au choix que je vous propose, il est du côté du bon sens. S'il existe un côté pour la lumière c'est sans nul doute celui-là, car vous remarquerez que j'ai une grande clarté de vision, bien supérieure à celle des rêveurs. Je distingue la satisfaction et le profit immédiats.

– Il y a autre chose qui vous échappe, déclara Elizabeth. Mon mari n'accepterait jamais un tel arrangement et je le perdrais, ce qui pour moi reviendrait à mourir.

– C'est à vous que certaines choses échappent, ma chère. Votre époux adoré vous aime tendrement. Eh bien, s'il vous aime réellement, il vous apportera son soutien dans n'importe quelle condition, ne croyez-vous pas ? N'est-ce pas là ce que font généralement les gens qui s'aiment ? Je suis sûr qu'il ne se contentera pas de rester avec vous mais qu'il finira par rejoindre notre bord.

– Vous ne connaissez pas Joe, commenta-t-elle doucement.

– Oh, que si ! J'ai eu affaire à lui dans plus d'une vie et j'ai sur lui l'avantage de m'en souvenir. Je connais ses faiblesses et le plan d'attaque le concernant est d'une grande simplicité : nous ne lui annoncerons pas la bonne nouvelle tout d'un coup, mais graduellement. En nous y prenant bien, vous ne le perdrez pas, au contraire nous avons une grande chance de le faire basculer de notre côté. Si nous y parvenons, son essence peut ajouter une bonne centaine d'années à chacune de nos vies.

– Ma santé serait à ce point importante à mes yeux que je ne prendrais tout de même pas le risque de perdre Joseph.

– Ainsi donc, vous refusez ma proposition ?

– En effet. Je vais devoir prendre mes responsabilités. Maintenant, pourriez-vous quitter cette maison ?

– Je ne crois pas. Vous n'arriverez pas à me convaincre que vous refusez mon offre. Permettez-moi de vous rappeler ceci : si vous me reniez, aujourd'hui marquera le point de départ de votre longue agonie vers une fin horrible. A son retour, votre mari vous trouvera transformée en légume aux prises à d'affreux tourments. Ni vous ni moi ne désirons cela, n'est-ce pas ?

– Vous essayez de m'effrayer, partez s'il vous plait.

– Vous effrayer ? Vous n'avez pas la moindre idée du sens de ce mot. Avez-vous jamais réfléchi à ce qu'est la véritable clé du pouvoir ?

– Je m'en fiche.

– Je vais vous le dire de toute façon, autant en profiter pendant que la vérité est à l'ordre du jour : c'est la peur. Quand on a compris comment utiliser la peur pour contrôler et manipuler les autres, on peut alors obtenir d'eux virtuellement tout ce que l'on désire.

– Pourtant, vous n'avez pas réussi avec mon mari. A l'époque où il était chevalier, il a résisté à la peur de la mort et vous n'avez eu aucun pouvoir sur lui.

Philo administra alors une énorme gifle à Elizabeth :

– C'est la toute dernière fois que vous me défiez, vous entendez ? La dernière fois !

Confondu par ce à quoi je venais d'assister, je faillis perdre le contact avec le cristal. Jean me rappela à l'ordre :

– Vous révolter ne l'aidera pas. Attendez et restez vigilant, l'opportunité va bientôt se présenter.

– Je ne peux pas attendre plus longtemps, il faut que je fasse quelque chose !

– Cela va venir, faites-moi confiance, m'assura Jean.

– Comment saurai-je quand et que faire ?

– Si elle réclame l'aide de Dieu, que ce soit à haute voix ou dans son cœur, à ce moment-là vous pourrez intervenir et il vous sera montré comment.

– Vous ne voyez donc pas l'état dans lequel elle se trouve ? Et si elle ne pensait pas à demander l'aide de Dieu ?

Jean baissa les yeux et dit :

– Il faudra alors la laisser partir.

– Êtes-vous devenu fou ? Je ne la laisserai jamais partir !

– Quels que soient les choix, bons ou mauvais, d'un individu, nous ne devons pas interférer dans la mesure où notre intervention pourrait affecter sa vie. Si cette personne se décide pour le Sentier Obscur, la meilleure attitude consiste à se retirer. Si vous ne le faites pas, la personne en question vous entraînera avec elle.

– Espérons qu'elle prendra la bonne décision car je ne sais pas si je pourrais la laisser partir. Je pense que je préférerais avoir une dague au milieu du dos, dis-je la gorge serrée.

– Je sais ce que vous ressentez, confessa-t-il avec tristesse. Ce serait difficile pour vous mais j'ai confiance, je sais que vous ferez ce qui convient quoi qu'il arrive. Allez, si vous voulez vraiment aider votre femme il faut vous concentrer sur la situation présente.

De retour à la scène du drame, je fus surpris de constater que pendant cet échange avec Jean, peu ou pas de temps semblait s'être écoulé, comme si notre conversation s'était déroulée pendant l'arrêt sur image d'un enregistrement vidéo.

Philo se reprit et annonça :

– Le véritable accès au pouvoir n'est pas dénué d'épreuves, mais laissez-moi vous dire que les obstacles sur notre route sont beaucoup plus faciles à supprimer que ceux du chemin que l'on prétend être celui de la Lumière et de l'Amour. Votre époux et les autres ne sont pour nous qu'une légère irritation sans grandes conséquences.

Elizabeth se leva et, secouant la tête, elle fit un grand effort pour retrouver son sang froid :

– A en juger à votre réaction, il doit représenter pour vous davantage qu'une exaspération sans importance.

Le visage de Philo prit une teinte cramoisie, une rage intérieure remontait dangereusement à la surface en même temps que des hurlements dont le volume s'amplifiait :

– Tous ceux qui se sont opposés aux Gardiens ont eu ce qu'ils méritaient. Le moment est venu où tous seront obligés de se soumettre ou mourir. La volonté de ceux qui sont contre nous sera réduite à néant.

Puis, se reprenant, plus posément :

– Peut-être qu'une petite démonstration arriverait à point nommé. L'heure est venue pour vous de trancher. Ou vous êtes avec moi, ou vous êtes contre moi. Si vous choisissez de rester à mes côtés, vous vivrez, sinon vous savez ce qui vous attend. C'est aussi simple que ça.

Pour aussi ébranlée qu'elle fut, au prix d'un grand effort elle déclara :

– Et si je ne veux pas décider ?

– Vous n'avez pas le choix. Faites la moindre tentative pour me contrecarrer et je vous démontre sur le champ comment la peur anéantit la volonté. Je vais aussi vous prouver que c'est de notre côté que se trouve le triomphe final.

– Je refuse toute coopération avec vous, même sous la forme d'une décision, clama Elizabeth résolument.

Je me sentais fier de la bravoure dont elle faisait preuve.

– Très bien. Je vais vous faciliter les choses : toute réponse n'étant pas oui est non. Une dernière fois : êtes-vous pour ou contre moi ?

Elle était sous l'effet d'une tension épouvantable mais elle fit face avec courage et lui rétorqua :

– Vous n'obtiendrez de ma part aucune réponse.

Elle se dirigea vers le téléphone dans l'intention d'appeler la police.

Philo se précipita vers l'appareil qu'il arracha du mur :

– Tout me porte à croire que vous me dites non ! Je m'y attendais pour commencer. C'est parfait, je vais avoir ainsi l'occasion de vous montrer le pouvoir authentique de la peur et de la terreur.

Après quoi, il saisit Elizabeth de force, l'emprisonna de son bras gauche et appuya sur deux points à la hauteur de la gorge, juste sous le menton. Tandis qu'il faisait pression, il lui murmura quelque chose à l'oreille et elle perdit connaissance.

– Qu'a-t-il fait à ma femme ? m'exclamai-je en direction de Jean.

– Il lui applique une méthode de contrainte hypnotique, une spécialité des Frères Obscurs.

– Ce n'est donc pas équitable. S'il obtient d'Elizabeth un accord alors qu'elle est en état de léthargie, cela ne devrait pas jouer contre elle.

– L'hypnose a des limites, commenta Jean. Elle peut amplifier le pouvoir de nos désirs ou de nos peurs, mais elle n'a pas la capacité de forcer quelqu'un à aller contre ses principes intérieurs. C'est une règle universelle que le choix entre les deux sentiers ne peut pas être obtenu par la force ou la contrainte, quelles que soient les circonstances. Les deux côtés de la Fraternité le savent parfaitement.

– Elizabeth est tout de même la victime d'événements iniques, plaidai-je.

– Tout comme nous l'avons été, vous et moi, en son temps. Néanmoins, reprit Jean, et c'est l'aspect positif, si elle triomphe de cette épreuve, la situation lui sera favorable lors de son prochain choix.

– Je l'espère sincèrement…

Elizabeth était toujours inerte, étendue sur le plancher et Philo continuait à murmurer à son oreille. Il relâcha la pression et elle revint doucement à elle.

– Que pensez-vous de la petite salle de tortures que j'ai aménagée pour vous, ma chère ?

Elle poussa un cri à vous glacer le sang.

– Que se passe-t-il ? m'inquiétai-je auprès de Jean.

– Philo a créé une illusion très réelle pour Elizabeth. Vous pourrez la voir en faisant une demande mentale à travers le cristal.

Ce que je fis. Une image fantôme se forma autour d'Elizabeth. Je pus me rendre compte que la pauvre femme se croyait écartelée dans une chambre de supplices à l'ancienne.

– Pauvre chose, minaudait Philo sarcastique. En dépit de tous vos efforts vous n'avez pas réussi à vous libérer de toute cette culpabilité qui est à l'origine de votre exécrable passé. C'est là qu'est le problème avec les stupides altruistes : leurs remords ramènent des souffrances inavouées. J'ai un grand avantage sur vous, ma chère, je me sens très bien à propos de ce que j'ai fait et aucunement fautif. Conclusion : pas de châtiment.

Elizabeth lança un regard autour d'elle, épouvantée :

– Sortez-moi d'ici, s'il vous plait !

– S'il vous plait ? Je ne connais pas d'expression plus ridicule !

Il tourna d'un cran la roue fantôme sur laquelle elle était écartelée. Elle lança un cri déchirant. A ma surprise, horrifiée, son pauvre corps semblait réagir de la même manière que si elle avait été sur un véritable chevalet de tortures.

– Est-ce assez serré pour votre goût ou préférez-vous un peu plus de tension ?

Puis il accentua encore un peu la pression et Elizabeth hurla à nouveau.

– Jean ! criai-je à mon tour. Nous devons l'aider ! Je vous en prie, laissez-moi lui porter secours !

– La seule façon de l'aider est d'être patient et d'attendre votre fenêtre d'intervention. Reprenez-vous, m'ordonna-t-il avec impatience, ou bien nous allons perdre le contact complètement et tout sera fichu !

C'était l'événement le plus éprouvant de ma vie. J'avais l'impression de vivre un calvaire pire que celui d'Elizabeth. Je ne pouvais pas la laisser mourir entre les mains de ce démon, pourtant je dus faire un effort colossal pour attendre le moment opportun.

Philo poursuivait ses commentaires à Elizabeth :

– Avant que vous ne soyez amenée à torturer quelqu'un d'autre dans l'avenir, vous devez savoir une chose essentielle. Si vous prenez l'engagement formel de poursuivre votre vie sur le sentier du Soi, vous n'avez rien à craindre. Ce que vous avez occasionné ne peut pas se retourner contre vous. Par contre, si vous pliez les genoux et vous laissez tenter par le leurre de la rédemption, alors tôt ou tard le karma agit et tous vos actes reviennent vous obséder. Votre culpabilité vous hante, Dieu n'a rien à y voir. Ceci est un instrument fort utile entre les mains des disciples des Gardiens.

A ce point, ma curiosité l'emporta :

– Est-il vrai, Jean, qu'un être aussi pervers que Philo peut échapper aux règles karmiques alors que d'autres tentent de se racheter au prix d'immenses souffrances ? Cela sonne faux.

– Il se trompe sur ce point. Il ne peut pas échapper au karma comme il le suppose, le paiement en est simplement différé quoique agrémenté des intérêts. Sa correction aura lieu sous une forme différente et plus drastique. Faites attention à partir de maintenant.

Je regardai du côté d'Elizabeth et je l'entendis implorer :

– Je vous en prie, faites disparaître tout ceci !

– Bien-sûr, à condition que vous me promettiez de devenir mon éternel disciple.

– Si je vous faisais cette promesse, ce serait un mensonge dont je me dédirais à la première occasion.

– C'est inexact, ma chère, complètement inexact. Vous devez me faire un serment et jurer au nom du Dieu Suprême. Lorsque vous prononcez ces vœux au nom de Dieu, vous jurez allégeance à moi et aux Gardiens, générant un lien de pouvoir entre nous qui ne peut pas être altéré. D'un autre côté, si vous refusez de coopérer, non seulement vous serez tuée physiquement, mais vous perdrez votre âme. Une lame chauffée à blanc sous la plante des pieds vous aidera certainement à vous décider…

J'eus l'image de Philo plaçant un fantôme de fer incandescent sous les pieds d'Elizabeth. Elle hurlait et grimaçait de douleur tout autant que si c'était un fer réel. Il recula la lame et lui décocha :

– En raison de votre égoïsme passé, vous ne pouvez pas y échapper. A partir de cet instant j'ai le pouvoir de vous mortifier, même à distance, et c'est ce qui vous attend si vous ne me faites pas la promesse que j'espère de vous. Puis vous mourrez, et c'est là que ça devient drôle, si vous imaginez que l'enfer n'existe pas, je vous invite à changer d'opinion. Si vous me rejetez, c'est un enfer éternel auquel vous vous exposez dans un état auprès duquel votre actuelle situation fait figure de séjour paradisiaque.

– Vous essayez de m'effrayer encore, sanglotait-elle.

– Absolument, mais la seule raison de votre peur est qu'une partie de vous, en votre for intérieur, me croit. Voyez-vous, les Gardiens sont les « sentinelles » de l'enfer. Nous acheminons vers le prochain monde les âmes tourmentées par la culpabilité et nous nous jouons d'elles. Ces distractions, qui sont pour nous une source inépuisable de divertissement, les préparent à être nos marionnettes dans une vie future.

– Vous êtes un monstre !

– Ce qui est monstrueux pour les uns est délicieux pour les autres, s'esclaffa-t-il. Et cette décision ?

– NON !

– Un peu d'huile bouillante vous fera le plus grand bien.

Il éleva au-dessus de son estomac un récipient fantôme rempli qu'il entreprit de verser.

Ma pauvre femme poussait des cris épouvantable. J'ignorais encore combien de temps je serais capable de le supporter.

Philo interrompit son geste et, mielleux :

– Un mot de vous et je fais disparaître tout cet attirail.

Elizabeth resta silencieuse et il recommença à verser.

– D'accord, je vais prendre une décision. Arrêtez, s'il vous plaît.

– Je vous écoute.

– J'ai besoin d'un instant pour penser. Délivrez-moi de cette douleur et je vous donne ma réponse.

– Je vais vous donner plusieurs instants pour y réfléchir, mais si je supprime la douleur vous ferez certainement le mauvais choix. Voilà, je vais vous aider à y voir clair.

Un grand sabre fantôme apparut alors dans sa main. Elizabeth le vit et ses hurlements reprirent de plus belle. Philo, se délectant, sourit et transperça la cuisse de ma femme au bord de la syncope. Il se saisit alors d'un deuxième sabre et fit la même chose avec l'autre cuisse, puis un troisième qu'il lui enfonça dans l'abdomen. Je ressentais sa douleur et j'avais les nerfs en charpie à attendre la fameuse fenêtre promise par Jean.

Philo, cynique, lança à Elizabeth en ironisant :

– Vous allez bien ? Vous avez tout ce qu'il vous faut ? Maintenant, vous pouvez prendre quelques instants pour réfléchir à votre petite décision pendant que je vais me faire un sandwich. Au fait, si jamais votre réponse était non, j'ai un autre sabre à enfoncer dans votre cœur, ce qui déclencherait un long processus mortel très douloureux.

Tandis qu'il se dirigeait en riant vers la cuisine, elle lui cria :

– Comment pouvez-vous me faire ça ?

– Vous le découvrirez bien assez tôt. Soyez assez aimable de ne pas me déranger pendant que je mange.

Il ouvrit le réfrigérateur et se servit.

Je sentis que la fenêtre d'opportunité que Jean avait annoncée approchait et j'utilisai toute ma force et ma concentration pour faire parvenir à Elizabeth des images de réconfort. Je commençai à réaliser à quel point ma rencontre avec l'Ancien des Jours avait drainé mon énergie et je n'étais pas sûr de l'efficacité de mes pensées.

Je me focalisai sur elle et soudain j'interceptai ses émotions. Elle vivait une peur, une douleur et une tension incommensurables. Elle avait la sensation que Dieu Lui-même l'avait trahie et abandonnée.

– Jean, je sens que la fenêtre approche, avisai-je, que dois-je faire ?

– Avant que vous ne puissiez l'aider, elle doit appeler Dieu à son aide. La meilleure chose est de lui envoyer tout l'amour dont vous êtes capable.

Je fis de mon mieux pour suivre son conseil, m'appliquant à amplifier mes sentiments en me remémorant nos moments les plus beaux et plus stimulants. Je constatai que mes émotions étaient renforcées, accrues et que le pouvoir des cristaux en était la cause. Ses pensées semblaient suivre un cours modifié et dérivaient vers Dieu, mais pas exactement dans le bon sens. *« Pourquoi Dieu, dit-elle intérieurement, autorises-tu ce qui m'arrive ? N'ai-je pas assez souffert comme ça ? Il ne semble pas y avoir de solution pour sortir de cette impasse. Je vais certainement lui donner ce qu'il veut pour sauver ma peau. »*

« Non ! essayai de crier en moi-même dans sa direction, tu ne peux pas, sinon je vais te perdre pour toujours. »

Le tumulte intérieur d'Elizabeth se calma momentanément et je me demandai si ma supplique était parvenue jusqu'à elle. Puis je captai ses pensées à nouveau. *« Je suis obligée de faire un choix, mais dans un cas comme dans l'autre je suis damnée. Si je choisis le Côté Obscur, je récupère ma santé mais je ne pourrais pas vivre avec moi-même si je devenais semblable à Philo. Si je lui dis non, il me fera mourir au milieu d'atroces supplices et je finirai probablement dans cet enfer dont il parle. Je ne veux aucun de ces choix ! s'exclama-t-elle »* Puis : *« Selon la parabole de Jean, vont véritablement en enfer ceux qui sont incapables de trancher. Je dois me prononcer car Philo a spécifié que l'absence de décision équivaudrait à un non. Le problème est qu'aucune n'est enviable. »*

Il y eut alors un moment de silence inquiétant. Avait-elle abandonné ? Puis je la sentis à nouveau. Sa détresse me transperça jusqu'à l'âme : *« Ô Dieu, dis-moi ce que je dois faire ! Il doit exister une solution. Je t'en prie, s'il te plaît, montre-la moi ! »*

– C'est le moment ! cria Jean. Connectez-vous au cristal et vous saurez ce qu'il faut lui projeter.

Je m'exécutai et curieusement les mots que j'étais censé lui adresser se formèrent dans mon esprit, je sus ce qu'il fallait lui envoyer avec la force de tout mon pouvoir. Je tentai de rassembler l'énergie spirituelle nécessaire pour véhiculer le message, mais le contact du cristal m'épuisait et je ne parvins pas à soutenir l'effort plus longtemps, je m'écroulai sur le plancher.

Jean lâcha la pierre pour venir à mon aide :

– Voilà ce que je craignais, j'ai bien peur que vous ne soyez trop affaibli pour aller jusqu'au bout, mais il fallait essayer.

Je me forçai à me relever et titubai vers le cristal. Jean me tira en arrière :

– Non ! hurla-t-il, vous êtes épuisé. Si vous le touchez avant d'avoir récupéré vos forces, vous mourrez.

– Il vaut mieux mourir dans une tentative pour secourir Elizabeth que vivre en sachant qu'elle est devenue disciple de Philo.

Je me dirigeai vers le cristal, une fois encore.

– NON ! Ne comprenez-vous donc pas ? Même si nous perdons Elizabeth, il est fondamental que vous demeuriez pour accomplir l'œuvre pour laquelle vous êtes né !

J'étais désespéré :

– Je ne servirai à rien ni à personne si je ne fais pas tous les efforts possibles pour la sauver !

Je me relevai et alors que j'étais sur le point de toucher le cristal, Jean me plaqua au sol avec une force surprenante. Voilà que je me retrouvais luttant sans merci contre l'homme que j'admirais le plus au monde, cependant quelque chose en moi – avec plus d'autorité encore que Jean – me soufflait que je devais faire tout ce qui était à ma portée pour sauver Elizabeth à n'importe quel prix.

Je découvris qu'il était très fort pour son âge, cependant je réussis à obtenir un léger avantage sur lui et le renversai sur le dos, ce qui me donna juste le temps dont j'avais besoin pour poser mes mains sur les cristaux. A cet instant, je compris ce que Jean avait voulu dire : j'eus l'impression que la foudre me frappait et que la mort était tout près. L'idée me traversa alors que si je devais périr autant que ce soit en tentant le tout pour le tout et je trouvai en moi des forces inexplicables... Elizabeth apparut à nouveau. Je savais qu'elle attendait une réponse et que c'était moi qui devais la lui communiquer. Le message fusa dans mon esprit avec la clarté du cristal... cependant, malgré la volonté surhumaine dont j'étais animé, je n'avais pas la force de le relayer et j'eus la sensation que la vie commençait à me quitter.

Je vis alors sur le visage de Jean une désillusion que je n'oublierai jamais. Non seulement il semblait être sur le point de perdre son meilleur ami, mais c'était l'expression d'une personne contemplant cinquante ans d'effort partir en fumée, de quelqu'un qui a tout perdu. Je sentis qu'il me restait deux secondes de vie dans ce monde et dans cette courte éternité, je me dis que j'avais échoué à la fois auprès de l'amour de ma vie et aussi de mon meilleur ami. Je ne pouvais pas partir ainsi, c'était impossible. J'avais le temps de prononcer une phrase, une seule. Impérativement, avec toute l'énergie qui me restait je criai :

– Ô, Seigneur, mon Dieu, donne-moi la force !

Soudain, je sentis la Présence. Au début, je crus qu'il s'agissait d'un ange destiné à m'escorter vers l'autre monde, mais alors je réalisai que j'étais toujours debout, les deux mains collées aux cristaux. Une nouvelle fois, Elizabeth était devant moi, clairement, et ma vigeur était revenue. Je sentis le pouvoir d'un grand être à ma droite et du coin de l'œil, je distinguai vaguement la silhouette d'une forme humaine. Les yeux de Jean étaient écarquillés. Il se releva aussi rapide que l'éclair et vint en renfort poser ses mains sur les cristaux, lui-aussi.

– Ne voyez-vous donc pas ce qui vient de se passer ? s'exclama-t-il.

Il s'exprima alors avec révérence :

– L'Ancien des Jours est venu nous assister. Il vous a donné la force de poursuivre. Vous devez agir maintenant, c'est le moment !

Sans aucune hésitation, je me reliai aux pensées d'Elizabeth. Sur le point d'abandonner, quelle que soit la réponse de Dieu, elle avait, c'était incontestable, atteint les limites de son endurance. Immédiatement, je déversai de toute mon âme les mots dont j'avais la conviction qu'ils étaient ceux qu'elle attendait : *« Celui qui cherche à sauver sa vie la perdra, mais celui qui perd sa vie en mon nom, la sauvera. »* Je répétai cette phrase encore et encore, de toute mon âme, espérant au-delà de tout espoir que cela l'aiderait. Puis, je terminai par cet adage que nous aimions elle et moi : « *Rien n'est trop beau pour être vrai.* »

Nonobstant l'aide de l'Ancien des Jours, mes ressources semblaient limitées et il me restait maintenant juste assez de résistance pour prier et observer.

Philo revint dans la salle de séjour où Elizabeth gisait sur le plancher. Il terminait un sandwich comme si rien d'autre au monde n'avait d'importance, puis s'adressant à elle avec désinvolture :

– Très bien, ma chère. Je présume que dix minutes de cette agonie dépassent de loin ce que vous imaginez avoir à supporter jusqu'à la fin de vos jours, voire de l'éternité. Alors, quelle est votre décision ?

Elizabeth se souleva sur un coude et prononça d'une voix accablée :

– J'ai demandé à Dieu ce que je devais faire et j'ai reçu une réponse.

– Vous délirez, ma chère, mais je serais curieux de l'entendre. Quelle est donc cette réponse ?

– Voici les mots de Jésus qui sont venus à mon esprit : « *Celui qui cherche à sauver sa vie la perdra, mais celui qui perd sa vie en mon nom, la sauvera.* »

– C'est la déclaration la plus inepte que l'on ai jamais faite, rugissait Philo. La meilleure chose à faire avec ce qui n'a pas de sens est de l'ignorer.

– C'est très sensé, au contraire. C'est la chose la plus brillante que j'ai jamais entendue. Si je cherche à sauver ma vie en vous suivant, je la perdrai. En revanche, si je suis prête à faire ce qui est juste même au péril de ma vie, j'aurai alors une chance de la sauver et d'une façon ou d'une autre Joseph me délivrera de vos sales combines.

– Bien, alors en termes clairs, qu'avez-vous décidé ?

– La réponse est non ! Je ne vous suivrai pas dans cette vie, dans la prochaine ou dans une autre. Est-ce assez clair ?

D'un violent coup de pied, il renversa la table basse et vociféra :

– Pauvre folle ignorante et stupide ! Vous venez de vous condamner à une terreur et une souffrance inimaginables et de plus vous êtes devenue mon ennemie jurée et celle des Gardiens dès cet instant et pour toujours ! Vous avez retardé mon ascension mais vous ne me dénierez pas cet ultime plaisir, une bonne fois pour toutes !

Brusquement, il matérialisa une autre épée fantôme très longue et la planta incontinent dans le cœur d'Elizabeth.

« *Quelle quantité de souffrances cette pauvre femme doit-elle encore affronter ?* » pensai-je tandis que j'assistais à cette abomination.

– Vous avez le rare privilège, ma chère, de recevoir ma marque de fabrique, mon coup mortel. C'est le crime parfait. Personne ne sera jamais en mesure de prouver que vous n'êtes pas morte de cause naturelle.

Il retira ensuite les trois sabres de ses cuisses et de son estomac et mit fin à l'illusion de la chambre de tortures.

– Voilà, dit-il. Vous avez juste ce seul instrument mortel pour ultime compagnon.

– Vous ne pouvez pas me laisser ainsi ! s'exclama-t-elle.

– Ah bon ? Voulez-vous revenir sur votre décision ?

Elle garda le silence. Je ne pouvais la blâmer pour son hésitation, mais elle se reprit et riposta avec fermeté :

– Mon choix est fait. Je n'abandonnerai pas mon mari, pas plus que je ne le trahirai. Je n'ai pas l'intention de me joindre à vous ou aux forces des ténèbres.

– Très bien, comme on fait son lit on se couche. Ce dernier sabre consumera votre énergie en moins d'une heure. Après quoi, vous serez trop loin pour que quiconque puisse vous sauver.

Philo se dirigea vers la porte d'entrée, saisit la poignée et lança :

– Cependant, ne vous inquiétez pas, si personne ne le retire, votre vie va traîner pendant environ trois mois. Vous serez juste assez consciente pour jouir d'une mort lente pendant que je siphonnerai ce qui vous reste de force. Je dois maintenant vous dire adieu.

Au moment où il ouvrit la porte pour partir, Elizabeth l'appela :

– Philo !

– Oui ?

– Rien n'est trop beau pour être vrai !

Songeur l'espace d'un instant, il suspendit son geste, comme s'il considérait ce qu'elle venait de dire.

– Quoi qu'il en soit… conclut-il.

Puis il referma la porte et disparut.

J'étais vidé. Je dus lâcher les pierres. Au même instant, je sentis la Présence de l'Ancien des Jours s'estomper. Jean vint à moi, m'offrit sa main pour m'aider à me relever. Son calme habituel avait, dans sa voix, laissé la place à une grande excitation :

– Réalisez-vous ce qui vient de se passer ?

– Oui, je crois. Nous avons sauvé l'âme d'Elizabeth et il nous reste à sauver sa vie.

– C'est vrai, mais quelque chose de plus important encore est arrivé. Comprenez-vous ?

– Je n'en suis pas certain.

– L'Ancien des Jours était ici et Il vous a assisté personnellement.

– Est-ce donc si inhabituel ? J'aurais imaginé qu'Il aide des tas de gens.

– Evidemment, mais pas en personne. Il collabore toujours au travers des autres. C'est pour ça que nous existons, les autres membres de la Fraternité et moi. Cette fois, Il a fait une exception et Il est venu vous soutenir Lui-même. Savez-vous ce que cela signifie?

– Quoi donc ?

– Que le succès de notre mission est encore plus important que je ne le réalisais. L'Ancien des Jours a démontré un intérêt personnel pour vous, ce qui veut dire que nous allons bientôt assister à de grandes choses. C'est peut-être le cycle d'opportunités que la Fraternité attend depuis si longtemps, annonça-t-il, les yeux pleins d'émotion.

– C'est merveilleux, répondis-je. En attendant, j'ai moins d'une heure pour rentrer chez moi et sauver mon épouse. Vous devez m'y renvoyer immédiatement.

– Je dois reconnaître que je vous admire de ne pas laisser l'Ancien des Jours vous distraire de votre objectif. C'est probablement parce que vous n'avez pas du tableau la vue d'ensemble que j'en ai, mais quoi qu'il en soit, mes félicitations !

– Merci, mais j'ai une échéance à affronter ! Il faut que vous me fassiez rentrer chez moi.

– Et une fois là-bas, comment allez-vous procéder pour la sauver ? questionna Jean.

Je dus admettre que je n'y avais pas réfléchi. Je ne faisais que suivre mon impulsion qui était de retourner auprès d'Elizabeth, convaincu qu'il devait y avoir une solution.

– Venez avec moi, dis-je à Jean, suppliant. Je sais que vous pouvez lui rendre la santé.

– Le maître ne fait pas pour le disciple ce que le disciple peut faire pour lui-même, formula-t-il doucement.

– Que dites-vous, que je devrais la guérir ?

– Exactement.

– Mais je ne suis pas un habitué des miracles comme vous l'êtes. Je ne sais pas ce qu'il faut faire.

– Ah non ? Si je vois correctement en vous, vous l'avez déjà ramenée à la santé auparavant. Pourquoi ne sauriez-vous pas le refaire ?

– La dernière fois, je n'ai fait que répéter ce que je vous avais vu faire. Je ne sais pas comment procéder dans le cas présent.

– Les œuvres importantes ont été exécutées par des gens de bonne volonté ayant tout simplement appris une technique qu'ils ont eu le courage de mettre en application, affirma-t-il.

– Et que suis-je censé faire ?

– Vous devez ôter le sabre que Philo a laissé.

– C'est une épée imaginaire, produit de l'hypnose.

– Ça n'est pas important. Par l'usage du contrôle mental, Philo a su planter une arme fantôme tout aussi mortelle que s'il s'agissait d'une arme réelle. Une sérieuse leçon à usage des guérisseurs : un objet imaginaire, matérialisé par le pouvoir de la croyance, est aussi réel que la réalité elle-même.

– Je suis donc supposé prétendre lui retirer quelque chose ?

– Vous ne prétendrez pas. Au vu de l'illusion qui est la sienne, l'acte auquel vous allez vous livrer sera réel.

– Très bien, je ferai ce qu'il faudra. Mais le fait de lui arracher cette épée me semble insuffisant.

– Il y a une deuxième chosee, dit Jean.

– Laquelle ?

– Avant d'extraire l'arme, vous devez lui dire que c'est moi qui vous ai conseillé de procéder ainsi.

– Pour quelle raison ? Cela aidera-t-il à sa guérison ?

– Le maître mot ici est autorité, annonça Jean. Beaucoup de médecins ne s'illustrent pas comme étant de bons guérisseurs, cependant si un patient a foi en leur autorité, un peu d'eau sucrée peut faire des miracles ! Maintenant que Philo est vaincu, je suis le symbole d'autorité le plus puissant dans l'esprit d'Elizabeth. Vous devez utiliser cette clé à votre avantage.

– Je crois que j'ai compris. Pouvez-vous me ramener à la maison ?

– Oui. Le moment est venu. Nous devons retourner à la réception rendre votre robe et vous pourrez partir.

Nous nous hâtâmes de remonter les corridors jusqu'à l'entrée et d'instinct je sus où je devais accrocher la tunique. Des questions effleurèrent mon esprit : à quand remontait ma dernière visite en ces lieux ? Combien de temps s'écoulerait avant que je ne revienne et quelles surprises y découvrirais-je encore ? Autant de réponses qui, je ne sais pour quelle raison, m'étaient inconnues.

– Que faisons-nous maintenant ? demandai-je avec anxiété.

– Je vais me concentrer et amener à moi la connaissance et le pouvoir des Maîtres supérieurs afin de me focaliser sur votre destination. Pour transporter quelqu'un d'autre que moi, je dois m'aider de certaines fenêtres et il se trouve que nous en avons une qui approche d'ici environ dix minutes.

– Dix minutes ! Le temps presse... Ne pouvez-vous me renvoyer tout de suite ?

– De par la nature de ces lieux, nous devons nous en remettre à des fenêtres énergétiques. Je ne peux rien faire jusque là. Nous devrions être en mesure de vous ramener largement à temps pour sauver Elizabeth, quoi qu'il en soit.

– Je l'espère, lançai-je, après tout ce qu'elle a traversé, ce n'est pas le moment de lui faire faux bond.

– Je comprends votre inquiétude, m'assura Jean, sa main sur mon épaule.

Nous attendîmes ensemble en silence. J'étais circonspect quant au pouvoir de guérison consistant à retirer un sabre fantôme. Finalement, je lui demandai :

– Que se passera-t-il si je tire le sabre et que rien ne se produit ? Y a-t-il autre chose à faire ?

– Cela devrait être suffisant, assura Jean. Le seul véritable danger serait que vous n'arriviez pas à temps, et selon mes calculs il n'y a pas de problème.

Ayant souvent constaté les effets de la loi de Murphy dans ma vie, selon laquelle s'il existe la moindre possibilité pour que quelque chose aille de travers, il était fort probable que cela arrive, j'insistai :

– Supposons juste que, par manque de chance, retirer cette arme ne marche pas ... Que dois-je faire ?

– Tout disciple doit faire face à une crise de ce genre plusieurs fois dans sa vie, affirma Jean. Heureusement, ce n'est pas le cas cette fois. Mais juste si c'était nécessaire, laissez-moi vous offrir les mots du Maître : *« Avec Dieu, tout est possible. »* Vous avez été personnellement une magnifique illustration de cet enseignement, ce soir-même. Dans une situation où il était impossible de sauver Elizabeth, vous avez risqué votre vie et vous avez appelé Dieu à l'aide.

Une fois que vous avez fait tout ce qui était en votre pouvoir, un Frère plus puissant que vous s'est avancé pour vous aider. Puis quelque chose de semblable est arrivé à Elizabeth. Elle a fait tout ce qui était en son pouvoir pour agir avec justesse, puis elle a appelé Dieu à son aide. A ce stade, vous vous êtes avancé pour l'aider.

– C'est vrai, mais je ne suis certainement pas Dieu, dans le sens où je ne cristallise pas les prières de tous.

– Peut-être pas, néanmoins vous êtes en contact avec l'Unique Grand Esprit Universel de Dieu qui relie tous les Travailleurs de la Lumière. Comme vous le noterez suite à notre expérience ici, l'assistance que Dieu offre nous parvient à travers des vies comme nous-mêmes, petites ou grandes. Nous sommes pareils à des instruments de Dieu, juste comme l'Apôtre Paul l'a enseigné. Sans l'aide d'êtres spirituels répondant à l'Esprit de Dieu, la plupart des prières seraient lettres mortes.

– Ainsi donc, si je fais tout mon possible et que malgré tout je n'arrive pas à m'en sortir, l'étape finale est d'appeler Dieu à mon secours ?

– En effet, et si vous demandez avec foi et abnégation, un membre de la Fraternité enregistrera votre besoin et répondra. Il reste alors une chose à faire.

– Quelle est-elle ?

– Vous devez tendre l'oreille intérieure pour entendre la réponse. C'est probablement la partie la plus délicate du processus.

Il s'installa un autre court instant d'un douloureux silence.

– Vous savez, remarquai-je, Philo a évoqué quelques points très intéressants en faveur de l'égoïsme. Force m'est de reconnaître que, dans le cosmos, à cet instant précis, un système stellaire se transforme en nova et que des milliards de vies sont détruites pendant que nous parlons. Si nous devions nous sentir concernés par toutes les vies de l'univers, il y aurait de quoi devenir fou.

– Suivre le chemin de l'amour et de l'altruisme ne signifie pas disperser son énergie à travers toute la galaxie mais chercher à aider les autres à l'intérieur de votre sphère d'influence. Un autre système stellaire est bien au-delà de votre emprise, pourtant si tous les Frères de la Lumière partout dans l'univers font leur travail, peu importe en quoi celui-ci consiste, alors les espérances spirituelles et les rêves de toutes les vies finiront par se réaliser. Si tout le monde était aussi égoïste que Philo, personne ne verrait ses prières exaucées et le dieu d'Amour serait rejeté. Le monde du Soi doit s'étendre à celui du Tout. L'âme en évolution n'est pas seule dans sa conscience comme les Frères Obscurs le supposent. En continuant de faire l'expérience de vous unir à d'autres âmes et au fur et à mesure que vous apprendrez comment le faire, vous découvrirez la plénitude de la joie qui en découle.

– Même en cet instant de tension je savoure vos paroles, remarquai-je. Combien de temps reste-t-il ?

– La fenêtre approche, répondit-il, le visage tourné vers le ciel et les yeux clos. Maintenant, ne troublez pas ma concentration ou vous pourriez bien vous retrouver en Californie au lieu de Boise, Idaho.

– Ok, allons-y… Ne m'envoyez surtout pas à San Francisco.

– Envoyer n'est pas le mot qui convient. Maintenant, ne dites plus rien et laissez-moi me concentrer. Le plus sûr est de vous ramener au point d'où vous êtes parti, mais soyez prudent, ne vous faites pas arrêter !

– Pourquoi me ferais-je arrêter ?

Puis, je me rappelai que mes vêtements étaient dans la voiture :

– Je ferai attention.

Tout à coup un picotement s'empara de mon corps tout entier et, l'instant d'après, j'étais à quelques mètres de ma voiture. Je jetai un rapide coup d'œil autour de moi. Il n'y avait heureusement personne à l'horizon : la nuit était de mon côté. Je courus jusqu'à mon véhicule et saisis la poignée. Je restai figé d'horreur : c'était fermé. Je fis le tour vers l'autre portière, c'était fermé aussi. Une bonne âme, un voleur ou allez savoir qui avait vérrouillé les serrures pour un motif que même Jean n'avait pas perçu. La pensée me traversa soudain l'esprit que je n'avais plus qu'à trouver le moyen de rentrer à la maison en parcourant tout nu des rues à forte densité de population en évitant de me faire remarquer, tout cela avant qu'il ne soit trop tard pour sauver la vie de ma femme bien-aimée. La situation me semblait digne d'une ces trouvailles diaboliques dont Philo pouvait se montrer capable.

Instantanément, je pris mes jambes à mon cou, filant comme une flèche à travers le parc tous les sens en éveil : le moyen le plus sûr était de me cantonner autant que possible dans les contre-allées. Peut-être trouverais-je sur mon chemin une corde à linge dans une arrière-cour et pourrais-je subtiliser de quoi m'habiller. Les cinq premières minutes se déroulèrent sans encombre, mais je n'avais toujours pas trouvé les vêtements tant convoités ! Je commençais à douter qu'il y eût la moindre corde à linge dans tout Boise et ses alentours. A ce moment-là, je traversai une grande artère puis empruntai une large allée. J'entendis des cris derrière moi, mais je pris le parti de les ignorer et je poursuivis ma course en accélérant mon allure. J'arrivai dans une partie de la ville à forte concentration canine : toutes les contre-allées, toutes les voies secondaires semblaient abriter des dizaines de chiens. Heureusement, à cette heure, ils étaient attachés. J'en étais rassuré quand, tout à coup, je me trouvai nez à nez avec un toutou lâché seul dans la nature et qui se mit à me poursuivre. J'attrapai un bout de bois que je découvris dans ma fuite et m'en servis pour tenter de le tenir à distance. Ce ne fut pas facile : l'animal était déterminé et me mordit deux fois le mollet avant de me laisser en paix et de passer son chemin.

Histoire de me compliquer la vie un peu plus, dans l'allée suivante je mis le pied sur un tesson de bouteille, m'entaillant profondément le talon. Ma vitesse s'en trouva considérablement ralentie : j'avançais en claudiquant tant bien que mal et je cherchai désespérément dans plusieurs boites à ordures quelque chose pour protéger mon pied, jusqu'à ce que découvris un bout de carton. Je fis de mon mieux pour le fixer avec des cordons de plastique, de ceux qui servent à fermer les sacs poubelles, quand un gamin se mit à crier :

– Papa, il y a un monsieur tout nu qui fouille dans la poubelle !

C'est alors que j'entendis :

– Chérie, va chercher mon flingue !

Je détalai sans demander mon reste. Mon substitut de chaussure n'arrêtait pas de se détacher et finalement j'arrivai dans un coin où il n'y avait pas de chien. J'en profitai alors pour rafistoler ma savate du mieux possible.

Bientôt, j'eus à faire face à un autre obstacle majeur. J'avais à parcourir trois pâtés de maisons entrecoupés d'avenues très fréquentées, et pas de contre-allées. Si c'est à cela que ressemble la vie des exhibitionnistes, personne n'avait de soucis à se faire pour moi, je n'étais vraiment pas tenté.

Je respirai un grand coup avant de me lancer à fond sur le trottoir, espérant que tout se passerait bien. Je devais être un spectacle unique en son genre : courant dans le plus simple appareil, une semelle de carton battant la campagne à un pied, et des traînées de sang dégoulinant sur le mollet de l'autre jambe ornée de deux morsures de chien.

Les trois premières personnes que je croisai eurent l'air plutôt amusées à la vue qui leur était offerte. Ensuite, je tombai sur un type en compagnie de sa nouvelle conquête : il avait tout du rugbyman et, décidé à impressionner la dame, il entreprit de me poursuivre, histoire de me donner une leçon.

Il n'était pas loin derrière moi. Craignant qu'il me rattrape, j'oubliai mon pied douloureux et je fonçai droit devant moi à une vitesse que je n'aurais jamais crue possible. Je débouchai enfin dans un chemin. Je m'y engouffrai et plongeai derrière des buissons. Lorsque mon poursuivant dépassa le bosquet derrière lequel j'étais caché, il ne me repéra pas. Mais, par malchance, à ce moment-là, deux chiens se mirent à japper : le rugbyman m'aperçut et d'un bond il me sauta dessus.

Alors que la vie de ma femme était en jeu, pour sauver la mienne, je me retrouvai en train de me battre contre un homme plus jeune et vraisemblablement plus vigoureux que moi. La pensée d'Elizabeth me redonna des forces, mes motivations étant de loin plus sérieuses que celles de mon adversaire, ce qui me permit de me libérer. Ne s'avouant pas vaincu, il me rattrapa et me cloua au sol. Il ne me restait alors pas d'autre alternative que de lui décocher un coup de poing qui le sonna pendant le temps nécessaire pour me permettre de m'échapper.

Je n'étais plus très loin de la maison et je souhaitais de tout mon cœur arriver sans plus d'incident. Mais alors que j'atteignais le bout de l'allée suivante, je vis trois voitures de police passer à toute vitesse, gyrophares allumés. J'espérais que ce n'était pas moi qu'ils recherchaient, mais je craignais néanmmoins que ce fût le cas.

Je repris ma respiration. Tandis que je fonçais vers la colline près de chez nous, une voiture arriva, de je ne sais où, me dépassa puis fit marche arrière. Tel un éclair, je jaillis vers une allée qui me permit de contourner le pâté de maisons et, finalement, de me retrouver devant chez moi. Il était trop dangereux d'entrer par la porte principale, de plus elle était sûrement fermée et je n'avais pas les clés. Celle de derrière était verrouillée. Je frappai à la porte de toute la force du désespoir en réalisant qu'Elizabeth était dans l'incapacité de me répondre.

C'était le comble : je n'avais pas d'autre choix que de m'introduire chez moi par effraction ! M'emparant d'une statuette en ciment qui trônait dans le patio, je brisai la fenêtre de la buanderie. Après quelques contorsions, je réussis à me glisser à l'intérieur et à me rendre directement à la salle de séjour où je découvris Elizabeth, à peine consciente, étendue sur le sol.

– Ma chérie, peux-tu m'entendre ?

Livide, elle me contemplait de ses yeux épuisés :

– Mon doux époux, je savais que tu viendrais… J'ai toujours eu une totale foi en toi. Je me sens tellement fatiguée... Je crois que tu vas me perdre. Peut-être serons-nous réunis dans une vie future.

– Nous allons rester ensemble dans celle-ci. Maintenant, regarde-moi, lui ordonnai-je en soutenant sa tête.

– Je suis trop lasse pour continuer, soupira-t-elle.

– Non, tu ne l'es pas. J'ai mis trop d'espoirs en toi pour te laisser partir maintenant, ouvre les yeux.

Dans un énorme effort, elle souleva les paupières. Mon regard dans le sien, profondément, je dis :

– Ma chérie, je vais retirer le sabre qui est planté dans ton cœur et tes forces vont revenir. Tout va aller très bien. M'entends-tu ?

– Oui. Comment as-tu su pour le sabre ?

– C'est une longue histoire, mais je suis au courant de tout.

– Il n'y a que Philo qui puisse m'en délivrer. Je ne sais pas si tu peux le faire.

– Ecoute moi attentivement. Jean m'a fait revenir spécialement.

– C'est Jean qui t'a envoyé ? Questionna-t-elle, une nuance d'espoir dans la voix.

– Oui. Il m'a donné toutes les instructions.

– Alors tu as certainement le pouvoir pour intervenir.

– Oui, je l'ai. Je vais ôter le sabre maintenant et tu vas recouvrer la santé. Fais-moi simplement savoir quand tu es prête.

– Es-tu sûr que ça va marcher ?

– Bien sûr que je le suis. Jean n'a jamais fait d'erreur, n'est-ce pas ?

– Non, je ne crois pas. C'est juste que je me sens si faible, j'espère que tu n'es pas arrivé trop tard.

Elle s'interrompit un instant puis ajouta résolument :

– Vas-y ! Retire cette maudite chose !

Je n'avais pas de la localisation de l'objet la même précision que lorsque j'observais à l'aide du cristal, mais je me souvenais de la région approximative dans laquelle il était planté. Je plaçai ma main à cet endroit comme pour saisir la poignée :

– Je peux y aller ?

– Attrape-le fermement et tire d'un coup sec !

Je fis de mon mieux pour imaginer que j'avais affaire à un véritable sabre. J'agis comme si la lame était enfoncée profondément et que cela demandait un effort important de ma part, mais finalement je fis un travail digne d'une *récom-*

pense académique :

– Je l'ai !

– Je crois que oui, je l'ai senti partir. La douleur se dissipe mais je n'ai plus de force du tout, c'est trop tard. Serre-moi contre toi, mon chéri, au moins je vais mourir en paix.

– Elizabeth, tu dois rester avec moi. Après tout ce que nous avons souffert, je ne peux pas te perdre ! dis-je en proie au désespoir.

Elle rouvrit les yeux bravement :

– Je te manquerai pendant un court moment. Nous serons bientôt à nouveau réunis. Je veux te dire combien je t'aime et que penser à toi m'a donné la force de résister à Philo. Je suis enfin libérée de lui et je me sens en paix. Je voulais que tu le saches.

Puis, elle se tut. Je sentis les larmes couler sur mes joues. Notre aventure ne pouvait pas s'achever ainsi, ce n'était pas possible :

– Elizabeth ! criai-je, le sabre n'est plus là, tu n'as pas à mourir…

Je gardais son corps sans vie serré contre moi depuis un moment quand je compris qu'elle s'était éteinte. Je cherchai son pouls, pour vérifier. J'humectai ma main et je la plaçai devant son nez et sa bouche, aucun signe de respiration.

« Est-elle réellement partie ? » pensai-je. Si elle était vraiment morte, alors je ne pouvais plus rien. Néanmoins, je la maintenais toujours en silence et soudain les paroles de Jean me revinrent. Je me souvins que j'étais censé faire appel à Dieu après avoir épuisé toutes mes autres ressources dont j'étais capable. Eh bien, j'étais en effet arrivé au bout. Je ne pouvais plus rien pour Elizabeth, aussi me mis-je à crier :

– Ô Dieu, Mon Père, Ma Mère, Mon Frère, Ma Sœur ! Quelle que soit Ta forme, où que Tu sois, je sais qu'avec Toi, tout est possible, même de ramener ma bien-aimée du pays des morts. Je demande au nom du Christ et de tout ce qui est sacré et bon, le retour d'Elizabeth auprès de moi.

Je demeurai silencieux, observant le visage de mon épouse dans l'espoir que ses yeux allaient s'ouvrir. Mais le temps s'écoulait et il ne se passait rien. J'étais anéanti. *« Qui suis-je pour penser que Dieu va réaliser cet exploit impossible juste pour moi ? »* pensai-je. J'étais sur le point d'abandonner quand encore une fois les paroles de Jean affluèrent en mon esprit : je me rappelai qu'il avait mentionné que la partie la plus délicate était d'écouter.

J'étais certainement dans un état d'émotion trop prononcé pour me montrer attentif comme je l'aurais dû, je décidai alors de me calmer. Tout en tenant Elizabeth contre moi, je me reliai intérieurement. Tout d'abord, il ne se produisit rien, puis une pensée s'imposa avec force. C'était quelque chose comme :

« Prononce à haute voix le nom de Dieu et la puissance, la gloire et la vie se manifesteront. »

Dans une grande perplexité, je méditai sur cette pensée. Jean m'avait enseigné que les paroles de Dieu à Moïse révélaient qu'Il n'avait pas de nom. Au lieu de cela, Il avait dit : *JE SUIS celui qui devient ce que Je décide de devenir.* S'Il n'a pas de nom, ainsi que nous le savons, comment puis-je le prononcer ? Je continuai de réfléchir et de demander une réponse. Je criai à haute voix :

– Quel nom dois-je prononcer ?

Un nouveau silence. Je dus me forcer à écouter puis une phrase de l'Evangile de Jean se fit jour : *« Au commencement était le Verbe et le Verbe était auprès de Dieu, et le Verbe était Dieu... Prononce le Verbe. »*

« Mais comment dire le Verbe alors que je ne sais pas ce qu'est le Verbe ? » pensai-je. J'avais conscience que la théologie classique interprète Verbe par Christ, mais j'avais le sentiment que ce n'était pas le Verbe vers lequel j'étais orienté.

Un silence. Une autre sensation me parvint : *« Souvenez-vous des sièges... »*

Les sièges, bien-sûr. A Shamballa, Jean m'avait invité à m'asseoir et il ne semblait pas y avoir de siège, mais lorsque je fis confiance un fauteuil invisible se présenta. Cela signifiait-il que j'étais censé prononcer le nom de Dieu ou quelque mot mystérieux et que le Verbe viendrait ou serait là ? J'en conclus que j'étais dans la bonne direction.

J'étendis Elizabeth sur le divan, et sa main dans les miennes je priai de tout mon cœur. *« Je t'en prie, mon Dieu, fasse que je prononce le Mot juste. »* Puis je contemplai son visage sans vie et pourtant si beau et angélique et j'ouvris la bouche. Un son étrange en sortit. Je savais intuitivement que le son n'était pas le bon mais que j'étais sur le chemin et je fis une autre tentative. Cette fois, je sentis que j'en approchai mais ce n'était pas encore ça. J'essayai une troisième fois. Tout à coup, je ressentis dans toutes mes fibres que j'avais le Mot. Le Verbe résonna dans mon âme et me sembla si familier que je me demandai pourquoi toutes les formes de vie dans l'univers ne le chantaient pas à tue-tête !

Je regardai Elizabeth et répétai le Verbe, convaincu qu'elle allait se lever. Pourtant, il ne se passa rien. Je me sentis très malheureux, puis je me secouai et réalisai qu'il y avait peut-être encore une autre réponse à écouter : *« Y a-t-il autre chose à faire ? »*

A nouveau, je reçus une indication : *« Tandis que vous prononcez le Verbe, voyez-Le créer la Vie, amener la gloire vers Dieu. »*

Mon cœur reprit courage et je pris la main d'Elizabeth encore une fois. La voyant revenir à la vie, je prononçai le Verbe. Je sentis qu'un surplus d'énergie nous entourait tous les deux et je distinguai une faible lueur autour de son corps. Je n'arrêtai pas de répéter le Verbe et je pensai à la Gloire de Dieu. Puis je visualisai Elizabeth animée d'une vie amenant gloire et honneur au nom de Dieu tandis que je me consacrai, moi-aussi, à cet objectif. Cette idée sembla être la plus puissante de toutes. A cet instant, un éclair d'énergie spirituelle me traversa pour atteindre ma femme, provoquant un choc qui me laissa sans force et je m'écroulai sur le sol. Aussitôt, je bataillai pour me relever et quand mes yeux se retrouvèrent à la hauteur de ceux d'Elizabeth, je les vis s'ouvrir me regardant avec cet air curieux qui n'appartient qu'à elle :

– Suis-je en train de rêver ou es-tu nu comme un ver ?

J'éclatai d'un rire nerveux et joyeux à la fois :

– Oui, c'est exact… C'est une longue histoire !

– J'espère qu'elle est drôle, dit-elle, en se levant.

Elle souriait, irradiant cette lumière intérieure que j'ai toujours aimée en elle.

– Regarde-moi ça ! Tu es blessé, ton pied saigne. Ton autre jambe aussi ! On dirait des morsures de chien, et tu as des égratignures partout ! Je meurs d'impatience de savoir ce qui t'est arrivé avant de te révéler mon aventure.

– As-tu idée de ce qui vient de se produire ? m'exclamai-je.

– Je n'en suis pas sûre, répondit-elle. Je pensais que j'allais mourir et puis je me suis endormie. C'était si réel, pas comme un rêve. Je suis allée dans la Nouvelle Jérusalem et j'ai vu des choses extraordinaires.

– Il faudra que tu me le racontes, mais d'abord laisse moi te prendre dans mes bras.

Nous demeurâmes serrés l'un contre l'autre pendant un long moment, puis elle me saisit la main, et tout en m'entraînant vers la salle de bains, elle me lança :

– Viens ! Nous allons te nettoyer et te soigner.

– Regarde ! Tu as retrouvé tes forces.

Elle se mit à tourner sur elle-même comme une toupie :

– Je me sens comme un charme, c'est le plus beau jour de ma vie.

Impatient de laisser ma bien-aimée soulager mes blessures, je me précipitai sous la douche :

– Et je suis l'homme le plus heureux du monde ! répondis-je en écho.

Le Cantique des 144 000

Nous Te remercions, Père,
de nous avoir révélé Ta lumière protectrice universelle.
Puissions-nous, dans cette lumière être totalement
protégés de toute force destructrice.
Que le Saint Esprit de Ta Présence nous imprègne de cette lumière et qu'elle descende partout où nous le désirerons.

Nous Te remercions, Père,
de nous emplir de Tes feux d'Amour protecteur.
Puissions-nous, dans cet amour être totalement
protégés des pensées et des émotions destructrices.
Que la Conscience du Christ s'élève en nous
dans cet amour, et puisse-t-il brûler de tous ses feux
partout où nous le désirerons

Nous te remercions, Père,
d'être en nous comme nous sommes en Toi.
Que Ta volonté, à travers nous, parvienne
sur des ailes de pouvoir.
Qu'elle s'accomplisse sur la Terre comme au Ciel.
Puissent Ta Lumière, Ton Amour et Ton Pouvoir se
manifester à travers nous tous, Fils et Filles de l'Humanité.

Le Cantique des 144 000 est disponible sous forme de carte postale.
Vous pouvez vous procurer cette carte auprès de votre libraire ou
aux éditions Hélios, la Turinière 50530 Montviron 02 33 58 04 97.

En préparation

La clé perdue du Bouddha

L'Immortel

Livre 3

Extrait du sommaire du livre 3 :

De retour du futur – Un coup d'œil dans l'au-delà –
Le mystère de la Voie du Milieu – Le Principe d'Unité –
Les Quatre Noble Vérités – De l'ère des Poissons à l'âge du Verseau –
Le Seigneur des Ténèbres – Excalibur – Le Mal et ses raisons...

Table des matières

Achevé d'imprimer en janvier 2003
sur les presses de la Nouvelle Imprimerie Laballery - 58500 Clamecy
Dépôt légal : janvier 2003 Numéro d'impression : 301095

Imprimé en France